魔法石

超值赠送1DVD
内容包括：
本书所需的**大量**素材文件
书中实例**多媒体影音教学**
内容丰富的多媒体
智能测试

语言轻松简洁、
重点突出、通俗易懂
大量**实用**的
照片**处理技术**将为您的照片
带来**完美视觉享受**

资深专家将
带您进入轻松又有趣的
DC拍摄与**后期处理**
学习课堂

数码相片拍摄与后期处理

超级手册

东正科技　编　著

中国林业出版社
China Forestry Publishing House
www.cfph.com.cn

北京希望电子出版社
Beijing Hope Electronic Press
www.bhp.com.cn

内容简介

　　本书内容共分为 8 章，包括数码相机的基本操作、摄影技巧、数码照片的查看、保存方法和数码照片艺术处理等内容。本书图文并茂、知识内容丰富、实用性强、操作清晰明了是本书的基本特点。其中基础知识，列举了相应的操作实例来介绍。而从整体来看，由"认识"起步，着重"理解"和"使用"。本书实例典型且效果靓丽，通过技能结合软件知识的教学。

　　本书适合家庭、个人数码爱好者和从事数码照相行业的设计师作为技术参考书，同时也适合各职业学校作为数码图像处理技能培训的教材。

　　本书配套光盘内容包括多媒体视频教学，可让读者能更快捷、直观、全面地掌握知识。

图书在版编目（CIP）数据

　　魔法石——数码相片拍摄与后期处理超级手册/东正科技编著.
—北京：中国林业出版社；北京希望电子出版社，
2006.8
　　ISBN 7-5038-4284-9

　　I. 魔...　　II.东...　　III.①数字照相机—基本知识　②图像
处理—基本知识　　IV.　①TB852.1　②TP391.41

　　中国版本图书馆 CIP 数据核字（2006）第 022697 号

出版：中 国 林 业 出 版 社（100009　北京市西城区刘海胡同 7 号　010-66184477）
　　　　北京希望电子出版社（100085　北京市海淀区上地 3 街 9 号金隅嘉华大厦 C 座 611）
　　　　网址：www.bhp.com.cn　　电话：010-82702660（发行）　　010-62541992（门市）
印刷：北京广益印刷有限公司
发行：全国新华书店经销
版次：2006 年 8 月第 1 版
印次：2006 年 8 月第 1 次
开本：787mm×1092mm　　1/16
印张：22.875（全彩印刷）
字数：542 千字
印数：0001～5000 册
定价：59.00 元（配 1 张 DVD 光盘）

前　言

　　数码相机也叫数字式相机，英文全称 Digital Camera，简称 DC。本书介绍了数码相机摄影技术和数码照片的艺术处理，因此本书名为《魔法石——数码相片拍摄与后期处理超级手册》。数码相机不是因为民间需要而产生的，而是先用以高科技，早在 20 多年前美国曾利用它通过卫星向地面传送照片，后来数码摄影技术才为民间所用。

　　由于数码相机的各种特性，致使数码相机拍出的照片几乎都要进行一定的处理才能达到令人满意的效果，而数码相机集成了影像信息的转换、存储和传输等部件，具有数字化存取模式，能与计算机进行交互处理，这样就可以使用图像处理软件对数码照片进行处理。

　　本书内容共分为 8 大章节，包括数码相机的基本操作、摄影技巧、数码照片的查看、保存方法和数码照片艺术处理等内容。

　　第 1 章入门准备，主要介绍数码相机的相关内容，包括数码相机的使用、操作，与计算机连接的方式等。通过本章的学习，读者会对数码相机有一个更全面的认识。

　　第 2 章是关于数码摄影技巧的介绍，使读者掌握基本的摄影技巧，能根据不同的环境进行数码相机的设置从而拍摄出较专业的摄影作品来。

　　第 3 章是对照片处理软件的认识，主要介绍了当前最流行的处理软件 ACD See7.0 和 Photoshop CS2 的基本操作与使用。

　　第 4 章为数码照片管理，主要介绍 Photoshop CS2 管理、查看照片的方法，通过对这些内容的学习，读者能够更好地对照片进行分类和保存。

　　第 5 章是数码照片常见问题剖析，针对有问题的照片分析了其产生的原因，帮助读者降低拍摄出问题照片的几率。

　　第 6 章是数码艺术修整，将有问题的照片与 Photoshop CS2 的工具和命令结合起来讲解，让读者更快地掌握修复问题照片的方法，如去除人物红眼、翻新照片、修复偏色照片等。

　　第 7 章是艺术特效。在第 6 章修复照片的基础上，使读者会学对 Photoshop 的命令进行综合运用，为照片制作出特技效果，如将照片制作成剪影或酷酷的桌面、为照片更换背景或做出倒影等。

　　第 8 章是电子相册及网络冲印，介绍了如何在网络中传送及接收数码图像等的方法，使读者了解更多数码产品的网络应用。

　　随着数码技术的不断扩展，拥有一台数码相机，对于家庭用户来说，已不是一件难事，数码摄影技巧及数码图片处理技巧也日见成熟。本书主要是为家庭用户和没有 Photoshop 使用基础的读者而写的。图文并茂、知识内容丰富、实用性强、操作清晰明了是本书的基本特点。其中基础知识，列举了相应的操作实例来介绍，因此不是枯燥无味的理论知识。而从整体来看，由"认识"起步，着重"理解"和"使用"，使读者能快速掌握相关的知识。结合初学者实际的需要，实例典型且效果靓丽，介绍方式是技能结合软件知识，再配以随书光盘多媒体课件教学，读者就能更快捷更直观地了解此书的内容。

此书由东正科技策划编著，罗妙梅、杨格、柳琪、沈聪、佘敏、罗立海、张慧萱、曾双明和佘晓玲等参加编写，李霖和黎永泰提供部分数码照片。此外，参加工作的还有罗双梅、陈立、何伟、林徐攀、梁灿华、吴冠兰、黄玪瑜、戴银华、门晓仪、胡韵靖、李耀洪、刘文龙等。

多媒体光盘由杨格开发、林徐攀设计界面，多媒体制作等工作由东正科技和汕头大学4U2V工作室负责。

本书若存在不足之处，请读者朋友多多指正。如果要获得技术支持，请在购买本书后，尽快登陆本公司技术支持论坛，以便我们为您提供技术解答和资源下载等服务。本公司将定期无偿提供多种多媒体教学课件和教程，供读者参考。

东正科技技术支持站点：**http://www.4u2v.com**

技术支持信箱：**younger@4u2v.com**

摄影技术支持网：**www.dslr.com.cn**（单反之家）

编　者

目　录

3

第 1 章　入门准备

数码相片拍摄与后期处理超级手册

2

摄影是一门高深的学问，不经过专门的学习和训练加上不断的摸索，是不可能拍出好的作品来的。不必担心，读完这本书至少你会惊喜的发现，原来自己也可以拍出不错的数码照片来了。

1.1　家庭数码照片欣赏

轻松、愉悦、快乐、自然，这些早已不仅仅只依靠表情或情感来表达，通过一张小小的照片一样可以传达那些丰富的情感。欣赏一下下面的生活照，你能感受到的不光是照片所记录的人物动人的一刻，也同样能体会到摄影者享受摄影乐趣的心情。

名车美人　摄影：黎永泰

时尚女性　摄影：黎永泰

风　　摄影：黎永泰

彩　　摄影：黎永泰

母子背影　　摄影：黎永泰

西关小姐　　摄影：黎永泰

数码相片拍·摄与后期处理超级手册

4

童趣1

童趣2

童趣3

如果你使用的是小型的数码相机或卡片机，例如，像佳能 A95、尼康 7900、索尼 T33 之类的"小物件"，那么选择一款小型的三脚架就可以满足你的拍摄要求了，台式的或轻型的都可以。因为机器自重很轻，如果不是遇到大风天气，小型的三脚架足以稳定住相机的重心。伟峰最近推出了多款小型的三脚架，外形美观时尚，价格大约在 60 元左右。

如果你的拍摄要求较高，需要较大的收缩空间，建议购买铜管三脚架或轻型三脚架，此类三脚架价格也不高，大约在 90 元左右。

如果你使用的相机自重较大，例如，像富士 S7000、S5500，柯尼卡美能达 Z3、Z5，索尼 F717、F828 一类的长焦机型，在此建议你还是从相机的稳定性方面考虑，选择自重较大的半专业或专业型三脚架。你要是用的尼康 D70、D100，佳能 350D、20D 的摄影发烧友就更不要犹豫了，该花的钱总是要花的。此类三脚架铝合金材质的大约 200 元左右，碳纤维材质的价格较高，大都在 300 元以上。

不同型号的三脚架最低角度的设置是不同的，有的可近乎于 180°，大家可按自己的拍摄需要而进行选择。说了这么多，希望对大家在三脚架的选择方面能有所帮助，能够选择到一款好的适合自己的三脚架，如图 1-2-1 所示几种常见的三脚架样式。

图1-2-1　几种常见的三脚架样式

1.3　数码图像基本概念

通过了解关于数码图像的许多名词，可以让用户分清容易混淆的名词概念，帮助用户在今后的数码照片处理上更好地把握照片的属性。

1.3.1　矢量图和位图

在计算机图像领域里，根据成像原理和绘制方法的不同，所有的图形图像都来源于两种不同的构图方法：一种是用数学的方法来绘制的矢量图形；另一种则是基于屏幕上的像素点来绘制的位图图形。

1．位图

位图也叫光栅图或像素图，或点阵图像。位图可分解成无数的栅格（点阵），其中每一个像素的量值都单独记录，其优点是适合表现具有复杂色彩、灰度或形状变化的图像，例如照片、绘画、数字化视频图象。彩色位图文件信息量一般都比较大，因此图像的缩放会影响到图像的清晰度。

2．矢量图

矢量又叫向量，用矢量方法绘制出来的图形叫做矢量图形。矢量图形以数学坐标方式记录图形，即用坐标值和数学公式来界定一系列线段、形状、填充区域从而描述图形。矢量文件的信息量较小，矢量图形在放大、缩小或旋转时不会失真，图形的精确度较高，并可制作3D图形，可以将构成元素进行拆分。它的优点是比位图更灵活、高效、容易操作和编辑，其缺点是所表现的图像形状、色彩内容有限，无法达到如照片般的描述自然景观的效果。

1.3.2　像素、分辨率与图像尺寸

分辨率是和图像相关的一个重要概念，它是衡量图像细节表现力的技术参数。但分辨率的种类有很多，其含义也各不相同。正确理解分辨率在各种情况下的具体含义，弄清不同表示方法之间的相互关系，是至关重要的一步。下面就图像输入／输出分辨率作个介绍，供读者参考。

图像分辨率（Image Resolution）指图像中存储的信息量。这种分辨率有多种衡量方法，典型的是以每英寸的像素数（PPI）来衡量。图像分辨率和图像尺寸的值一起决定着文件的大小及输出质量，该值越大图形文件所占用的磁盘空间也就越多。图像分辨率以比例关系影响着文件的大小，即文件大小与其图像分辨率的平方成正比。如果保持图像尺寸不变，将图像分辨率提高一倍，则其文件大小增大为原来的4倍。简单地说，就是分辨率的大小决定着打印分辨率，分辨率越高，打印出来的图像就越清楚。

在这里，可以用一个更简单的比喻来加深读者对分辨率的理解。假设这里的这张照片的大小是 5cm × 5cm，一颗棋子代表了一个像素，如图1-3-1所示，那么这张图片就是有50像素，而在相同大小的另一张照片如图1-3-2所示的每个砖块里被放上了4颗棋子，那这张图片就是有100像素了。上面我们说过，分辨率的大小决定了图像的清晰度，因此可以认为，在相同的图像尺寸里，像素越高，图像越清晰。

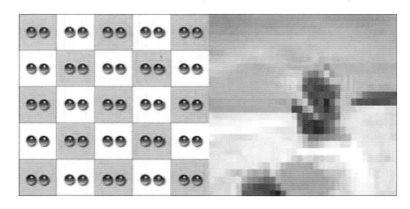

图1-3-1　50像素图像

图1-3-2　100像素图像

1.3.3 常用色彩模式

色彩模式是图形图像领域中最基本的知识，每一种色彩模式都有自己的优缺点，都有自己的适用范围，在 Photoshop 中有很多种色彩模式，例如 RGB、CMYK、LAB、HSB 等，但我们在使用 Photoshop 时，并不是每一种模式都经常能用到，下面就详细地介绍一下常用的几种色彩模式。

1. RGB 模式

RGB 是色光的色彩模式。R 代表红色，G 代表绿色，B 代表蓝色，3 种色彩叠加形成了丰

富多彩的颜色。在 Photoshop 中，这 3 种色彩叫做 3 个颜色通道（通过【窗口－通道】就可以调出通道面板），因为 3 种颜色都有 256 个亮度水平级，所以 3 种色彩叠加就形成 1670 万种颜色了。也就是真彩色，通过它们足以再现绚丽的世界。

在 RGB 模式中，由于红、绿、蓝通过叠加可以产生其他颜色，因此也将该模式称为加色模式。所有显示器、投影设备以及电视机等许多设备都依赖于这种加色模式来实现，而用于计算机屏幕显示时，RGB 色彩模式是最佳的色彩模式，它可以提供计算机显示屏全屏幕的 24 位的色彩范围，即真彩色显示。因此，以后只要是在显示屏上观看图片，就要使用 RGB 色彩模式，例如，用于网页的图像和电脑编辑过程中的图像都是 RGB 色彩模式。

2．CMYK 模式

CMYK 代表印刷上用的 4 种颜色，C 代表青色，M 代表洋红色，Y 代表黄色，K 代表黑色，因此又有人将其称之为印刷模式。因为在实际应用中，青色、洋红色和黄色很难叠加形成真正的黑色，最多不过是褐色而已，所以才引入了 K 代表黑色。黑色的作用是强化暗调，加深暗部色彩。

CMYK 模式主要用于打印输出，RGB 模式尽管色彩多，但不能完全打印出来，因此在通常情况下先用 RGB 模式进行编辑，再用 CMYK 模式进行打印输出，在打印前需要进行转换（转换的方法是：【图像－模式－CMYK】），然后再加入必要的色彩校正、锐化和修整，这样可避免图像损失层次，在一定程度上减少图像失真。但要注意，虽然在 Photoshop 中可以对 RGB 模式和 CMYK 模式进行转换，但一定切记不要在编辑图像时多次来回转换，这样不仅会丢失图像的层次，而且也会使图像的饱和度下降。

3．灰度模式（GrayScale）

灰色也是彩色的一种，灰度文件是可以组成多达 256 级灰度的 8 位图像，其中亮度是控制灰度的惟一要素。亮度越高，灰度越浅，越接近于白色；亮度越底，灰度越深，就越接近于黑色。当一个彩色文件被转换为灰度文件时，所有的颜色信息都将从文件中去掉。尽管 Photoshop 允许将一个灰度文件转换为彩色模式文件，但不可能将原来的色彩丝毫不变的恢复回来。

1.4　数码相机的使用与技巧

在操作数码相机之前，必须认真的阅读随机附带的使用说明书，因为不同品牌的数码相机，其操作是有所不同的，用户根据说明书的操作就可以很快地掌握最基本的操作。

因为不同数码相机有不同的操作，在此只能简要地介绍一下一般数码相机的基本操作方法和使用技巧。

1.4.1 一般的拍照步骤

1. 打开关闭数码相机

按照上一节的方法准备好数码相机后，接着就可以打开数码相机进行拍摄了。拨动数码相机上的【启动／关闭】按钮到"ON"或"OFF"位置（有的为按钮形式），可以将关闭状态的数码相机打开，反之则关闭，如图1-4-1是所示"奥林巴斯C5000Z"数码相机的开关。

图1-4-1 数码相机开关

数码相机正常打开后，电源指示灯亮，屏幕显示影像，镜头也为打开状态。

2. 设置拍摄模式

在打开数码相机后，根据对不同物体或环境的关系，需要选择不同的拍摄模式；一般数码相机都会有编程拍摄、优先拍摄、我的模式、动画记录、自拍、夜景、风景、纪念物、运动、肖像、全自动等模式的选择，如图1-4-2所示。

P A/S/M MY 📹 📷 🌙 ▲ 🏔 🏃 👤 AUTO

图1-4-2 选择模式

如果用户是刚接触数码相机，通常都不会有特殊的拍摄要求，这时就可以选择【AUTO】全自动进行拍摄；在这种模式下，如果不是在恶劣的环境下，一般都会拍出较好的效果来。

提示：
有些数码相机还可以先选定好模式后再开机。

3. 对焦拍摄

拍摄模式调整好了，就可以拿数码相机对拍摄物进行拍摄了，通常手持数码相机的姿势如图1-4-3所示。

水平握法　　　　　　　　　　垂直握法

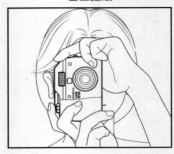

图1-4-3　手持数码相机的姿势

注意：

对于一般的数码相机，在拍摄时，手不可以碰到镜头部分；更不可以将手指放在镜头前面。

持好相机后，将一个手指（一般为食指）放在快门按钮上，然后将镜头对准被拍物体，再轻轻按下快门按钮，并不要松开手，这时数码相机会进行自动对焦（时间一般会在0.5秒至1.5秒之间），对焦完成后数码相机会发出提示，例如，数码相机的屏幕上出现闪动电光图标或红色的指示灯等。这时就可以给按在快门按钮上的手指加些力，继续往下按钮快门按钮，最后将听到轻微的"喀嚓"声，可能还会有闪光，这就表示已经成功的拍摄到一张照片了。

提示：

在对被拍物体进行取景时（确定拍摄范围），可以调节变焦杆（变焦按钮）来调整拍摄范围。

1.4.2　常用拍摄小技巧

1．闪光灯的使用

光是摄影艺术中不可缺少的物质条件，它能给摄影艺术带来绚丽多彩的画面，从一定意义上来讲，摄影的基础就是光。好的光线能使物体具有层次，让画面变得饱满，但是很多时候仅有现场的光线是不够的，还需要用到一些辅助光源，闪光灯就是其中的一种。闪光灯所发出的光线与自然界中的光线不同，自然光线是连续不断的，而闪光灯是在曝光瞬间释放出来的强烈光线，因此使用闪光灯时更需要掌握一定的技巧。

（1）闪光灯的种类

闪光灯的种类很多，而且有多种分类方法。从它与相机的关系来看，可以分为内置式和独立式。

（2）闪光灯的使用时机

事实上，闪光灯只是相机用来进行补光的小工具，而不要误认为它是一个主要的光源。所以，在光线不错的情况下进行顺光或者侧光拍摄，不使用闪光灯。另外，在拍摄夜景的时候,如果想使画面信息完整,应该使用长时间曝光或者配合慢速同步闪光灯来使用,而不能单靠闪光灯来拍摄,那样的结果就是:画面中的主题无层次的表露,而其他的要素则被忽略了。

2．微距拍摄功能

对于数码相机来说,很多产品都具有较好的微距摄影功能。其中有些数码相机能够拍摄距离很近的物体,这个时候采用的快门速度应该很慢而且最好是利用三角架来定位,并且这个时候采用相机本身的自动定时器能够防止出现抖动,这对于拍摄工作来说是非常有必要的。

3．拍摄夜景

拍摄夜景主要是拍摄夜晚户外灯光或自然光下的景物,拍摄时以灯光、月光、火光、霓虹灯以及街道上穿梭汽车灯光为主要光源。

首先采取夜景拍摄,又因手持拍摄会大大影响最终影像的素质,特别是在曝光时间较长时。所以,拍夜景时利用三脚架来定位,并采用自拍功能或者遥控拍摄,会大大降低抖动带来的影响。

4．拍摄动态物体

拍摄静态的物体对用户来说可能比较容易掌握,但在生活中经常拍摄动态的物体(例如赛跑、跑马、赛车、划船、舞蹈等),通过拍摄动态物体可以看到平常肉眼无法看到的景象,你将会发现另外一个世界,如图1-4-4所示。

图1-4-4　追随拍摄

追随拍摄又称追踪拍摄,是拍摄动体,尤其是横向直线运动的动体所常用的一种技法。它的拍摄要领是拍摄者随着动体的运动方向转动相机,在追随转动中按动快门。其效果使动体比较清晰,而背景线状虚影,主体突出,气氛强烈,给人以飞速之感。

（1）采用追随法摄影，首先要选择好拍摄点，并根据被摄动体到照相机的大致距离，预先调好焦距。拍摄点的选择，既要考虑背景，又要考虑光线。为了使照片主次分明，对比强烈，动感显著，背景宜选用深色的呈纷乱状态的物体，例如，树丛、人群、深色房屋等。这样在转动相机时，背景才能出现模糊线条，才会利于在深色背景的虚动与明亮主体的清晰之间强烈对比中表现动感。在用光方面，最好采用逆光或侧逆光拍摄。因为逆光照明，能使运动的轮廓清晰明亮、空间感较强，更有利于突出主体，使画面增色生辉。

（2）追随摄影，快门速度的选择也很重要，其原则是：拍摄运动速度越快、距离相机越近的动体，快门速度相应选较快一点；拍摄运动速度较慢、距离相机较远的物体，则选用较慢一点的快门速度，一般多用 1/60 秒，有时也可用 1/30 秒，最高不要超过 1/125 秒。快门速度过高，动感不强，追随效果不明显；快门速度太慢，技术上不宜掌握，主体容易模糊。

（3）追随拍摄的要领是持稳照相机，平稳追随动体，要使动体在追随过程中相对稳定于取景屏的中心。追随时，应采用头部与身体作为一个整体一起转动，这样有助于平稳追随。此外，站立方向也有讲究，不宜朝着你准备按快门拍摄的方向站立。在转动中按下快门是追随拍摄的成败关键，要求相机在按快门时不能停止追随。

1.4.3 电池方面要注意的问题

在使用数码相机时，电池是一个非常重要的因素。为了避免在拍摄过程中出现没电的情况，在拍摄前要有所准备。另外，科学的使用电池，也会有利于对相机的保养。

1．安装电池应该注意的问题

首先应该注意电池的型号、电压应与相机所要求的是否相符。在装电池前，要用橡皮擦去掉电池两极的油污、汗渍，否则会引起电池接触不良。

电池正负极的方向不能装错。装钮扣电池时最好戴手套操作，或用手指捏电池的外圆周面，以防止在电池两极上留下油污、汗渍。新旧电池、不同型号的电池不能混合使用。许多内置闪光灯的相机严禁使用镍镉电池（电池仓内或仓外在 Ni-Cd 符号上打叉的即如此）。较长时间不用相机时，应取出机内电池，以防电池漏液腐蚀电池仓触点。

2．电池的选购

市场上有许多新销售的电池电量本身就不足，甚至刚购买的电池就不能启动相机，对此要特别注意。

如果不是经常进行拍摄，选购相机时最好选择能用5号电池的相机，而尽量不购用锂电池的相机。因为锂电池虽有许多优点，但价太高，不过在寒冷地带拍摄，还是用锂电池的相机为好。

3．充电与使用

钮扣电池尽管是非充电电池，但当电池电量不足时又购不到合适规格的钮电池时，可用电压与额定电压相当的干电池与它"正-正"极、"负-负"极相连进行充电，但充电时间不能太长，否则钮扣电池将表面隆起，甚至爆炸。

许多电池在低温下电量会下降，在寒冷地区使用时，要注意选购受温度影响小的电池。使用中应注意电池状态显示，拍摄量大时要有备用电池（现在许多相机上附有电池盒，备用的电池可放在里面）。

把相机放进相机袋内时，切记先关闭电源，以免意外触动快门而浪费电量。

1.5 操作数码相机应该注意的问题

数码相机也是相机，它的构造和普通相机基本上是一样的。从外形上来讲，只是大部分数码相机在装有普通光学取景器的同时，还配置了一个高清晰度的液晶彩色显示屏，这样就可以随心所欲地选择一种取景方式。光学取景节省用电，液晶显示方便直观，这就是数码相机的优势所在，使用数码相机拍摄照片的大致步骤如下：

（1）检查电池是否装好，如没有，则打开相机底部的电池门，给相机安装好电池。

（2）转动相机后背上的模式转盘，将相机的【拍摄模式】（Mode）设置在【拍摄】（Capture）上。

（3）开启电源，检查相机内是否已经装有存储卡。安装存储卡的方法很简单，只要先分清存储卡的插入方向，打开卡门将存储卡插入相机指定的插槽，并将卡全部推入插槽内，然后关闭卡门即可。卸除存储卡的方法是：打开卡门，按相机底部的【弹出卡】键（Eject），存储卡就会自动地从插槽内滑出一部分，然后只要用手小心地拿住卡将它从插槽中取出，最后关上卡门即可。但这里有一点一定要注意，当数码相机取景器左边的【预备灯】（Ready）闪烁时，千万不能插、拔存储卡，否则一不小心就会造成【机毁卡亡】的严重后果，当然这不是一定会发生的事，但这是一个习惯性的问题，万一发生事故可就后悔莫及了。

（4）打开相机上的【快速查看】（Quickview）模式，将模式转盘转到【自选档】（Preferences），按【上／下】按钮直到高亮显示【快速查看】（Quickview）后，再按【进行】（DO－IT）按钮，液晶显示屏就会出现快速查看主菜单，接着再按【上／下】按钮直到高亮显示【ON】，最后按下【进行】按钮返回到自选主屏幕，快速查看功能就被正式开启。这样就可以按【进行】按钮对要拍摄的事物进行仔细的取景，而拍摄后照片将自动出现在显示屏上，用户可以很方便地对照片的拍摄效果进行检查，以便决定是否删除或重新拍摄该张照片。

（5）选定照片存储格式。将模式转盘转到【自选档】，待液晶显示屏出现自选菜单后，按【上／下】按钮直到【文件类型】（File Type）高亮显示，再按【进行】（DO－IT）按钮，这时相机会再次出现一个下拉菜单，选定【Flashpix】或【Jpeg】后，按下【进行】按钮返回到自选主屏幕，文件类型设置完成。

（6）检查相机的分辨率设置和图像质量的设定。数码相机分辨率有两种设置，分别是【高】（High）和【标准】（Standard）。设置相机分辨率的方法是：将相机的模式转盘转到【自选档】（Preferences）上，相机后背的液晶显示屏就会出现一个自选菜单，按动显示屏右边的【上／下】按钮，直到【分辨率】（Resolution）选项高亮显示，然后按下两个按钮当中的圆形【进行】（DO－IT）按钮，屏幕就出现了另一个下拉式菜单，再次按【上／下】按钮，选

17

定【高】(High) 或【标准】(Standard) 选项中的某一项后，再按【进行】(DO－IT) 按钮即可选定图像分辨率。

注意：

分辨率的设置是不会自动更改的，关闭电源后也是保持上次的设定，因此在每次拍摄前一定要检查相机的设置，否则，一切努力将会被毁于相机的低分辨率设置上。

在选定了分辨率后，相机的图像质量还有三档可供选择，大部分数码相机会把图像质量默认设置在【好】(Good) 档位，这个档位是一个折中的档位，它既保证相机所存储的照片具有一定的质量，又考虑到得使存储卡在有限的空间内尽可能多地拍摄照片。如果用户在拍摄时对照片的精度没有什么过高要求的话，这是一个最好的设置。但如果想使手中的相机达到最好的拍摄质量，使照片能最大限度地体现被拍摄物的质感、色彩和细节层次，那么就要将相机的图像质量设置在【较好】(Better) 甚至是【最好】(Best) 上。设置图像质量的方法是：使【图像质量】(Quality) 图标成为高亮显示后按下【进行】(DO－IT) 按钮，此时相机会出现一个下拉式菜单，然后按【上／下】按钮使想要选定的【Good】、【Better】、【Best】三项中的某一项成为高亮显示后，再按一下【进行】(DO－IT) 按钮即可选定自己满意的图像质量，显示屏就回到了自选主菜单。大部分数码相机的图像质量在选定后，是不会自动更改的，直到再次调整图像质量后，才会改变。这是使用数码相机不同于使用传统相机的主要方面，也是使用数码相机中最容易忘记的一点。

数码相机与传统相机不同的另一点：传统相机的功能调用基本上是通过按键或转动转盘的方法来实现，而现在的数码相机特别是家用的数码相机基本上是通过菜单选项的方式来实现的，这一点在以上的分辨率调整中已经明显地体现出来了。但为了尽可能地方便使用者，数码相机的生产者与设计者千方百计地使数码相机的一些常用功能与传统相机相一致。在这款柯达相机中，闪光灯模式、自拍、近摄、变焦等功能都是通过按相机顶部和背部右侧的按钮来实现的，而另外的一些功能如比较常用的曝光补偿就只能通过菜单选项来实现了，这对于使用惯传统相机的人来说很难适应。但只要弄懂了数码相机是怎么回事，掌握了以上的基本操作方法后，用户就可以放心地取景、构图、调整曝光补偿然后按下快门，一张相片就这样拍摄好了。

1.6　连接数码相机和计算机

数码相机与计算机连接，并进行数据交换是一件非常容易的事情，对于大多数数码相机，只要将USB缆线插入计算机和相机，然后开启相机即可。如果是手提电脑，则需要将记忆卡插入转接器的一端，然后将转接器插入手提电脑上的可用插槽中，之后选择要如何检视及下载影像就可以了。

对于照片的编辑可以使用数码相机制造厂商自带的软件或其他照片编辑程序，如果已安装相机所附的软件，当用相机的连接线将相机接入计算机时，该程序就会自动开启。照片就被下载到安装在计算机中的照片编辑程序中。如果是Kodak　EasyShare之类的底座型

（dockable）相机，必须按底座上的按钮才能开始下载相片。若要执行制造厂商软件允许范围之外的照片编辑，可使用全功能程序（如 Microsoft Digital Image Pro）或相机所附的程序来开启照片。

除此之外还有一个易行的方法，那就是将照片从 Windows 拖放到计算机硬盘上的数据夹中，然后储存它们以供日后编辑。若要使用这种技术，请将相机接入计算机，并开启相机，此时相机在计算机中的显示为【可移动磁盘】，并将磁盘代号显示在括号中。双击桌面上的【我的计算机】，再双击相机的抽取式磁盘图标。例如，相机可显示为【可移动磁盘：(G)】，双击显示的数据夹，再将数据夹拖曳到桌面，或在数据夹上单击鼠标右键，选择【传送到】，就可以将数据夹传送到桌面上的【我的计算机】数据夹中，或建立照片 CD。

当数码相机中的数据传输完毕后，就得从计算机上拔除相机。但若要安全地从计算机拔除相机，就请双击 Windows 任务栏右下角的删除硬件的小图标（在 Windows XP 上是【安全地移除硬件】；在 Windows 2000 或 Millennium 上是【拔除或退出硬件】），然后按照其要求一步一步地移除即可。若是 Windows 98/ ME 的操作系统，在【我的计算机】中，右击相机的抽取式磁盘，选择【退出】即可。

1.7　数码相机的保养

数码相机的使用寿命除了本身的制造因素之外，关键还在于保养。为了保持相机良好的工作状态，延长其使用寿命，就必须精心地加以维护。保养好取景装置，注意电源的使用，应做到防震、防冻、防热、防潮、防尘等。

对数码相机来说，最费时的工作就是对取景装置的清洁工作，特别是要保持镜头和液晶显示屏的清洁。清洁镜头的第一准则是只需在非常需要的时候才清洗，一点点的灰尘是不会影响图像质量的。当需要清洁的时候，应当用软刷，如貂毛制的画笔或吹风机来清除灰尘。指纹印对镜头的损害是很大的，所以应尽可能快地将其清除，在不使用镜头的时候一定要记住将镜头盖盖上以减少清洁的次数。

许多的数码相机带有与取景器配套使用的液晶显示监控器，它可能会粘上一些不容易擦去的指纹或其他污渍，这时，就只需用一块镜头布轻轻地擦拭就行了。

千万不要让相机直接暴露在高温下、一定要避免阳光的照射。天气特别冷的时候，应当将相机放在大衣里来保持它的温度。把相机从冷的地方带到温暖的地方时，为防止冷凝液在机体里产生，应把相机放在塑料包或用报纸裹住，直到相机的温度回升，因此了解不同温度下相机的保养也是必不可少的。

读 书 笔 记

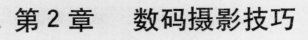

第 2 章　数码摄影技巧

摄影画面的构图

人物摄影技巧

风景摄影

动值物的摄影

其他不同题材和技法的摄影

动态摄影技巧

微距摄影

摄影中的角度处理

数码相片拍摄与后期处理超级手册

22

掌握一些好的摄影技巧,就能使业余的摄影爱好者也能拍摄出较专业的摄影作品来,使其在拍摄过程中对照片的拿捏显得更加的游刃有余,接下来就摄影中常会涉及到的问题来介绍数码摄影的常用技巧。

2.1 摄影画面的构图

摄影离不开构图,构图在摄影中的作用,是十分重要的,正如俗话所说,"不以规矩,不成方圆"。

一幅摄影作品如果没有完美的构图,是不能成为一幅佳作的。因此,对从事摄影的朋友们来说,学点构图原理是十分必要的,下面介绍几种常见的构图形式。

2.1.1 正三角形构图

如图 2-1-1 所示的正三角形构图,这种形式的构图,给人以坚强、镇静的感觉,在需要表现一定的气氛时,正三角形构图可以说是最恰当的形式之一。

图2-1-1　正三角形构图

2.1.2 倒三角形构图

如图 2-1-2 所示的倒三角形构图,这种构图具有明快、敞露的感觉。但是在它的左右两边,最好要有些不同的变化,打破左右两边的绝对平衡,才能使画面免于呆板。

图2-1-2　倒三角形构图

2.1.3 垂直式构图

如图 2-1-3 所示的垂直式构图,此类构图形式是由垂直线条组成,能将被摄景物表现得巍峨高大、气势磅礴。

2.1.4 水平式构图

如图 2-1-4 所示的水平式构图,采用这种构图,常能给人以一种平静、舒坦的感觉,用于表现自然风光,则更能使景色显得辽阔、浩瀚。

图2-1-3　垂直式构图

图2-1-4　水平式构图

提示:
构图不外乎是为求形成视觉上的动线及画面的平衡,将各种元素的重要性评估后,对其做位置上的调整。有别于绘画,摄影受限于时间的因素,经常在短时间内做出审慎的判断,若非经过一番磨练,将难以利用各种元素达成自身的目的。

2.1.5 延伸式构图

延伸式构图最能体现空间感。空间感，也称透视感，主要受透视规律的影响。只要表现出【透视现象】，例如，近大远小、近清楚远模糊等，就会使观赏者获得"远近的感受"。如图 2-1-5 所示的延伸式构图就是表现近大远小的构图。

上面的图是以"远小近大"的方式来突现透视，表达远近的感觉的。下面来看看通过平行线汇聚来展现此种效果，如图 2-1-6 所示。如果想更好地表现深远的空间感，那就需要强调线形透视规律。

图 2-1-5 近大远小构图　　　　　图 2-1-6 平衡线汇聚的构图

空间感的强弱与近处事物与远处事物大小对比有很大关系，对比强烈、悬殊，线条收缩越急，空间感越强。景物大小对比不明显，线条收缩缓和，则空间感越弱

2.1.6 满布式构图

让一张照片满满的将主题完全呈现，不加入任何其他的杂物，是一种相当好的构图方式。因为画面中只有主题出现，没有其他干扰的物品，所以会让整张照片的意念表达的相当的清楚，如图 2-1-7 所示。

这张图的画面将人物的脸部作为主题充满画面，显得很稳重又不失时尚，同样地，在摄影花草动物的时候，也可以采用这样的构图观念。

2.1.7 留白式构图

这个留白应该是适当的，背景应是比较单调或是不复杂的环境，可以运用这种方式。缩小主题在画面中所占的空间，而且不一定要将被摄影物摆在正中央，有时这样的表现可以让主题更为抢眼、醒目。

图 2-1-8 所示中的人物，左边留出了大片的空白，配合模特的身形和眼神展现出很娇媚的感觉，这样的留白使得空间充裕，视觉上并无空洞，反而衬托出人物的神形。留白要留在甚么位置，是一个很有趣的问题。有一个简单的决定方式，就是可以使用主题的"动线"，来决定留白的位置。

图 2-1-7 满布式构图

图 2-1-8 留白式构图

什么是【动线】呢？以上图为例，这张照片是以人物眼睛所看的方向来作为动线的参考，她的眼睛望向左边，另外整个身形也是朝左边运动的，因此将留白的位置决定在整个画面的左边，以这个作参考点来延伸。同样也可以依据身体的动线、物体前进的动线等来决定位置。

提示：

在拍照的时候，并不是一定会把主题完全的呈现，有时会裁切掉一部分，来作为所要表达主题的方式。裁切主题的方式需要好好的思考，如果裁切的方式失当，往往会破坏整个画面的协调性。

2.2　人物摄影技巧

对于人物的摄影，关键是要掌握一些细节的操作和技巧，各个方面都要考虑才能准确地拿捏人物的神态，拍出好的照片来。

2.2.1　人物摄影中的用光

根据相机、被摄体和光源所处的方位，可从任何面捕捉到被摄体。当主光源很强时（如明亮的阳光），从相机来看光落在被摄体不同部位，会产生出不同的效果。可分为4种基本类型的光线：正面光，45°侧光，90°侧光和逆光。

1. 正面光

这种类型的光线，是摄影证件照所使用的光线，拍照时光源在身前。正面光使被摄体没有一点阴影，被摄体的所有部分都直接沐浴在光线中，朝向相机部分全有光，其效果是展现出一个几乎没有色调和层次的影像。由于深度和轮廓靠光和阴影的相互作用来表现，而正面光只能制造出一种平面的二维感觉，因此正面光通常被称为平光。

正面光可以是低位的，像清晨或傍晚的太阳；也可以是高位的，像正午的太阳。每种位置都产生出不同的效果。当摄影面部时你会发现，使用高位正面光线可以在眼窝和鼻子下面投下很深的阴影；而使用低位正面光时，可以平射脸部，不会引起眯眼，如图2-2-1所示。

2. 45°侧光

在室外，这种光出现在上午九十点钟和下午三四点钟，被许多人认为是人像摄影的最佳光线类型。事实上，室内摄影人像使用的主要光线，多数为45°侧光。

45°侧光能产生良好的光和影的相互作用，比例均衡。形态中丰富的影调体现出一种立体效果，表面结构被微妙地表现出来。为此45°侧光被看作是【自然】光，如图2-2-2所示。

图2-2-1　低位正面光和高位正面光　　　　图2-2-2　45°侧光

3．逆光

当光从相机对面被摄物的后面照过来时，会获得极具艺术效果的逆光。如果你就此曝光，被摄物就会变成一个黑色的剪影。如果采用兼顾曝光，尽管被摄物与背后的光反差强烈，仍然可以捕捉到影像的细节。

如果光源处于高位，就会在被摄对象的顶部勾勒出一个明亮的轮廓，例如，模特的头发，就会制造出一种戏剧化效果，故其也被称为"轮廓光"。采用逆光，背对光的剪影物体，可以创造出既简单又有表现力的高反差影像。

2.2.2 如何拍好艺术照

人物摄影有多种风格，比较受欢迎的是小景深、虚化背景的风格，如图2-2-3所示。这种风格对数码相机的要求就是大光圈。因此，如果你的数码相机有F2.0左右的最大光圈，虚化背景就比较容易实现。

反光板是比较常用的光线辅助工具，补光、消除阴影、突出眼神等都全靠它的帮助，有了它，拍出来的照片效果大不相同。三脚架也是较为常用的工具，在光线稍暗，快门较慢的时候，有三脚架比没有三脚架的摄影成功率要高得多。

图2-2-3　人物摄影

1．化妆、发型和服装

化妆是非常重要的一环，合适的妆容可以掩盖一些细节、局部的缺陷，让平淡的五官和轮廓显得更加鲜明。

如果模特不是短发，就可以在摄影时选择将头发放松下垂、扎紧或者盘起来，做出不同的造型，以得到不同的效果。服装最好多带两套，以适应不同的场景。例如，在一片绿色的背景下，就可以考虑来个"红花还需绿叶扶"，这样不但画面色彩搭配漂亮，而且人物主题非常突出。

2．与模特的交流

摄影者可以充分与其进行交流，得到最大程度上的配合。尽量在摄影前和模特做一些适当交流。例如在前往摄影地点的途中，或者在摄影前准备器材的时候，了解对方是否有过相关的摄影经验。

3．常用道具和场景选择

常用的道具有太阳镜、太阳帽、纱巾、毛公仔、花、手机、椅子和沙发等，当然石头、树枝、汽车、摩托车、自行车甚至灯杆也可以利用。场景的选择方面，例如，在柳树、草坪、花丛、走廊、墙壁和柱子等的场景也比较容易拍到好照片。道具和环境的配合，应根据模特的个性和打扮来处理，选择更能展现出模特最美一面的道具进行组合，如图2-2-4所示。

图2-2-4　常用道具和场景选择

2.2.3　如何拍好人物旅游照

许多摄友外出旅行，大多都是和女朋友一起去，但许多人在摄影这类纪念照的时候，总喜欢将一些风景名胜的标志性建筑物取全取实，而自己的女友反倒成了风景的陪衬。

其实更应该关注的是女友本身，首先要把女友很仔细地观察一番才好着手拍摄，要寻找其最漂亮的地方进行构图和表现；同时在适当的时候，适当的角度将其放入画面，按下快门。

例如，假如女友的身材比较好，就最好摄影她的全身或半身照片，而如果女友的面容比较漂亮，而身材一般，则自然是多拍上半身，少拍全身了。

一般来说，在摄影这类人像作品时，最好将镜头放在长焦端并使用相机的最大光圈进行摄影，而相机与人物的距离则应保持尽量的近，这样，能够较好的控制图像的景深，使以女友为摄影主体的人物清晰而突出，令其身后的背景变虚，如图2－2－5所示。

图2-2-5　人物旅游照

2.2.4　人物正面、侧面及背面摄影技巧

下面分别介绍人物正面、侧面及背面的摄影技巧，了解其各自的特点。

正面摄影，线条结构对称、稳定，有庄重、威严的气氛。但正面构图缺少透视感，容易呆板，如图2－2－6所示。

侧面摄影，立体感强，能产生空间感和线条透视的效果。例如用侧面摄影人像，能充分显示优美姿态和面部表情。利用光线的明暗反差，可增强立体感。这是常被使用较多的角度。采用斜侧面摄影，人物在画面中有一部分正面，还有一部分侧面，就可以突出被摄物体的整个轮廓，如图2－2－7所示。

图2-2-6　人物正面摄影

背面摄影，绝大多数情况下都是为了内容的特殊需要而采用的，因此能显示出特殊的效果，如图2－2－8所示。背面摄影，也有许多印象深刻的好作品，这要靠在实践中去体会摸索了。

图2-2-7　人物侧面摄影　　图2-2-8　人物背面摄影

2.2.5　室外儿童的摄影

孩子是家庭生活的主角，下面就介绍如何拍好孩子在户外的游戏场景中的照片，给孩子、给生活留下美好的瞬间。

1. 孩子的笑容来自于交流

在室内给孩子拍照，孩子难免会有所拘束，表情也不够自然，理想的孩子照片来自于与孩子一起游戏以及在游戏中与孩子的交流，如图2-2-9所示。不要给孩子下命令，要求他摆出什么特别的姿势表情，孩子往往会在特别喜爱的活动中突然表现出最好的表情，这个时候也许才是按下快门的最佳时机。当你在和孩子一起玩耍的时候，也可以请其他人帮助你记录下精彩的一瞬。

图2-2-9　室外儿童的摄影

2. 预测孩子活动中的最佳摄影时机

在孩子的游戏玩耍中，试着预测可能出现的精彩场面。虽然机会转瞬即逝，但还是可以做好充分的准备。例如在孩子踢球或者喝水时，事先作好构图，半按下快门，等到精彩的时刻出现在构图中时，再全按快门，记录下来。同时，改变摄影的角度，例如伏在地上仰拍，也是不错的尝试，如图2-2-10所示。

图2-2-10　预测最佳摄影时机

3. 大人的视线与孩子的视线

摄影孩子停下休息的画面的时候，应该多多尝试以大人的视线，从上方斜向下摄影，尽量靠近孩子，使用垂直的视角，就会达到不错的效果。这时背景会以地面为主，达到背景简单的效果，相反，也可以由下而上捕捉孩子的视线，创造出不同的构图与效果，如图2-2-11所示。

图2-2-11　大人的视线与孩子的视线

4．利用不同的焦段

积极尝试使用不同的焦段，营造出不同的效果。近距离时使用广角端，会造成具有震撼力的现场感，使用长焦，可以表现出与背景的关系，得到不错的肖像照。使用和变换不同的焦段比较适合在孩子停下休息的时候摄影使用，如图2-2-12所示。

图2-2-12　利用不同的焦段摄影

5．表现画面的动感

摄影动作时，凝固动作固然很好，但是有时候利用模糊的效果来表现孩子活动中的动感也未尝不可。相机跟随孩子一起运动时，按下快门，这样背景，运动的手和脚容易模糊，而保持上半身以及面部的清晰，这样比较能够表现出画面的动感，如图2-2-13所示。但当你想要凝固正在荡秋千的孩子的动作时，使用短的闪光灯补光可以有所帮助。

2.2.6　人物拍照技巧与注意事项

在拍人物全身照或大半身照时，被摄者的姿势及造型十分重要。要使被摄者的姿势优美，下面提出初学者常犯的错误供读者参考。

1．头部和身体忌成一条直线

两者如成直线，难免有呆板之感，因此，当身体正面朝向镜头时，头部应该稍微向左或向右转一些，相片就会显得优雅而生动。同样道理，当被摄者眼睛正视镜头时，让身体转成一定的角度，会使画面显得有生气和动势，并能增加立体感，如图2-2-14所示。

图2-2-13　头部和身体忌成一条直线　　　　图2-2-14　表现画面的动感

2．双臂和双腿忌平行

无论被摄者是持坐姿或站姿，千万不要让其双臂或双腿呈平行状，因为这样会让人有僵硬、机械之感，妥当的做法可以是一直一曲或两者构成一定的角度。这样，既能造成动感，姿势又富于变化，如图2-2-15所示。

3．尽量让体形曲线分明

对于女性被摄者来说，表现其富于魅力的曲线是很有必要的。通常的做法是让人物的一条腿实际上支撑全身的重量，另一条腿稍微抬高些并靠着那一条站立的腿。臀部要转过去，以显示其最窄的一面，胸部则通过腰部的弯曲，尽量地显示其高耸和丰腴感。同时，人物的一只手可摆在臀部，以便给画面提供必要的宽度，如图2-2-16所示。

图2-2-15　双臂和双腿忌平衡

4．坐姿忌陷

表现被摄者坐姿时，不要让其像平常一样将整个身体坐进椅子。如果这样，她的大腿会呈休息的状态，以至于腿上脂肪较多的部分隆起，使大腿显得很粗笨。正确做法是让其将身体向前移，靠近椅边坐着，并保持挺胸收腹，这样可避免肩垂肚凸现象，如图2-2-17所示。

图2-2-16　让体形曲线分明　图2-2-17　坐姿忌陷

5．镜头宜远不宜近

一般来说，拍人物照时，距离远些总比近些好。因为当镜头（尤其是短焦距的镜头）离被摄者很近时，会出现畸形现象，因此，摄影时应选择合适焦距的镜头，并让镜头与人物保持一定的距离。

根据实践得知，若使用标准镜头拍人物头像，最佳距离再2m左右；拍胸像则在2.5~3.5m之间；拍全身像，以3.5~4m之间为宜，如图2-2-18所示。此外，让被摄者的手和脚紧靠着身体，有助于避免畸形现象发生，而一旦他们离身体前后较远，就会显的比例失调，手、脚会变得过大或过小。

图2-2-18　镜头宜远不宜近

6．表现好手姿

被摄者的手在画面中比例不大，但若摆放不当，将会破坏画面的整体美。摄影时要注意手部的完整，不要使之产生变形、折断、残缺的感觉。如手叉腰或放进口袋里时，要露出部分手指，以免给人以截断的印象，如图2-2-19所示。

图2-2-19　表现好手姿

2.3　风景摄影

美丽的大自然总是让人心旷神怡,它那千变万化的自然风光更是让人惊叹不已,记录每个动人的刹那,都是对美的享受。

2.3.1　夜景摄影

1. 常用夜景摄影模式

数码相机夜景摄影,是许多数码摄影爱好者追求的一个领域,因为数码相机的便捷性和直观性极大地提高了夜景摄影的成功率。

目前绝大多数的数码相机都提供了场景摄影模式,即使很多低于2000元的数码相机也具有夜景摄影模式。在一些更高档的数码相机上还提供了更细致丰富的场景模式,甚至具备傍晚、深夜模式等, 如图2-3-1所示。

使用夜景模式,在一般情况下都能取得满意的效果,当然最好采取在前面的内容中提到的使用三脚架辅助的方式,因为对于大多数的数码相机新手来说,采取这个方式进行夜景摄影是最简单可行又具有保障的方法。

图2-3-1　夜景摄影模式

2. 手动对焦摄影夜景的乐趣

常见的数码相机手动对焦包括数字调节式和对焦环式。数字式手动对焦通过LCD显示屏上的距离数值调节来达到准确对焦, 对于夜景摄影能发挥相当的效用。

通过液晶显示屏来查看对焦的效果,大概估计景物和相机之间的距离,然后通过显示屏上的数值显示,选择合适的焦距。如果为了表现大场景或者远处的景物,可以直接将焦距调整到无穷远处,这样能够很好地达到目的, 如图2-3-2所示。

图2-3-2　手动对焦摄影夜景

3. 摄影夜景曝光法门

曝光对于夜景摄影尤为重要，对于具备手动曝光控制的数码相机，通常选择A模式（光圈优先）或M模式（手动模式）来进行夜景摄影。

在夜景摄影时，一般是将F值设置为最大，然后再对快门进行调整，可以直接从液晶显示屏上看到画面效果。对于曝光时间长短的选择，一从技术上来讲，它受到数码相机本身的参数限制；二从创作上来讲，这是因人而异的问题。折中的办法就是采用多种曝光组合来进行摄影，然后在后期再进行筛选。

想展现流光溢彩的繁华夜色就需要长时间曝光的效果来完成，当然三脚架的辅助是必需的。要获得车流产生的灯光拖曳效果，曝光时间最短不能低于15秒，当然有经验的摄影者还可以用B门手动控制曝光时间的长短，这样摄影出来的相片画面具有流动的感觉，如图2-3-3所示。

图2-3-3　摄影夜景曝光法门

2.3.2　日落摄影

拍日落的最好时间是当太阳刚刚接触到地平线的时候，晚霞则是在日落后的10分钟。

通常情况下，自动测光就能够很好地测量出曝光量。在摄影时，试着在画面的前景加上人物或是其他的景物以增加情趣或特点。

要么可以在海边来个倒影，要么就使地平线低于摄影的画面。这个时候，变焦镜头十分有用，另外还需要使用三角支架或是其他的什么支撑物，以便使用慢快门的时候用来稳定相机，如图2-3-4所示。

图2-3-4　日落摄影

2.3.3　水的摄影

摄影喷射或飞溅的水，可以使用侧光或是逆光使水呈现为半透明状，这样做可以使湍急的流水看起来比较柔和、有一种浪漫的模糊效果。

很多初学者都很羡慕这样的飞花溅水的照片，其实自己也可以很轻松地拍摄出来，只需将快门大概控制在1/10到1/6秒就可以获得流动美感的水花照片，如图2-3-5所示。

当要摄影溪流、瀑布的时候，则可以支撑三脚架，尽量使用小光圈、慢速快门进行摄影。从而获得水流丝一般的质感。而对于山峦河流以及湖泊和蓝天进行摄影时，则可故意将群山起伏的曲线以及河流的蜿蜒与湖泊的澄清摄影下来，如图2-3-6所示。

图2-3-5　水的摄影　　　　　　　　　　图2-3-6　水的摄影

2.3.4　雪景的摄影

要想成功地摄影雪景，首先要分清雪景的种类，不同的雪景，有不同的摄影技巧。依据雪的形态，雪景可分为飘雪、积雪和风雪景观。摄影飘雪时，应该选择雪团直径大而且密度又较稀的雪天，并用深色的背景（建筑物、街道、树林等），把雪团飘落的轨迹衬托出来。摄影积雪景观最需要准确的曝光，必须考虑许多复杂的因素，例如天气的阴晴、时间的早晚、光照的方向和角度、雪的色泽和覆盖情况等。有经验的摄影者，会在测光值的基础上大胆增加一些曝光量。此外，面对阳光和雪地，必须合理使用滤色镜，如图2-3-7所示。

相对来说，摄影风雪景观难度最大。大雪纷飞，北风呼啸，恶劣的环境令人生畏，但也正是如此，倘若摄影出在风雪交加的环境中工作的人们，无疑会增强作品的说服力和感染力。风雪的摄影，若采用1/30秒的快门速度，则可拍出被风吹卷的雪花的流动感，从而增加作品画面的线条结构。

图2-3-7　雪景的摄影

依据摄影目的，对雪景照片进行分类，摄影侧重点应有所区别。

第一种是单纯的雪景，即使有人物，也是雪景中的点缀、陪衬，最有利的时机与方法就是：雪正在降落，特别是在降鹅毛大雪时，用小一点的光圈（如用标准镜头可用f/11或用f/16的光圈，距离标尺放在5m上）。

第二种是以积雪景，人物为主，要形成人与雪的强烈对比。此时注意雪的反光不能直接反射到人物的脸上或身上，太阳斜射地面时，起伏不平的雪自身投下阴影，会增加质感和量感。用彩色片拍雪景加用偏振镜，一方面能够调整天空的颜色，而且可以消除反光和降低色温（因为雪天色温较高，会出现蓝色的影子）；要尽可能用遮光罩，以防止杂乱的反射光进入镜头。

第三种是人在风雪中，雪的反射光可以反射到人物的身上或脸上。要选择在干雪中摄影，注意光线角度和背景画面的搭配。

2.3.5 云的摄影

在摄影正常光线下的云景时，可以直接对天空测光，并略微增加一些曝光量。如果是面对蓝天白云，最好是在测光的条件下，在镜头前加一块偏光镜，消除天空中的反光。使得白云在蓝天下更加突出，强调变化多姿的云景造型，如图 2-3-8 所示。

在云景的摄影中，还要留心一早一晚的云景变化，捕捉绚丽多姿的朝霞和晚霞，使得天空色调更加丰富多彩，如图 2-3-9 所示。

图2-3-8 强调云景造型　　　　　　　　图2-3-9 云的摄影

拍云霞要有耐心，最好在清晨日出前的 2 小时或日落前 2 小时就开始等待。朝霞起初最红，当太阳升高时，就慢慢消失；而晚霞呈橘红色时，可以按测得的曝光值再减少 1 档摄影。当彩霞呈耀眼的金黄色时，按其平均量减少 2 档摄影。云霞主要在太阳周围出现，特别是在日出前或者日落后的几十分钟内，天空也会出现异常美丽的霞光，千万不要错过机会，如图 2-3-10 所示。

摄影云霞一定要有耐心，尤其是在云层较浓厚的日子，将照相机固定在三脚架上时刻准备着，太阳有时突然从云层中透出，甚至从很窄的云层缝隙间闪现一道耀眼的光芒，若能抓拍到这一瞬间，一定会有意外的惊喜

图2-3-10 云霞

2.3.6 雨景摄影

当在雨中摄影时，找一处有遮掩的地方（例如门廊）。使用雨伞或者用塑料袋简单地包裹好相机，并为镜头留个洞，因为雨水会损害器材。留意落在镜头或者滤光镜上的雨珠，并且要经常把它们擦干净。

为了在半空中凝固雨滴，使用1/125或者更高的快门速度。1/60秒时雨滴会出现拉长现象并且在你降低快门速度时表现更为明显。

如果是在暗淡背景的衬托下最好突出雨滴，如果没有可能的话，尝试在画面中包含另一个清楚物体，表明正在下雨。例如打伞的人或者水滴落在水坑里，如图2-3-11所示。

搞清楚雨水是怎样影响到摄影的画面，树叶会发亮并且迎风的树干会因为潮湿而变得暗淡，使得树林变得更具戏剧性。一个农夫可以微笑着站在田里看着这场及时雨，但赶时间的生意人脸上可能一脸不高兴。

图2-3-11　雨景摄影

2.3.7　雾景摄影

悬挂在雾气中的轮船，漂浮在百合池塘上的雾水汽可以产生一幅非常令人共鸣的画面。像雪地一样，雾气也同样会欺骗测光表和闪光灯，有些雾气可能是完美的中间灰调或者其稀薄程度无关紧要，而有些却有可能近乎于白色，如图2-3-12所示。

为了确保正确曝光，可以从摄影主体上获取曝光读数，或者从灰卡上获得。在浓雾环境下，闪光灯光可能被水体颗粒反射掉而无法到达摄影主体，就像汽车打灯有时只会照亮雾气而无法照明道路时的情况一样，如图2-3-13所示。

如果雾气太浓的话，就应用干净的塑料袋简单地包裹好相机。留意凝结在镜头上的雾汽。当外面雾气茫茫时，不要被其暗淡的光线吓跑，弥漫的光线对于某些情绪类型的照片非常理想。

图2-3-12　雾景摄影1

图2-3-13　雾景摄影2

2.3.8　彩虹摄影

由于长波光折射得最少，而短波光折射得最多，所以彩虹的外缘总是红色，而内缘总是紫色。要像摄影日落一样去曝光，才能使所摄影的彩虹具有饱和的色彩。如果过分相信测光表，色彩的饱和度势必减弱，应该调整一级光圈或快门速度以减少曝光量，如图2-3-14所示。

图2-3-14　彩虹摄影

如果彩虹后面的天空很暗，就要缩小一级半光圈，加一个偏光镜就能改善色彩还原。偶尔能看到雾虹一片雾霭衬着一条白色的弧光。这种雾光不容易记录到底片上去，但只要曝光稍稍增加，即可成功。

可以尝试用各种焦距的镜头去摄影彩虹并试验各种构图，例如用一个16mm的镜头，就能表现一个完整的彩虹；用200mm的镜头可以拍出彩虹的一端与地面垂直相交的动人景色，而任何一种变焦镜头都可以轻松地变换各种构图。

2.4　动植物的摄影

可爱的动物们是地球上的精灵，它们给家庭欢乐，为大自然增添活力。很多时候，它们才是主角，来为这些小家伙们拍张照吧。

2.4.1　宠物摄影

如果把你的狗或猫当作一家人，那就把它们当家人来拍吧，也只有这样才能给它们拍出最好的相片，因为外人并不知道你的宠物的特殊表情、特技和习性。利用玩具或食物，吸引它们的注意。给狗一根骨头，给猫一个球。当它们在玩时，便可以拍它们的动作，如图2-4-1所示。

拍人像时比较强调眼神光，拍宠物也一样，作为业余摄影，很少有人用影室灯，所以注意自然光的方向就成了关键。为了表现眼神要顺光摄影，为了表现毛发则要逆光，同时注意用闪光灯补光，如图2-4-2所示。

图2-4-1　宠物摄影——狗　　　　　　图2-4-2　宠物摄影——猫

还有需要注意的是，在室内拍宠物时，闪光灯通常会惊吓到它们，而中断它们的动作，为避免这种情况发生，可以设定ISO感光度为300或者400，不用闪光灯。

2.4.2 花的摄影

摄影花卉的要点是：突出主体，不管是一支花还是一束花，往往花朵都掩映在绿叶之中，因此，在摄影花卉时，首先要考虑的是如何突出主体。突出主体除了在摄影中充分考虑好陪衬物的取舍外，还需要靠光线来表现，通过光所产生的不同影调，突出表现花的美丽形象。通常使用逆光摄影，获取轮廓光突出主体，如图2-4-3所示。

表现质感：不同的花卉有不同的质感，为了更好地表现出花朵的质感与纤秀的花瓣影纹层次，摄影时要充分注意用光与光比的适中。在光比反差过大的情况下，需要适当运用反光板或辅助光对阴暗处给予补光。如果在阴天摄影，反差小时，应该多在颜色搭配上下文章，如图2-4-4所示。

表现气质：长期以来，人们对不同的花，形成了不同的观念，赋予不同的性格，例如，梅花迎风傲雪、荷花出污泥而不染、牡丹花富丽端庄等。如何把人们赋予鲜花的气质表现出来，还要借助环境气氛的渲染，增加画面的意境。渲染气氛可以借助雨、雪、冰、霜及夜色、晨光、云霞等。

讲究构图：一幅成功的花卉摄影作品，构图都是十分讲究的，画面简洁往往是花卉摄影的共同特点。所谓画面简洁，就是避免杂乱无章的枝叶进入画面。为了突出花卉的美丽形象，陪体的作用是不容忽视的，如图2-4-5所示。

图2-4-3 突出主体 图2-4-4 表现质感 图2-4-5 构图搭配

要想使花卉摄影作品的画面更富于艺术魅力，能否充分利用色彩、影调、大小、虚实等对比手段增强构图的美感，是摄影者必须潜心研究并在实践中认真注意的。

选择背景：摄影花卉时，背景不外乎浅背景、深背景和模糊背景3种。但是不管选择哪种背景，必须以简洁为主。浅色背景可以用天空或者白色浅色的纸板；深背景，可以把鲜花置于背景阴暗处拍照，也可以用深色的丝绒及无反光的布或纸板代替；而模糊的背景主要是借助大光圈的浅精深效果。

2.4.3 鸟的摄影

鸟类摄影比动物摄影更为困难，因为鸟很怕人，人接近就会飞跳，很难在近距离内摄影。有条件时可以使用变焦镜头，人距离远一些，或者隐藏起来只露出照相机镜头，把照相机装在三角架上耐心的等待，或者在一定范围内撒下一些鸟爱吃的饲料。当鸟来吃食时，抓住适当时机进行摄影，拍鸟落地、飞翔和鸟在枝上歌唱的镜头，如图2-4-6所示。

图2-4-6　鸟的摄影

2.4.4　昆虫的摄影

要拍好昆虫照片，首先应当对昆虫的习性有所了解。色彩艳丽动人的花朵常常得不到昆虫的青睐，相反许多昆虫喜爱蒲公英之类的草本植物。

美丽的蝴蝶似乎总是愿意选择高处的花儿，这使你无法用微距镜头摄影。风常常吹得枝头来回摆动，这时可以用你所希望的角度来摄影，不过对焦要迅速准确，如图2-4-7所示。

当昆虫停在适合摄影的花儿上的时候，往往就能拍到高质量的照片。昆虫在采集花蜜时，十分专注，这对拍照十分有利。摄影昆虫时，可以选择花朵簇密的花丛，以花瓣为背景，由上往下拍，这样可以避免背景沉闷。俯拍蝴蝶最为容易，蝴蝶也会显得最为美丽。多数蝴蝶都是悠悠自在地停栖在花朵上，这就有足够的时间去构图、曝光。

蜜蜂是最难摄影的昆虫之一，总是不停地飞来飞去，这就必须迅速、准确地构图、对焦和决定如何曝光。另外，摄影昆虫所用的摄影器材也要求高一些、近摄皮腔和微距镜头是常备的。三角架或独脚架也是必备的装备，如图2-4-8所示昆虫的摄影。

摄影昆虫时，尽量把头部和眼睛的细节特征表现出来。以蝗虫为例，如果从侧面摄影，焦平面应该选择在凸出复眼的最高点和身体轴线之间的位置，这样可以充分利用前、后景深的空间，使得尽量多的细节落在景深内，这个小技巧需要实际练习才能掌握，如图2-4-9所示。

图2-4-7　蝴蝶的摄影　　　图2-4-8　昆虫的摄影　　　图2-4-9　昆虫的摄影

2.4.5　鱼的摄影

第一个办法，使用专业灯具＋专业镜头＋专业相机，摄影出的效果如图2-4-10所示。

第二个办法，使用外闪＋长焦，摄影出的效果如图2-4-11所示。要求无其他光线干扰，也就是屋子里要黑。闪光灯放在水面上方，离水面远些布光均匀，离水面近些亮度高，放在水里会出危险的。同步线连接相机和闪光灯，不能用引闪。

37

如果是DC，手动档或光圈优先，试拍 n 张选出合适的光圈系数；如果是胶片，好好计算一下吧。相机离远些并且有个小角度，防止出现相机的倒影，手动聚焦。

第三个办法，使用微距＋外闪，效果如图2-4-12所示。

也要在水面以上布设闪光灯。镜头紧贴缸壁，防止出现相机的倒影。这时基本上要用守株待兔法，光圈、快门、焦距全手动，等小鱼进入焦点按快门。

第四个办法，使用傻瓜机＋三脚架（或凳子）＋水族箱自身照明，效果如图2-4-13所示。

为了无干扰光线，可以关灯或拉上窗帘啦，一般适合长时间曝光，鱼都模糊了，只看见草。高感光度抓拍，如果水族箱的照明条件好，而且小鱼比较迟钝，有可能抓到鱼的片子。

图2-4-10   图2-4-11   图2-4-12   图2-4-13

2.5 其他不同题材和技法的摄影

针对不同的摄影题材，就会有不同的摄影技巧和需要注意的东西，千篇一律的摄影技法是不能拍出好的照片来的。

2.5.1 室内景物摄影技巧

从室外摄影室内的景物，一般需要透过窗户进行，户外光线一般要强过室内光线，这个时候需要解决两个问题，一是曝光时间，二是避免窗户反光。

如果摄影的数码相机具有手动控制功能，可以采取长时间曝光设定；如果数码相机属于傻瓜型的，可以将ISO灵敏度设置调高，采用ISO 200或者ISO 400摄影。

摄影室内景物最好是使用三角支架，如果没有，则找一个可以支撑的地方，例如说墙或是靠着一扇门，这样做的原因是为了防止因为长时间曝光而造成相机的晃动，从而导致照片画面的模糊。最好使用快门线，或是用自拍器以避免移动相机，如图2-5-1所示室内景物摄影

提示：

除非万不得已，不然不要将闪光灯打开，避免过强的反光。摄影室内应该增加些曝光时间，为了避免玻璃窗户反光，可以采用偏光镜摄影。

2.5.2 户外风景摄影技巧

拍风景时可以在画面的前景安排一些人或物,这样有助于画面中的空间透视的表现。找一个高地势的地方摄影,例如说阳台、房顶,山坡等。

通常下午是最适合摄影风景的时间。摄影时,使用偏振镜来调节天空的亮度,使天空变得暗一些, 突出蓝天上的白云,以增强画面的空间纵深感,如图2-5-2所示。

图2-5-1　室内景物摄影　　　　　　　　　图2-5-2　户外风景摄影

很多没有手动曝光控制的数码相机都带有场景摄影模式,而风景模式则绝对是其中包含的模式之一, 数码摄影爱好者可以采用风景模式来进行摄影。

户外风景摄影需要注意以下几点:

(1) 忌阳光直射以及人物与有色环境过近;
(2) 忌顶光时人物站在水泥地上拍照以及立于树旁拍照;
(3) 忌忽视滤光镜以及采用高速片;
(4) 忌胡乱补光以及完全依赖自动曝光档;
(5) 忌逆光直冲镜头;
(6) 忌穿反光过强的服装。

2.5.3 建筑物摄影技巧

城市的变化是日新月异,特别是以各种姿态俊美的建筑物为代表,这也是目前很多数码摄影爱好者喜欢的摄影题材, 如图2-5-3所示。

不过一般数码相机镜头多少都带有桶形失真,因此为了尽量减少图像的向上汇聚的变形, 最好是选择在比较高的视点摄影,例如在楼梯上,或是其他可以提高视点的地方。如果不能找到合适的地方落脚,那就通过退后, 远离被摄物体以减少失真,并使用最大的广角镜。

明亮的天空可以弥补建筑物的暗淡,使用偏振镜可以减少或消除建筑物上玻璃的反光。当然, 仰拍把握好了也能创造出独特的艺术效果,如图2-5-4所示。

数码相片拍摄与后期处理超级手册

40

对于一些特殊的建筑长条型，例如长城、古寺院的院墙，现代的玻璃帷幕进行摄影时，则可以利用空间的透视原则。将相机的机位放置在建筑物的一侧，使用相机的中焦端对整个建筑进行取景，而将对焦的焦点放置在长条型建筑物 1/3 段的位置上，并使用 f5.6、f8.0 等较小的使图像景深适中的光圈系数，对建筑物进行摄影，则可以获得被摄建筑由近及远而又深沉致远的特殊摄影效果。

图2-5-3　建筑物摄影　　　　　　　　　图2-5-4　仰拍

2.5.4　礼花焰火摄影技巧

1.焰火摄影器材准备

摄影焰火需要准备一些器材。要得到理想的焰火照片，三脚架是必不可少的，最好有遮光罩，使用遮光罩可减轻光线经过镜头折射后，在图像传感器上所产生的碍眼光斑。

2.焰火摄影特点

焰火精彩的瞬间只有短短的几秒钟，这样就为摄影带来了一定的难度，要抓住那精彩的瞬间不仅要有很好的摄影技巧，而且要对数码相机进行有效地设置也是必不可少的。焰火摄影选择一个合适的地方也特别重要，选择最佳摄影角度是一幅照片成败的基础。

3.数码相机的设置及使用

在摄影焰火之前，关闭闪光灯的自动闪光模式，选择禁止发光模式。将摄影模式定于 M 模式，曝光时间应该在 1~3 秒左右为好，通常礼花炸开后火星从中间扩散到四周只需要 1 秒的时间，然后就徐徐降落了，因此至少也要有 1/2 秒以上的曝光时间，否则看到的就是花粉了。

在较暗的环境下摄影时，很难进行 AF（自动对焦），可以手动设置成无限远（没有手动设置的相机可以设置成摄影远景模式）。白平衡设置为自动即可，ISO 值一般设为 100。

由于长时间曝光需要机身非常稳定，稍微一点点抖动都会造成烟花的轨迹和羊毛一样，一定要使用三角架，如图 2-5-5 左所示。进行适当的设置，就可以从容的抓拍下烟花绽开的景色，如图 2-5-5 右所示。

图2-5-5　礼花焰火摄影

2.6　动态摄影技巧

　　使用过传统相机的人都知道,在一般情况下,只要按下快门按钮,相机的快门几乎是同时被释放,瞬间就完成了摄影工作。

　　而数码相机却不同,在按下快门后,数码相机要完成对焦、曝光等一系列动作,直至快门被释放。因此这就出现了一个等待的过程,这个过程便被称为快门延迟,而过程所需的时间便是快门时间。

　　由于数码相机品牌、型号的不同,延迟时间的长短也存在很大的差别。利用好数码相机的"连拍"功能,便可以突破一次只摄影一张相片的局限,这样也可以从一次摄影的多幅相片中,挑选出最满意的一张,帮助你抓拍到精彩瞬间。

　　这里以型号类为 Sony S75 数码相机为例,为读者介绍如何用数码相机摄影连续相片。

2.6.1　摄影

　　先将数码相机的模式旋钮置于摄影静止影像位置,如图2-6-1所示。

　　打开数码相机电源,然后按下【Menu】(菜单)设置键,如图2-6-2所示,进入摄影参数设置状态。

　　此时,LCD上出现可设定的各个项目,根据摄影情况,使用【十字控制键】,分别设定【WB(白平衡)】、【ISO】、【Image Size】(图像大小)、【图像质量】、【Flash Level】(闪光级别)、【PFX】(特殊效果,一般情况下置于【OFF】即可)、【Sharpness】(图像锐度)等项目,如图2-6-3所示。

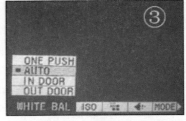

图2-6-1　摄影调节　　　　图2-6-2　参数设置　　　　图2-6-3　设置数码相机

41

其中【Rec Mode】（记录模式）项的设置是需要大家特别留意的。具体设置过程如下：用【十字控制键】选择【Rec Mode（记录模式）→ Burst2】（S75 提供的连拍功能较弱，一次只能摄影 2 张，目前有的数码相机连拍数量已经超过了 10 幅，真正发挥了连拍功能的强大威力），LCD 的顶部中央位置出现多幅相片的标志，表明相机已经处于摄影连续相片状态，如图 2-6-4 所示。

最后按下【Menu】键，退出项目设置。

2.6.2　连续摄影

图 2-6-4　设置完成

摄影连续相片与摄影普通相片操作相似，但还是有一定的区别：摄影连续相片的目的是为了抢拍精彩的瞬间，错过了就很难有补拍的可能。而普通相片（如留影相片等）可以反复摄影，直到满意为止。

因此，要成功地利用"连拍"功能抢拍到精彩瞬间，除了事先做好以上的基本设置外，还必须注意以下几点：

（1）最大限度地缩短快门延迟时间。

（2）选择合适的相片尺寸，有一定的提前量。

（3）在【连续相片】模式下，数码相机的内置闪光灯被强制禁止使用，而且对光线的要求高。

按下快门后，数码相机按照机内预设好的程序，以每秒钟 2 幅以上的速度连续摄影。

2.6.3　动态摄影实例

在运动的场景摄影中，对焦是一门很难掌握的技巧，这是因为体育运动摄影的被摄对象都具有很强的动感，速度很快，它不大可能允许你去慢慢地琢磨，精益求精地对焦。专业的体育摄影记者都是采取追踪对焦；他们不断改变焦距，随时让竞赛者在取景框中保持清晰的影像。但是，这项技巧初学摄影者是很难练得炉火纯青的。

为了适应这种场合，不妨暂时不考虑取景框的范围如何，只利用测距框追踪被摄体，这样在感觉上可能会轻松一些。

假如想把被摄运动员拍在画面中央以外的位置，而且还要利用自动测距系统时，应该利用对焦自动锁定装置，让焦点固定住。要是被摄体呈激烈移动状，时间上不容许利用锁定装置，而构图又非要求把被摄体摆在画面中央以外的位置不可，此时就必须解除自动对焦，而改为手动对焦，如图 2-6-5 所示。

拍体育运动照片时还有一种常用的对焦方法，那就是陷阱调焦，即当被摄体进入预定焦点时随即按下相机的快门。一些先进的相机就具有这类性能，陷阱调焦很适用于体育摄影，用此方法来摄影足球运动员跳跃争顶的动作就十分理想。

摄影时，可以先把焦点调在球员可能争顶的某一点（或者通过球下落的轨迹来判断），然后把焦点锁定，使其不再前后移动。最后使运动员飞越时的情况按下快门，即可摄影到清晰度很高，很生动的照片了。

图2-6-5　动态摄影

值得一说的是，如果被摄体以很快的速度运动，例如赛场上飞奔的球员，有冲刺、有急停急转，那在运用陷阱调焦技巧时，还必须提前按动快门。也就是说应该在主体抵达这个地点之前的一刹那按下快门。

提前按快门，可以弥补按下快门到快门实际打开之间的那段时差。当然，目前某些先进的自动对焦相机的对焦能力已赶得上球员运动的速度，即使像赛车是以最高速度从画面上横向疾驰而过，也可以把它拍下来。

如果在摄影前不清楚运动物体会经过哪一点，只知道会通过某一区域，那么可以用区域对焦方式，使用高ISO，尽量使用小光圈。对焦时，让这一区域处于景深范围之内，把确切的焦点对在这一区域靠近相机方的1/3处，因为前景深小于后景深。如此操作，就能获得较好的效果。要是运动员出现在较远的距离上，可以采用超焦距的方式摄影，使用最大景深摄影。

对焦的目的自然是为了求得高质量的影像，焦点清晰是基本的要求。但对初学者来说，要求每张照片都能清晰有一定的难度，因为影响焦点清晰的因素有许多，如果不能很好地把握，就很难获得清晰的影像。

2.7　微距摄影

经常很多人会为相片上面花蕊的构造，蚂蚁的特写而感叹不已。这就是微距摄影的魅力。现在许多普通的数码相机都有这个功能。只要不断尝试，自己也能拍出令人羡慕不已的作品。

微距摄影的题材很广泛，盆养的花、厨房菜板上被切开的菜、家中的小饰品、屋檐落下的水滴、楼下草地里的昆虫世界等，如图2-7-1所示。

图2-7-1　微距摄影

43

2.7.1　微距摄影时的注意事项

首先从摄影花草等静物的微距相片开始。因为它们不会动,所以你有充分的时间考虑用光构图等,而且还可以不断尝试直到获得满意的效果。

大光圈可以获得极好的浅景深,并且有大的透光度,片子不容易发虚,同时还可以获得艺术的美感。微距摄影中经常会用到三脚架、独脚架等。架稳相机,就能大大增加清晰度。相机的定时自拍功能,也能减少相机摄影中的震动。

另外,在微距摄影中,相机镜头与被摄物间已经离得很近,极有可能遮住部分光线,所以辅助光是不可少的。如果在室内摄影,可以使用大功率家用台灯之类。为了排除灯光颜色对相片色彩的影像,可以用一张白板纸来测量和调节白平衡。

微距摄影是最困难,也是最有挑战性的,当然是摄影行动迅捷的小昆虫了。这个时候,高速快门是你应该考虑的第一要素。

获取高速快门有3种途径:

(1) 使用大光圈,通光量足了,快门速度就可以相应提高。

(2) 使用高ISO感光度,但高ISO感光度会造成画面较粗糙,颗粒感加强,因为表现微观世界一定要细腻一些好,所以一般不建议使用。

44

(3) 使用闪光灯,例如,为了拍一只纵深感清晰的蚂蚁相片,只有通过小光圈才能获得,但是小光圈带来的负面效果就是透光量的减少与快门速度的降低,而行动快捷的小动物不会给你机会打辅助长明灯光,闪光灯是惟一选择,而且行动要快。为了避免直射过曝,可在闪光灯上加柔光罩,如图2-7-2所示。

2.7.2　微距摄影技巧

测光与聚焦模式尽可能不用点测,因为在点测时反而测焦不准。一般的消费类数码相机手动聚焦功能较弱,而在被摄物较小不易准确聚焦时,可以在同距离处手持手表之类的大一点的物件来辅助对焦。

拍微距本身就要与被摄物离得很近,使用液晶屏取景,可以让摄影者很从容地构图,并方便看到最终的浅景深效果。适当尝试逆光效果。特别是边缘薄且透的植物花、叶之类,逆光下会表现出特别的美感,如图2-7-3所示。

图2-7-2　在闪光灯上加柔光罩　　　　图2-7-3　微距摄影技巧

2.8 摄影中的角度处理

拍相片的角度，不仅对表达摄影内容起着重要的作用，而且对形成优美的构图也是不可缺少的重要环节。不同的摄影角度，拍出的相片差别很大，变换一下角度，能直接影响画面结构。

例如，在同一距离、同一高度、用相同焦距的镜头，采用仰角、平角、俯角拍出3张相片。虽然前后景物没有变化，而画面内包括的内容就不同了。

如果采用不同的高度。在同一距离，用仰角、平角、俯角分别拍出的3张相片，进行比较后就会发现前景和后景的变化很大。这就说明相机与被摄物体的角度不同，产生的效果也不相同。

2.8.1 俯视

即拍照时相机的位置高于物体，从上向下摄影。其特点是视野辽阔，能见的场面大，景物全，可以纵观全局。这种方法多用于拍大场面，例如摄影粮食大面积丰收，草原及成群的牲畜，交通枢纽，水面等。如果俯角较大，虽没有广阔的场面，摄影特殊题材时也有其独特效果，如图2-8-1所示。

图2-8-1 俯视

2.8.2 平视

即相机与被摄物体大致在一个水平线上。这种角度接近人眼的习惯印象。平视构图的特点是透视效果好，一般不易产生变形。这种方法顺手、方便。不需要任何附加设备，但拍出的相片很少有变化，也不新颖。初学摄影者习惯用平视角度拍照，如图2-8-2所示。

图2-8-2 平视

2.8.3 仰视

仰视是从下向上摄影，相机低于被摄物体，拍出的相片地平线低。仰角摄影的特点是，可使景物拍得宏伟、高大，如拍建筑物，有直插云霄之感。拍高台跳水，以蓝天作背景，显现出运动员的凌云之势、腾空飞翔之感。低角度摄影，还可舍弃杂乱的背景，使画面简洁，主体突出，如图2-8-3所示。

图2-8-3 仰视

数码相片拍摄与后期处理超级手册

46

　　选择高低角度的同时，还要对景物的横向角度加以选择。镜头角度的高低，直接影响画面中的水平线和空间深度的改变。以拍建筑物为例，是拍正面、侧面还是拍背面，要多方观察，定好角度后再进行构图。

　　再如摄影人物头像，不妨围绕被摄人物，结合光线、脸形等特点，细心观察，在最美最理想的角度进行摄影。选择角度。主要服从于内容的需要，一方面最能体现被摄物体的特征，最富有表现力，就在哪个位置摄影。

第 3 章　　照片处理软件认识

了解 ACDSee 7.0

安装 ACDSee 7.0

认识 ACDSee 7.0 的工作界面

在 ACDSee 中浏览图片

在 ACDSee 中获取数码相机中的照片

了解 Photoshop CS2

安装 Photoshop CS2

认识 Photoshop CS2 的工作区域

认识 Photoshop CS2 查看图像工具

使用数码相机拍摄照片，计算机永远是其最佳搭档，但更离不开优秀的照片处理软件。它们的结合，使照片的浏览和处理变得更加快捷、简易，让我们更好地享受数码科技时代带给我们的无穷乐趣，在接下来的章节中就主要介绍家庭常用照片查看管理、处理软件ACDSee 7.0 和 Photoshop CS2，其他的图像处理软件将在实例中介绍，让大家对其有个初步的认识了解，方便在以后的学习运用。

3.1　了解ACDSee 7.0

　　现在，随着数码相机的普及、图片资源的扩大，如何管理和利用好这些数码图片成为用户迫切的需求之一。

　　著名的经典图形浏览软件、也是目前最流行的数字图像处理软件 ACDSee，在大家的翘首期盼中终于揭开了7.0的神秘面纱。其实从3.0版本开始，它就几乎成为每台电脑必备工具之一，它所提供的功能也不负众望，在相片编辑、专业高品质打印、图片处理，以及其他丰富的网页和多媒体复合功能方面更上一层楼，相信一定会让喜欢它的朋友更加爱不释手。

　　它广泛应用于图片的获取、管理、浏览、优化工作、甚至是和他人共同分享。使用它可以轻松从数码相机和扫描仪中高效获取图片，并进行便捷的查找、组织和预览。

　　ACDSee 7.0以显示缩略图速度较快的优点深受广大电脑爱好者的喜爱，它能快速、高质量显示各种所支持的图片，但你是否知道，它为什么会有这么快的显示速度吗？其实在ACDSee 7.0安装后，第一次运行，它就会建立一个图像数据库文件ImageDB.ddf，在这个文件中，储存了所有当前文件夹中的缩略图信息。再配以内置的音频播放器，我们就可以享用它来播放出精彩的幻灯片了。ACDSee 7.0还能处理如Mpeg之类常用的视频文件。在处理数码影像方面，会是大多数用户最得心应手的图片编辑工具，轻松处理数码影像，其拥有广大民众最为常用的去除红眼、剪切图像、锐化、浮雕特效、曝光调整、旋转、镜像等功能。它的批量处理功能也让人振奋不已。

　　ACDSee升级到现在，已经不仅仅是一个看图软件了，它所提供的工具能让你在图像甚至数码影像制作上得心应手。它支持超过50种常用多媒体格式，让用户几乎能观看各种类型的多媒体格式，包括影像、声音、压缩文件和影片档案格式，例如，JPEG、GIF、TIFF、MP3、WAV、ZIP 和 MPEG。通过拖放式设计，使用户能够轻松地管理这些文件。

　　另外，配合内置的媒体播放器，用户可以用它来播放常用的视频及音频文件，例如，AVI、MPEG、WAV 和 MP3 等。

　　以下为 ACDSee 7.0 版本的新特性：

　　ACDSee 7.0将拥有更多的新特性和文件格式的支持，包括主流数码相机制造商的RAW格式支持，总共支持100种。

　　强大的工具可以进行自动备份（同步）用户的照片集（仅能在该版实现）。

　　ACD Photo Editor 3.1 加强了编辑的功能（仅能在该版实现）：主要是配合主程序，使ACDSee 7.0拥有更为强大的图像编辑和处理功能。

ACD FotoSlate 3.1可以实现完美的打印效果：主要运用于数码相册处理及打印方面，用它可以建立、保存、打印具有专业效果的电子相册，提供超过450多种相片打印模板，也可以自行定制相册样式。

Flash 和 PDF 文件可以用幻灯片形式显示。

图片转换增加3种格式可供选择：PDF、WBMP 和 JPEG2000。

为 CD/DVD 刻录自动地创建临时文件夹。

通过 Context Sensitive 工具栏轻松使用相关工具。

可刻录 MPV 格式 HighMAT 格式的图像和媒体在你的电视上播放。

可同时显示多个全屏图像进行比较。

3.2 安装ACDSee 7.0

在安装之前必须先到网站或通过其他途径获取 ACDSee 安装程序，因为 ACDSee 没有正式的中文版，一般安装完原版之后还需要安装汉化补丁。

● 知识重点：ACDSee 7.0软件
● 学习难度：★

操作步骤

（1）运行安装程序。双击安装程序即可进入安装状态，然后在弹出的窗口中点击【Next】按钮，如图 3-2-1 所示。

（2）在弹出的对话框中选择"同意协议"选项，如图 3-2-2 所示。

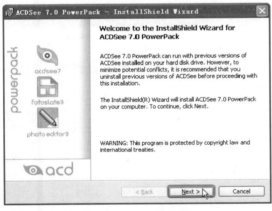

图3-2-1　开始安装

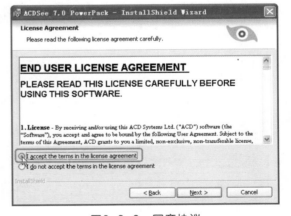

图3-2-2　同意协议

提示：
如果用户选择的是第二个选项，那么将无法继续安装。

（3）选择安装模式。弹出第三个窗口，在 User Name 栏输入"super"，在 Organization 栏中输入"doking"，在 License Code 栏的右边选择"Full"，并在下面的输入栏中输入完整的序列号；如果用户没有安装序列号，则可以选择 License Code 栏右边的"Trial"测试安装，本实例选择第一项，然后点击【Next】按钮，如图 3-2-3 所示。

（4）选择安装类型。在"安装类型"窗口中，第一项为系统默认安装类型；若要改变安装类型，则必须选择第二项。本实例选择第二项，然后点击【Next】按钮，如图3-2-4所示。

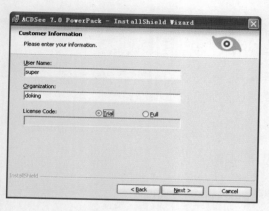

图3-2-3　输入相关信息

图3-2-4　选择安装类型

（5）选择安装路径。在"安装设置"窗口中，点击右下角的【Change】按钮，在弹出的对话框中重新设置安装路径，如图3-2-5所示，接着点击【OK】按钮返回"安装设置"窗口，然后点击【Next】按钮。

（6）完成安装。在后面所弹出的窗口中都直接点击【Next】按钮，直到弹出完成软件安装的窗口，在该完成窗口中会询问是否查看软件的自述文件，如果不想浏览可以取消该选项，如图3-2-6所示，再点击【Finish】按钮完成安装。

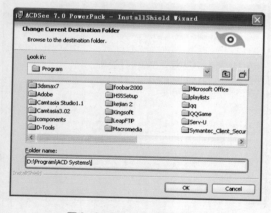

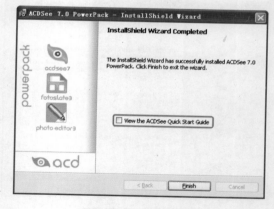

图3-2-5　设置安装路径

图3-2-6　完成安装

（7）安装汉化补丁。要想正确的安装汉化补丁，必须先退出正在运行的ACDSee主程序或者其他组件，这时会弹出一个对话框，点击【好】按钮，如图3-2-7所示。接着在双击运行汉化补丁程序，在弹出的窗口中都直接点击【下一步】按钮，直到弹出"请选择目标目录"窗口，在该窗口中要注意安装的目标目录要与原程序的目录相同，如图3-2-8所示，接着继续点击【下一步】按钮，直到弹出"成功汉化"对话框，然后点击【完成】按钮完成汉化操作，如图3-2-9所示。

图3-2-7 退出ACDSee主程序

图3-2-8 安装补丁的目录要与原程序一致

图3-2-9 完成汉化操作

提示:

安装汉化补丁时，如果安装的目录与原程序不同，则无法进行汉化。

软件成功安装后，用户可以双击创建在桌面的快捷图标按钮或者通过【开始】菜单来启动ACDSee 7.0。

3.3 认识ACDSee 7.0的工作界面

ACDSee 7.0是目前最流行的数字图象处理软件，其工作界面十分简洁，如图3-3-1所示。

● 知识重点：熟悉ACDSee 7.0软件

● 学习难度：★

ACDSee 7.0的工作界面主要由以下5个部分组成：

1. 菜单栏

菜单栏可以运行ACDSee 7.0的所有命令和打开其他窗口，如图3-3-2所示。

图3-3-1 工作界面

文件(F) 编辑(E) 视图(V) 创建(R) 工具(T) 数据库(D) 同步(S) 帮助(H)

图3-3-2 菜单栏

【文件】菜单：执行【新建】、【打开】、【获取】和【打印】等操作。

【编辑】菜单：可以对选中的文件进行【剪切】、【粘贴】、【重命名】和【设置说明】等操作。

【视图】菜单：使用户能够方便地打开或关闭某个子窗口。

【创建】菜单：通过该菜单可以创建幻灯片、光盘、HTML 相册、压缩包和图册等。

【工具】菜单：集合了很多的工具命令。

【数据库】菜单：可以方便地进行转换数据、备份数据和还原数据等操作。

【同步】菜单：可以将创建好的同步文件保存到其他地方，例如，网络硬盘、连接的远程计算机，或者一些外设的储存器（例如，移动硬盘）。

【帮助】菜单：可以方便地打开帮助命令，或者查看 ACDSee 7.0 的相关信息。

2．工具栏

工具栏是为了用户能够更快地执行某个命令而设置的，在该栏中列出了用户经常使用到的命令或工具，通过点击相应的命令图标可以执行相关的操作，ACDSee 7.0中提供了两个工具栏，如图 3-3-3 所示，上边为主工具栏，下边为快捷工具栏。

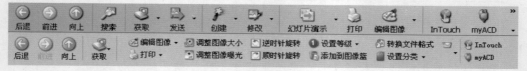

图3-3-3　工具栏

提示：

若要打开或关闭工具栏，可执行【视图】│【工具栏】命令，在弹出的下拉菜单中选择相应的命令即可。

3．工作区

在ACDSee 7.0窗口中占据最大范围的是工作区，它用于显示选择后的文件夹下的所有文件，如图 3-3-4 所示。

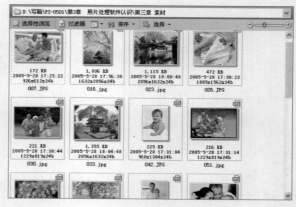

图3-3-4　工作区

4．其他快捷窗口

其他快捷窗口指的是除工作区外的其他小窗口，例如位于左边的【文件夹】、【组织】、【日历】和【预览】窗口；这些小窗口可以在【视图】菜单中任意的打开或关闭，有了这些小窗口的配合，使得工作时更方便、更快捷，如图 3-3-5 所示。

图3-3-5　其他快捷窗口

5．状态栏

状态栏位于窗口的最下方，用于显示所选择文件或文件夹的相关信息，如图 3—3—6 所示。

总计 23 个对象 (10.6 MB) | 🖼 169.jpg | 662.6 KB，修改日期：2005-5-28 18:18:34 | 1015x1510x24b

图3—3—6　状态栏

3.4　在ACDSee中浏览图片

ACDSee 7.0 作为著名的经典图片浏览软件，在浏览图片时，不仅浏览速度快，而且操作过程极其简单。

● 知识重点：ACDSee 7.0软件的使用

● 学习难度：★

操作步骤

（1）预览图片。在左边的【文件夹】窗口中打开存放图片的文件夹，然后在工作区中点击图片，图片就会在左边的【预览】窗口显示出来，如图 3—4—1 所示。

（2）单独窗口显示图片。若要将选中的图片以单独的窗口打开方便查看，可直接双击该图片即可，如图 3—4—2 所示打开的单张图片浏览窗口。

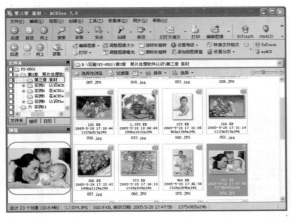

图3—4—1　预览图片　　　　　　　　图3—4—2　浏览窗口浏览图片

（3）浏览图片时的操作。在浏览图片的同时可以对图片进行编辑，例如浏览上／下一张图片、选择图片、缩放图片、保存图片和打印图片等一系列的操作。

【另存为】按钮🖫：将编辑后的图片进行保存。

【上一图像】按钮🖼：打开同文件夹下的上一张图片。

【下一图像】按钮🖼：打开同文件夹下的下一张图片。

【自动前进】按钮🖼：点击该按钮，系统会根据默认的时间设置自动播放同一文件夹中的所有图片；若想停止自动播放，只需再次点击【自动前进】按钮即可。

【滚动工具】按钮📃：（当图片被放大后，比例大于浏览窗口时）按紧鼠标左键并移动鼠标可以浏览图片的其他地方。

【选择工具】按钮📄：选择图片中的某一部分图像。

【缩放工具】按钮🔍：对图片进行放大或缩小的操作。

【逆时针旋转】按钮📃：将图片进行逆时针方向的旋转。

【顺时针旋转】按钮📃：将图片进行顺时针方向的旋转。

3.5　在ACDSee中获取数码相机中的照片

通过ACDSee 7.0软件，我们可以方便、快捷地从数码相机中获取照片，要获取数码相机中的照片，首先必须将数码相机与电脑连接，接着在开启ACDSee 7.0软件后就可以进行照片的获取工作了。

● 知识重点：【获取】命令的使用

● 学习难度：★

操作步骤

（1）将数码相机与电脑连接。利用买数码相机时所佩带的USB线将数码相机与电脑进行连接，启动数码相机时电脑将会弹出找到新设备的提示，并自动将该设备安装好，最后还会在任务栏的右边弹出如图3-5-1所示的提示。

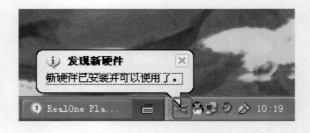

图3-5-1　连接成功提示

提示：

出现如上图3-5-1所示的提示后，一般系统将会自动弹出数码相机中存储图片的文件夹，如果没弹出该对话框，可以通过打开【我的电脑】，然后打开【可移动磁盘】即可。

（2）执行获取向导。启动ACDSee 7.0软件，点击工具栏中的【获取】按钮，在弹出的下拉菜单中选择【来自相机或读卡器】命令，打开"获取向导"对话框，如图3-5-2所示。然后点击【下一步】按钮。

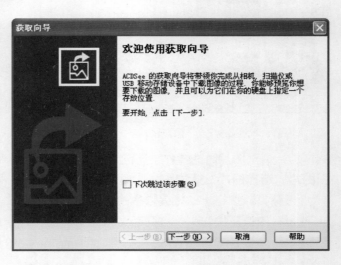

图3-5-2　打开获取向导

（3）选择来源设备。在"来源设备"窗口中，列出了所有连接在本地计算机上的启动器或外存储器，在此要选择相应的数码相机设备。首先在类型栏中选择"移动存储设备"，接着在设备栏中选择相应的数码相机的名称，如图3-5-3所示，然后点击【下一步】按钮。

图3-5-3　选择来源设备

（4）选择要获取的照片。在"文件复制"窗口中，列出了所有储存在数码相机中的数码照片，默认状态下为全选状态，若想获得数码相机中的所有照片，直接点击【下一步】按钮即可；若只想导出部分照片，可先点击【清除全部】按钮将默认的全选状态去除，然后再勾选要导出的照片，如图3-5-4所示。选择好照片后，点击【下一步】按钮。

提示：

勾选图片右上角的小方框即可以将其选择，如果要同时选择多个连续的图片，可以先拖动鼠标进行复选，然后再勾选其中的一张照片，其他的照片也会跟着被勾选。

（5）输出设置。在"输出选项"窗口中，可以设置获取后的照片的名称及存放位置。在文件名栏中选择"保持原始文件名"选项，点击目标文件夹栏的"位置"右边的【浏览】按钮，在弹出的"浏览文件夹"对话框中为照片选择一个存放的位置，选择好后点击【确定】按钮，如图3-5-5所示。

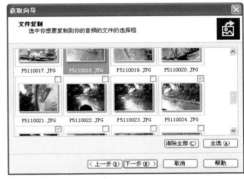

图3-5-4　选择照片

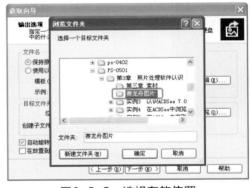

图3-5-5　选择存放位置

（6）导出照片。在"输出选项"窗口中，目标文件夹栏中"创建子文件夹"所设置的目录将保存到上面位置栏所设置的文件夹中，是用来存放获取后的照片，该文件夹的名称可随意更改。在窗口底部的两个复选框，选择第一项，则会自动旋转导出的照片；选择第二项，则在获取照片后，系统会自动将设备中原有的照片删除，点击【下一步】按钮，如图3-5-6所示。

图3-5-6　导出照片

提示：

在文件名栏中有两种获取照片后命名的方法："保持原始文件名"和"使用以下模板重命名文件"。若要更改获取后照片的名称，则需选择第二项。操作方法为：首先点击【编辑】按钮，弹出"编辑文件模板"对话框，然后在该模板中重新设置样式，这里设置为"赛龙舟_####"，如图3-5-7所示。模板样式后面的4个"#"代表跟在样式后面排列的替代符号，例如，赛龙舟_0001、赛龙舟_0002等依次排序，设置完成后点击【确定】按钮。

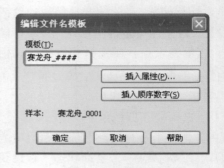

图3-5-7　修改模板样式

（7）浏览获取后的照片。软件将数码照片获取后，弹出"正在结束获取向导"窗口，勾选"浏览你的新图像"选项，如图3-5-8所示。点击【完成】按钮确定操作后，将会在ACDSee 7.0中列出从数码相机中所获取到的照片，如图3-5-9所示。

图3-5-8　完成获取向导

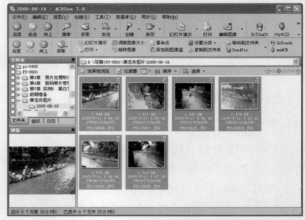

图3-5-9　获取到的照片

3.6　了解Photoshop CS2

　　Photoshop是由Adobe公司于1990年首次推出的，Adobe公司成立于1982年，在图像和电脑绘图领域一直处于领先地位，而Photoshop经过数十年的改版也发展成为目前全世界采用最广泛的数码图像处理软件之一。作为当今应用最为广泛的专业图片处理软件，具有完善而强大的功能，在全球领域内被广泛的应用在图片处理的各个领域，例如广告设计、网页设计、封面设计、商业制作、彩色印刷、数码处理和电影出版业等。

　　Photoshop不仅具有强大的图像处理功能，而且具有广泛的兼容性，采用开放式结构，能够处理其他模块和图像输入输出设备，界面美观、操作方便，受到了广大用户的青睐。

现在，Adobe 公司推出了 Photoshop CS2 中文版，该软件是专业图像编辑标准，也是 Photoshop 数字图像处理产品系列的旗舰产品；它所提供的功能远远超过用户的想像和期盼。Photoshop CS2 也可称为 Photoshop 9.0，因为从 Photoshop 8.0 开始，Adobe 就开始把 Photoshop 整合到 Adobe Creative Suite 内，并将其称为 Photoshop CS。

Photoshop CS2 不仅具有创意的选项、更多的自定义习惯，而且在数码相机的批处理和文件操作方面更加有效，使得用户在应用 Photoshop 进行工作时，能更轻松惬意。其专业的图像编辑标准，带给用户无止渴望的图像艺术传递；其先进的具有创造力的工具间的轻易转换，能够帮助用户达成意想不到的完美结果；而绝无仅有的、空前的适应性则能够让用户轻松自如的应对工作；凭借有效率的编辑、处理和文件操作，在工作上起着事半功倍的作用。

与前版本 Photoshop CS 相比，Photoshop CS2 在保持原来风格的基础上，对工作界面和菜单也进行了调整，使结构更加合理，使用起来更加方便，而且还新增了一些功能例如，色彩管理的改进，通过用于色彩管理的简化打印界面进行打印。多图像相机原始数据，能在极短的时间内处理完整个照片拍摄过程；高动态范围(HDR)处理具有扩展动态范围的32位/通道图像；光学镜头校正，用来校正镜头偏差；能快速的减少杂色；新的污点修复工具，不用选择源内容，就能快速修复污点和瑕疵；还有只需点按一次即可校正红眼的红眼修复工具等。

不仅如此，用户还可通过自定菜单、批文件处理为多种文件格式等来大大地提高工作效率。

3.7 安装 Photoshop CS2

在进行图形图像的处理之前，必须先对 Photoshop CS2 软件进行安装。在安装软件前，则必须先在市场上购买或者在网上下载安装程序，然后在 Windows 系统下正确地安装 Photoshop CS2 软件。

● 知识重点：Photoshop CS2 的安装

● 学习难度：★

操作步骤

（1）运行安装程序。将装有 Photoshop CS2 的光盘放进光驱或通过其他途径将安装文件拷贝到硬盘中，接着打开放有安装程序文件的文件夹，运行安装文件，在弹出的安装界面中点击【安装 Photoshop CS2】按钮，如图 3-7-1 所示。

图 3-7-1　安装向导界面

（2）软件的安装信息。之后在欢迎界面的提示安装信息窗口中，点击【下一步】按钮，如图 3-7-2 所示。

图 3-7-2　提示信息窗口

（3）许可协议。在随后的"许可协议"窗口中，用户应点击【接受】按钮，否则将无法进行下面的安装操作，如图3-7-3所示。

（4）输入用户信息。在"用户信息"界面中，分别输入用户名和组织等相关信息，然后点击【下一步】按钮，如图3-7-4所示。

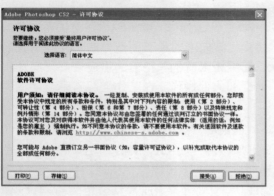

图3-7-3　接受协议

图3-7-4　输入用户信息

（5）选择目标文件夹。在"目标文件夹"窗口中，Photoshop CS2默认的安装路径为"C:\Program Files\Adobe\Adobe Photoshop CS2\"，若想把Photoshop CS2安装在其他指定的目录下，可以单击【更改】按钮，在弹出的对话框中选择所需要安装的目录，如图3-7-5所示，选择好后点击【下一步】按钮继续操作。

（6）设置文件关联。在"文件关联"窗口中，用户可以选择Photoshop或ImageReady打开的文件类型，还可为每一类型指定具体的应用程序，通常情况下使用默认设置即可，然后点击【下一步】按钮，如图3-7-6所示。

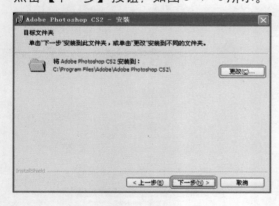

图3-7-5　选择目标文件夹

图3-7-6　设置文件关联

提示：

通常C盘都为系统盘，为了提高计算机的运行速度，一般会把Photoshop CS2软件安装在C盘以外的其他盘。

（7）准备安装。用户在确定所有安装信息准确无误后，点击【安装】按钮，安装程序则开始执行安装，如图3-7-7所示。

（8）完成安装。当软件安装结束后，会弹出向导完成界面，用户可勾选或去选"显示自述文件"复选框，来决定是否显示 Photoshop CS2 的自述文件，最后点击【完成】按钮结束安装，如图 3-7-8 所示，退出安装向导。

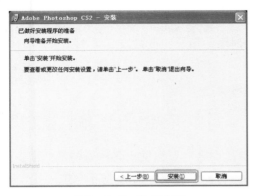

图3-7-7 准备安装

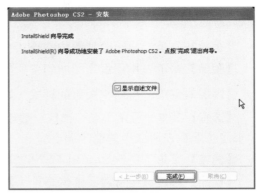

图3-7-8 完成安装

3.8 认识Photoshop CS2的工作区域

运行 Photoshop CS2 后，其工作界面如图 3-8-1 所示。

● 知识重点：认识 Photoshop CS2 的工作区域和命令

● 学习难度：★

初学者在学习使用Photoshop CS2前，应先了解Photoshop CS2的工作区域及基本命令的名称和位置等，有了大概的了解对后面的学习有极大的帮助，就可达到事半功倍的目的。

Photoshop CS2 分为 6 个工作区域，分别是标题栏、菜单栏、工具属性栏、工具栏、图像编辑区以及调板。

（1）标题栏。标题栏位于窗口的最顶端，是所有 Windows 应用程序所共有的，用于显示当前所运行的程序或已经打开的图像文件

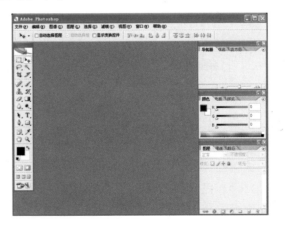

图3-8-1 Photoshop CS2操作界面

的名称。它的左边是 Adobe Photoshop 标记，右边有 3 个与 Windows 应用程序风格一样的按钮，分别为最小化、最大化及还原和关闭，如图 3-8-2 所示，

图3-8-2 标题栏

（2）菜单栏。菜单栏位于窗口的第二行，是Photoshop CS2 的重要组成部分，包括【文件】、【编辑】、【图像】、【图层】、【选择】、【滤镜】、【视图】、【窗口】和【帮助】9 个菜单，如图 3-8-3 所示。

文件 (F) 编辑 (E) 图像 (I) 图层 (L) 选择 (S) 滤镜 (T) 视图 (V) 窗口 (W) 帮助 (H)

图3-8-3　菜单栏

【文件】菜单：主要用于图像的新建、打开、浏览、存储、置入、打印，以及自动化处理等操作。

【编辑】菜单：用于处理图像的剪切、粘贴、清除、填充、变换及定义图案等。

【图像】菜单：用于设定图像的各项属性参数。

【图层】菜单：可对个图层的样式、属性等进行编辑。

【选择】菜单：可用于取消选区、重新设置选区和反选，还可以将已设置好的选区保存起来或将保存在通道里的选区调出。

【滤镜】菜单：是Photoshop CS2中最引人注目的命令，可以做出各种奇特的效果。

【视图】菜单：可针对图形的路径、网格、图像切割、选取范围等进行预览。

【窗口】菜单：在此菜单下用户可以随意的开启或关闭各调板。

【帮助】菜单：使用户能够随时获得帮助，以便更好地使用Photoshop CS2软件。

在单击相应的菜单名称后，即可打开该菜单，每个菜单中都包含有数量不等的命令，单击命令即可执行相应的操作。若想关闭打开的菜单列表，可以通过单击菜单外的任何地方，或者按下"Esc"键。

（3）工具属性栏。该属性栏是从Photoshop 6.0开始出现的，位于菜单栏的下方，当用户选择工具栏中某个工具时，工具属性栏就会显示相应工具的属性设置选项，就可方便地设置和调节各属性。如图3-8-4所示为【移动工具】的选项栏。

图3-8-4　【移动工具】选项栏

（4）工具栏。默认情况下，Photoshop CS2的工具栏位于窗口的左边，其中包括了20多组工具，加上其他弹出式的工具总共有50多个，如图3-8-5所示。使用这些工具可以轻松的编辑图像。

（5）图像编辑区。图像编辑区用来显示图像文件，以供用户浏览、描绘和编辑等，如图3-8-6所示。

提示：

Photoshop CS2的工具栏具有简洁、紧凑的特点，它将功能类似的所有工具归为一组，若工具图标的右下方带有三角形符号，则表示该工具的下面还存在同类型的其他工具。选用工具时既可直接在工具栏中点取，也可以通过敲击工具的快捷键来获取工具命令，工具的使用将会在以后的章节详细介绍。

（6）调板。也就是浮动面板，一般显示在窗口的右侧，方便操作。在每个调板的右边都有一个黑色的三角形按钮，单击可打开相应的菜单，如图3-8-7所示。

图3-8-5　工具栏

图3-8-6　图像编辑区　　　　　图3-8-7　调板

3.9　认识Photoshop CS2查看图像工具

认识和了解Photoshop CS2 中的查看图像工具，有助于更快更好地处理图片。

● 知识重点：【缩放工具】的使用，导航器的使用等

● 学习难度：★

操作步骤

（1）放大视图。用户可通过以下3种方法来放大视图：

1）在工具栏中点击【缩放工具】或按快捷键"Z"键。鼠标会变为一个中心带有加号 🔍 的放大镜，如图3-9-1所示。

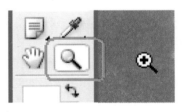

图3-9-1　放大工具

注意：

点按要放大的区域。每点按一次，图像便放大至下一个预设的百分比，并以鼠标按的点为中心显示。当图像到达最大放大级别1600%时，放大镜中的加号将消失。

2）执行【视图】│【放大】命令，将图像放大至下一个预设百分比，如图3-9-2所示。当图像到达最大放大级别时，此命令将无效。

图3-9-2　放大工具

注释：

图像的100%视图所显示的图像与它在浏览器中显示的一样（基于显示器分辨率和图像分辨率）。

3）在视图窗口左下方状态栏的"缩放"文本框中输入任意放大级别，点击"回车"即可，如图3-9-3所示。

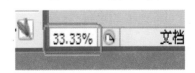

图3-9-3　缩放文本框

61

数码相片拍摄与后期处理超级手册

62

（2）缩小视图。与放大视图相对应的，缩小视图也同样有下述3种方法：

1）选择【缩放工具】，按住键盘上的"Alt"键以启动缩小工具。指针会变为一个中心带有减号 🔍 的放大镜，点按要缩小的图像区域的中心，如图3-9-4所示。

注意：
每点按一次，视图便缩小到上一个预设百分比。当文件到达最大缩小级别时，放大镜将显示为空。点按选项栏中的"缩小"按钮 🔍 缩小至上一个预设百分比。当图像到达最大缩小级别时，此命令将无效。

图3-9-4　缩小工具

2）执行【视图】|【缩小】命令，也可将图像缩小到上一个预设百分比，如图3-9-5所示，当图像到达最大缩小级别时，此命令将无效。

3）在视图窗口左下方状态栏的"缩放"文本框中输入任意缩小级别，点击"回车"键即可。

（3）使用"导航器"调整视图。当图像放大至无法在窗口中完整显示时，可通过导航器来方便的查看图像，执行【窗口】|【导航器】命令，开启导航器，拖移图像缩览图内显示图像窗口边界的视图框，就可快速的调整视图的角度，如图3-9-6所示。

图3-9-5　缩小工具

（4）更改【导航器】调板视图框的颜色。从"导航器"调板菜单中选取【调板选项】，如图3-9-7所示。在弹出的对话框中，若使用预设的颜色，直接选取颜色栏下拉列表中喜欢的颜色即可；也可以点击【自定】在弹出的"拾色器"中编辑颜色，如图3-9-8所示。

（5）抓手工具。要想在图像窗口内随意移动图像，可在工具栏中点击【抓手工具】或按快捷键"H"键，调整图像的视图的位置方便查看，如图3-9-9所示。

图3-9-6　导航器工具

图3-9-8　调板选项

图3-9-7　导航器

图3-9-9　抓手工具

(6) 更改屏幕显示模式。用户可通过选择不同的屏幕显示模式来改变图像查看的方式，改变屏幕的显示模式有下述 3 种方法：

1) 执行【视图】|【屏幕模式】|【标准屏幕模式】命令，或点击工具栏中的【标准屏幕模式】按钮□，如图3-9-10所示。"标准屏幕模式"：默认视图，将显示菜单栏、滚动条和其他屏幕元素。

2) 要显示带有菜单栏和50%灰色背景，但没有标题栏和滚动条的全屏窗口，可执行【视图】|【屏幕模式】|【带有菜单栏的全屏模式】命令，或点击工具栏中的【带有菜单栏的全屏模式】按钮□，如图3-9-11所示。"带有菜单栏的全屏模式"模式：扩大图像显示范围，但在视图中保留菜单栏。

图3-9-10　标准屏幕模式

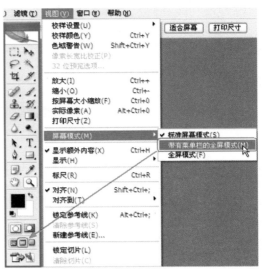

图3-9-11　带有菜单栏的全屏模式

3) 要选择只有黑色背景，没有标题栏、菜单栏和滚动条显示的全屏窗口，可执行【视图】|【屏幕模式】|【全屏模式】命令，或点按工具栏中的【全屏模式】按钮□，如图3-9-12所示。"全屏模式"：可以在屏幕范围内移动图像以查看不同的区域。

(7) 查看多幅图像。图像编辑区是用来显示图像的位置，在此可打开同一文件夹下的多张图片。在【窗口】|【排列】的下拉菜单中，Photoshop为用户提供了多种查看多幅图像的方法，例如【层叠】、【水平平铺】、【垂直平铺】、【匹配缩放】和【匹配位置】等，如图3-9-13所示。

图3-9-12　全屏模式

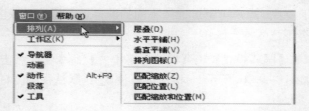

图3-9-13　查看多幅图像

(8) 关闭窗口。执行【文件】|【关闭】命令，关闭当前窗口。执行【文件】|【全部关闭】命令，关闭所有打开的窗口，如图3-9-14所示。

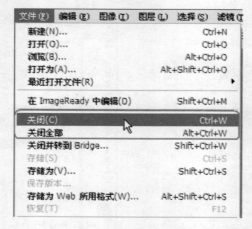

图3-9-14　关闭窗口

第 4 章　数码照片管理

刻录光盘备份照片

"文件浏览器"浏览照片

创建联系表

给数码照片排序分类

获取照片信息

搜索照片

设置照片查看方式

成批照片重命名

快速分离扫描的照片

保存数码照片文件

数
码
相
片
拍
摄
与
后
期
处
理
超
级
手
册

照片管理得当，不但方便保存，也便于查找。Photoshop CS2不但具有强大的照片处理功能，而且对于数码照片的管理也一点不弱。在这一章节中，主要就Photoshop CS2的【浏览器】来介绍其数码照片管理功能，帮助用户更好地管理照片。

4.1 刻录光盘备份照片

光盘刻录软件Nero可以将旅行的视频和数码照片作成各种光盘，录音资料制作成CD、WMA及MP3音乐光盘。使用该软件可以方便、快捷的备份文件到CD-R光盘上，进行长久保存。下面所要介绍的就是如何使用Nero这个光盘刻录软件把照片刻录成盘进行照片备份。

● 知识重点：刻录软件"Nero"的使用
● 学习难度：★

操作步骤

（1）运行"Nero"。启动"Nero"后，就会出现如图4-1-1所示的NERO欢迎界面。

（2）执行【制作数据光盘】命令。在主菜单中选择【数据】，并在其子菜单列表中点击【制作数据光盘】，如图4-1-2所示。

图4-1-1　Nero欢迎界面

图4-1-2　创作数据光盘

（3）添加照片。出现"光盘内容"界面后点击【添加】按钮，就可以往光盘里添加要刻录备份的照片，如图4-1-3所示。

（4）选择照片文件。弹出"选择文件及文件夹"对话框后，用户可以在本机上选择要添加的照片，并点击【添加】按钮。添加完毕后点击【已完成】按钮结束此操作，如图4-1-4所示。

（5）"光盘内容"窗口操作。如果要取消添加的照片，可选定该照片后点击【删除】按钮即可，确定添加内容后，单击【下一步】按钮，如图4-1-5所示。

（6）最终刻录设置。在此窗口中，用户可在当前刻录机栏选择默认或本机刻录机，在光盘名称栏为自己刻录的光盘命名，本例在此命名刻录光盘名为"DOKING"，在光驱中放入光盘后点击【刻录】按钮，如图4-1-6所示。

图4-1-3 添加照片

图4-1-4 选择文件及文件夹

图4-1-5 确定添加内容

图4-1-6 刻录照片设置

（7）刻录照片。此时"Nero"开始将用户选定的照片刻录到光盘中，若用户想中断刻录，可按右下角的【停止】按钮，如图4-1-7所示。

（8）完成刻录。等待其弹出如图4-1-8所示"已完成数据验证"的界面后，点击【确定】按钮即表示刻录备份工作完成。

图4-1-7 数据验证界面

图4-1-8 刻录完成界面

（9）结束操作。弹出提示完成界面后，单击【下一步】按钮，如图4-1-9所示。

（10）退出"Nero"。用户在此界面中可选择继续刻录等其他操作，或点击【退出】按钮退出正在运行的"Nero"程序，如图4-1-10所示。

至此刻录备份操作已完成，数据备份的光盘只能在计算机上进行照片的读取，如果用户想刻录DVD盘的数据备份，在图4-1-2所示的界面中点击【创作数据DVD】即可。

图4-1-9　完成界面

图4-1-10　Nero退出界面

4.2　"文件浏览器"浏览照片

"文件浏览器"分为2个主要区域：主窗口和面板区域。主窗口用来显示照片的缩略图；面板区域又包含了3个小区域，分别是最上面的文件夹面板、中间用于显示当前被选择缩略图的预览图、和最下面用于查看当前所选照片的信息窗口。

● 知识重点：使用"文件浏览器"浏览照片

● 学习难度：★

操作步骤

（1）打开浏览器。在Photoshop CS2中执行【文件】｜【浏览】命令，打开"文件浏览器"窗口，如图4-2-1所示。

（2）浏览器的面板。"文件浏览器"的面板区域，不能像Photoshop CS2的调板那样可以随意移动，它们必须位于"文件浏览器"内，而且固定在窗口的左边。位于最上端的是"收藏夹"和"文件夹"面板，用于打开照片文件的存放路径，如图4-2-2所示。

（3）保存收藏。如果要频繁访问某个文件夹，则可将该文件夹保存到收藏夹中，以方便查看。选中该文件夹，执行【文件】｜【添加到收藏夹】命令，如图4-2-3所示，该文件夹就会直接显示在主窗口地址栏下拉列表内的收藏夹中。要从收藏夹中删除文件夹，只需选中文件夹并执行【文件】｜【从收藏夹中移去】命令或右击选择该命令即可，如图4-2-4所示。

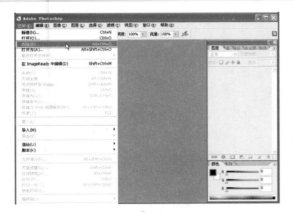

图4-2-1 打开浏览器

图4-2-2 【文件夹】面板

图4-2-3 添加文件夹到收藏夹

图4-2-4 从收藏夹中移去文件夹

（4）在文件夹之间移动照片。"文件浏览器"的另一特点是可以在文件夹之间移动照片。若要移动某照片，用鼠标左键点击并拖放到"文件夹"面板中的任何一个文件夹上，目标文件夹就会成灰色显示，并将选中的照片存入该文件夹中，如图4-2-5所示。

提示：

当把拖住的照片移到另一个文件夹上时，会突出显示一个矩形，提示用户该文件夹就是目标文件夹。

图4-2-5 移动照片到另一文件夹中

69

4.3　创建联系表

当打开一个光盘或文件夹时，里面往往包含了各种各样的照片，查阅起来比较费时。在使用之前先建立一个联系表，如图4-3-1所示，这样就可以方便地查找照片，为平时的操作节省大量的时间。

● 知识重点：【联系表Ⅱ】命令的使用

● 学习难度：★

操作步骤

（1）打开联系表。在Photoshop CS2中执行【自动】|【联系表Ⅱ】命令，打开"联系表Ⅱ"对话框，如图4-3-2所示。

图4-3-1　创建联系表后的效果

（2）确定目标类型。点击源图像栏中"使用"右侧的下拉三角形按钮，在弹出的下拉列表中选择【文件夹】，如图4-3-3所示。

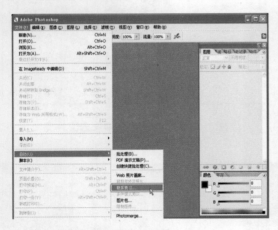

图4-3-2　打开联系表

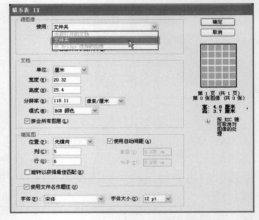

图4-3-3　确定目标类型

（3）选择文件夹。点击【浏览】按钮，在弹出的"浏览文件夹"对话框中选择要建立联系表的文件夹，如图4-3-4所示，然后点击【确定】按钮。

（4）外观样式的设置。在"联系表Ⅱ"对话框的文档栏中，按图4-3-3所示进行文档栏和缩览图栏的参数设置，并勾选"拼合所有图层"和"使用自动间距"复选框，同时勾选"使用文件名作题注"复选框，并设置字体为"黑体"，字体大小为"9pt"，如图4-3-5所示。

提示：

在"联系表Ⅱ"对话框文档栏中的分辨率值不用设置得太高，因为缩略图非常小，而且在低分辨率的情况下，联系表会运行得更快。勾选"拼合所有图层"复选框是为了减小新建文件的大小。而勾选"使用文件名作题注"复选框是为了能够在每张缩略图的下方显示出文件名，方便以后照片的查找。

图4-3-4 选择文件夹

图4-3-5 设置外观样式

（5）建立联系表。点击【确定】按钮确定操作，剩下的工作Photoshop会自动完成，最后将得到一个联系表文件，它包含了多行的缩略图，而且每张照片的文件名都会显示在缩略图的下方，如图4-3-6所示。

4.4 给数码照片排序分类

创立了跟踪图像所用的联系表后，接下来就是使用"文件浏览器"，来对从数码相机中获得的图像进行排序和分类，排序分类后的效果如图4-4-1所示。

● 知识重点：【等级】命令的运用

● 学习难度：★

图4-3-6 联系表文件

操作步骤

（1）打开照片。运行Photoshop CS2，执行【文件】|【浏览】命令，打开"文件浏览器"窗口，然后在左边的"文件夹"面板中打开"第4章 素材"文件夹，如图4-4-2所示。这样主窗口中就会显示文件夹里名称和种类排列不规则的照片。

（2）等级的显示。在"文件浏览器"窗口中任意选中一张照片，就可在照片名称上看到5个小点，如图4-4-3所示。这5个点即是照片的等级显示处。

（3）分级照片。执行【标签】|【*】命令，这时会在等级显示处出现一个"*"，如图4-4-4所示。这样就设定该照片的等级为一级。为不同类型的照片分级，可更好地进行后面的排序操作，方便照片查看。

71

数
码
相
片
拍
摄
与
后
期
处
理
超
级
手
册

72

图4-4-1　排序分类后的效果

图4-4-2　打开照片

图4-4-3　照片等级的显示

图4-4-4　进行分级

提示：

快速的设定照片等级的方法，用鼠标左键直接点击照片等级显示的第一个点，即可将照片设为一级，若要把照片设为四级，则点击第四个点即可。用户可通过执行【标签】|【无评级】命令将照片等级清除。

（4）成批分级照片。在按住"Ctrl"键的同时单击希望共享同一等级的多幅照片，执行【标签】|【*】命令，即可把同时选中的多幅照片设为同一等级，如图4-4-5所示。

图4-4-5　成批分级照片

（5）按等级排序照片。以相同的方法为余下的不同类型的照片进行分级，本实例中将人物、旅游景点和食品的照片分别设为1级、2级和3级。然后执行【视图】|【排序】|【按评级】命令，这时所有的照片将按照各自的等级重新排序，如图4-4-6所示。

（6）完成操作。最后效果如图4-4-7所示。

图4-4-6　按照等级排序　　　　　　　　　图4-4-7　完成效果

4.5　获取照片信息

　　用数码相机进行拍摄时，相机会自动把相关信息嵌入到照片内，例如，相机的制造商和型号、拍摄时间、曝光设置、光圈和快门速度等。当在 Photoshop CS2 中打开这些数码照片时，Photoshop 会把更多的信息嵌入到照片内，例如文件名、最后修改时间、文件存储格式、照片的尺寸和颜色模式等，所有的这些嵌入信息都会显示在"元数据"面板中。

● 知识重点："元数据"面板的应用

● 学习难度：★

操作步骤

　　(1) 打开浏览器。在 Photoshop CS2 中执行【文件】｜【浏览】命令，打开"文件浏览器"窗口。

　　(2) 获取信息。在"文件浏览器"的主窗口中任意点击一张照片，则该照片的相关信息就会显示在右边的"元数据"面板中，如图4-5-1所示。

　　【文件属性】：最后一次编辑照片时 Photoshop 所嵌入的信息，例如修改日期、文件大小和等级等。

　　【相机数据（Exif)]：Exif 数据信息是数码相机自动嵌入到照片中的，用户可能永远都不会用到该信息，但了解一下也无妨。

图4-5-1　获取信息

73

4.6 搜索照片

使用"关键字"面板就可帮助用户轻松的搜索到想要查找的照片。

● 知识重点："关键字"面板的使用

● 学习难度：★

操作步骤

（1）打开"关键字"面板。在Photoshop CS2中执行【文件】|【浏览】命令，打开"文件浏览器"窗口，接着在窗口左侧点击"关键字"面板，如图4-6-1所示。

（2）创建新关键字。点击"关键字"面板中的【新建关键字】按钮，就会显示一个新的字段"未标题关键字"，如图4-6-2所示。接着在该字段中输入"田园风光"后按下"Enter"键，将该字段命名为"田园风光"关键字。

注意：

在创建新关键字时，不能突出显示任何关键字，否则新创建的关键字将添加到突出显示的关键字文件夹中。

图4-6-1 打开关键字面板

图4-6-2 创建新关键字

图4-6-3 添加照片

（3）添加相应照片到关键字。在按住"Ctrl"键的同时点击主窗口中所有的田园风景照，接着转换到"关键字"面板中勾选"田园风光"关键字，将选中的照片名称添加到该关键字中。这样在搜索照片时，输入关键字"田园风光"就可查找到添加到关键字链接中的相应照片，如图4-6-3所示。

图4-6-4 设置参数

（4）设置搜索参数。当用户要进行照片关键字搜索时，例如，通过关键字"田园风光"来完成查找，可在"文件浏览器"窗口中执行【编辑】|【查找】命令，打开"查找"对话框。在来源栏中的"查找位置"选项中选择"第 4 章 素材"，在条件栏第一个方框的下拉菜单中选择"关键字"，然后在第三个方框中输入包含的关键字为"田园风光"，如图 4-6-4 所示。

（5）完成照片搜索。搜索参数设置好后点击【查找】按钮，经过一段时间的后，用该关键字搜索到的所有照片都会显示在"查找结果"窗口的主窗口中，如图 4-6-5 所示。

提示：

如果想删除已创建的关键字，只需点击"关键字"面板下方的【删除关键字】按钮；另一种操作方法，就是鼠标右击要删除的关键字，在弹出的菜单中选择【删除】命令。

图4-6-5　搜索照片

4.7　设置照片查看方式

Photoshop CS2 中的"文件浏览器"为用户提供了多种查看照片的方式。下面对这些方式进行讲解，之后再说明怎样设置"文件浏览器"，以便使用最适合自己的方式显示照片。

● 知识重点：在"文件浏览器"中查看照片的方法
● 学习难度：★

操作步骤

（1）打开照片。在 Photoshop CS2 中执行【文件】|【浏览】命令，打开"文件浏览器"窗口，然后在左侧的"文件夹"面板中打开"第 4 章 素材"文件夹。

（2）使用主窗口查看照片。点击在主窗口中显示的照片缩略图，该缩略图就会突出显示，表示已被选中，而且还会同时以缩览图的形式显示在左侧的"预览"面板中，如图 4-7-1 所示。

图4-7-1　选中以缩略图显示的照片

提示：

双击照片缩略图或预览图，就可将其在 Photoshop CS2 中以实例大小打开；若按住"Alt"键再双击选定照片，则在以实际大小打开照片后自动关闭"文件浏览器"。

（3）调整布局。"文件浏览器"的默认布局设置是面板区域位于左边，主窗口位于右边。但若希望一次能看到更多缩略图，点击窗口底部的【切换扩展视图】按钮，就可将面板区域隐藏，若想回到默认设置窗口，只需再次点击【切换扩展视图】按钮即可，如图 4-7-2 所示。

提示：

使用键盘上的方向键可从一张照片转到另一张照片进行选择。若要选择多张不连续照片，可先点击一张照片，然后按住"Ctrl"键后点击其他所需的照片；若要选中同一行的照片，除了鼠标左键直接圈选该行的照片外，还可先点击该内的第一张照片，然后按住"Shift"键点击该行的最后一张照片，就可将整行的照片选中。

（4）设置照片显示方式。在此有4种不同的照片显示方式供用户选择，分别为缩览图、胶片、详细信息及版本和备用文件。用户可以在【视图】菜单下选择适合自己的显示类型，如图4-7-3所示。

图4-7-2　隐藏面板区域

图4-7-3　照片显示方式

4.8　成批照片重命名

"文件浏览器"具有自动为整个文件夹中照片重命名的功能，使用该功能为照片重命名，能够大大地提高工作效率。

● 知识重点：【批重命名】命令
● 学习难度：★

操作步骤

（1）选中要重命名的照片。打开"文件浏览器"窗口，在左边的"文件夹"面板中打开要重命名的文件夹。执行【编辑】｜【全选】命令，将所有的照片选中，如图4-8-1所示。

（2）设置重命名的样式。执行【工具】｜【批重命名】命令，弹出"批重命名"对话框，在此用户可根据需要进行重命名的设置，例如，要将上图中的文件名改为"素材文件"，可先选中"在同一文件夹中重命名"，然后在新文件名栏中分别选择"文本"和输入"素材文件"，如图4-8-2所示。

提示：

若用户想进行其他样式的重命令，可点击新文件名栏中的下拉三角形按钮，在弹出的下拉列表中，为用户提供了多种重命名的方式。

图4-8-2 设置参数

图4-8-1 全选照片

（3） 完成重命名。设置好后点击
【重命名】按钮，这时主窗口中照片的名
称就变成了用户自定的文件名，如图4-
8-3所示。

图4-8-3 完成重命名

4.9 快速分离扫描的照片

　　人们常常觉得同时扫描出来的照片不易于分离，下面就介绍如何使用Photoshop CS2中
的【裁切并修齐照片】命令，将如图4-9-1所示的扫描照片快速分离成如图4-9-2所示的
单张照片的方法。

图4-9-1 原图

图4-9-2 完成图

77

● 知识重点：【裁切并修齐照片】命令
● 学习难度：★

操作步骤

（1）打开照片。在Photoshop CS2中执行【文件】｜【打开】命令，打开本书配套光盘中的【源文件】｜【第4章】｜【快速分离扫描的照片－原图.jpg】，如图4－9－3所示。

（2）框选照片。选取工具栏中【矩行选框工具】，在图像中圈选其中一张照片的外框，如图4－9－4所示。

图4-9-3　快速分离扫描的照片－原图.jpg

图4-9-4　矩形选框工具

提示：

【裁剪并修齐照片】命令有助于将一次扫描的多个图像分成多个单独的图像文件。为了获得最佳结果，应该在要扫描的照片之间保持1/8英寸（1英寸＝25.4mm）的间距。如果一些照片拆分不分明，可以在一个或多个图像周围绘制一个选区边框，以便只将这些图像生成到单独的文件中。

（3）选取照片。按住"Shift"键以同样的方法继续把其他两张照片框选为选区，如图4－9－5所示。

（4）分离照片。执行【文件】｜【自动】｜【裁剪并修齐照片】命令，如图4－9－6所示，Photoshop CS2将自动为用户将框选的照片分离成单张照片，并在单独的窗口中打开，以方便用户编辑，如图4－9－7所示。

图4-9-5　选取照片

图4-9-6　裁剪并修齐照片　　　　　　　图4-9-7　分离后的照片

4.10　保存数码照片文件

随着社会的飞速发展，越来越多的人开始使用数码相机保留自己生活中的欢乐时光。但随着数码照片的增多，如何保存数码照片文件成了每个用户急需解决的问题。

怎么保存数码照片，对于不同的人都有自己不同的保存习惯，常被用到的就是硬盘、网络、光盘等几种方法，但每种方法都存在其一定的利与弊，大家在以后存储时应多注意。如硬盘（包括电脑硬盘、移动硬盘、数码相机伴侣等），它虽不易损坏，但会碰到诸如病毒感染、误删除、人为破坏等安全问题；如刻录成光盘保存，虽说好的光盘能保存上百年，但那只是厂商的测试和宣传罢了，还有待于实践检验，CD 光盘研发的时间也只有十几年，DVD光盘则更短；而用网络保存，虽很方便就能和朋友分享，但也难免会遇到病毒和黑客的骚扰。似乎所有的方法都不能保证万无一失，因此我们建议用户，用多种方法对自己心爱的照片进行备份，如在自己的电脑上存储照片，同时坚持定期用移动硬盘、光盘等进行备份，以增加保险系数。

在用光盘保存数据或照片时，应注意光盘的质量和保存环境，尽量选择品牌好的光盘，不要将光盘置于高温、潮湿或卫生条件差的地方；避免使其刮擦、受力扭曲或阳光直射，否则数据容易遭到破坏，造成不可避免的损失，对于重要的数据可采用双盘备份或二种不同的备份方式备份，以确保数据安全。

79

读书笔记

第 5 章　　数码照片常见问题剖析

闪光过强

逆光照片

曝光不足

对焦不准

色偏照片

红眼现象

数码噪点

矫正角度倾斜照片

本章比较系统地向读者介绍数码相机在拍摄时可能产生的问题及在拍摄过程中如何尽量避免的方法，并介绍了Photoshop CS2中可以针对这些原因而造成拍摄的数码照片问题的功能和工具，所以没有基础的读者不用跟着做，只需要大致了解数码相片可能出现的缺点及图像处理软件的功能，因为在第6、7章节中将详细地讲解修整数码照片的技巧和特效制作的知识。如果这章对于你来说还比较难理解，可以跳过去看下一章，回头再看。

5.1 闪光过强

在一般拍摄环境中，闪光灯的主要作用是照亮场景，使相机获得正确的曝光。闪光灯虽然方便拍摄，但有时使用起来效果却不太好，这主要是因为闪光强烈而范围有限。在使用闪光灯的时候要与被摄物体之间保持一定的距离，如果太近，就可能使拍摄的物体过亮，如图5-1-1所示。

因为闪光灯并不能照亮镜头前所有的物体，只能照亮一定距离之内的物体，所以在使用闪光灯的时候要注意与摄物体之间的距离，但同时也应注意打开闪光灯时机的恰当。

当遇到这样的照片的时候，可以使用Photoshop CS2软件中"图层"面板上的"复制图层"和"正片叠底"图层样式等命令，来恢复被闪光所冲淡的图像原始信息，建议同时也看看"历史记录"面板了解操作过程，如图5-1-2所示，处理好后的效果如图5-1-3所示。

图5-1-1　原图

图5-1-2　"正片叠底"图层样式

图5-1-3　处理后的相片

5.2 逆光照片

由于相机镜头与人眼的分辨率差别比较大,所以我们经常会遇到在日常生活中进行拍照时,往往眼中看到的主体足够明亮,但拍出来的照片却严重欠曝的问题;旅游的时候,也常常为了取有纪念意义的景色作为背景,不得不拍摄一些逆光的人像照片。特别对于摄影初学者来说,使用小型数码相机,曝光极难控制得好。

按第 2 章中关于光线的介绍,如图 5-2-1 所示的相片属于侧逆光,背景光亮度非常合适,但前景人物是主体,在大光比之下,拍摄出来的照片前景严重欠曝。如果在摄影的时候不采取任何措施,那么拍出来的照片要么主体光亮度合适,背景却过曝一片白,要么背景曝光正常,主体却黑乎乎一片,不得不让人大伤脑筋,怎么办呢?

图5-2-1 原图

在拍摄时可使用闪光灯补救。不要以为闪光灯只是在夜间或光线不足时需要使用,其实即使在光线充足的情况下,也可以使用闪光灯。逆光拍摄时,因近景或近处的人物的亮度与背光的亮度对比非常大,需要按远景测光,并使用闪光灯照亮前景或近处的人物,否则远景清晰但近景漆黑一片。

使用闪光灯进行补光,不是直接打开就可以了,还需要一定的技巧:将相机设置成光圈优先模式,设定光圈的数值,利用点测光对背景进行测光,记下测得的快门值。然后切换到手动模式,设置成刚才所测得的光圈和快门值,再将闪光灯设置成强制闪光进行拍摄。这样接可以解决问题了。

但当这样的照片被拍出来之后怎么办? 不用紧张,这里介绍几种常用的数码后期解决的办法。

(1)可使用Photoshop CS2 中的【暗部/高光】命令,这是专门快速解决数码照片欠曝问题的功能。Photoshop CS2会自动分析高光区与暗部的情况,高光部分曝光正好,因此只用调节暗部就好, 将暗部数值拉到"100%",如图 5-2-2 所示,这样暗部光亮度就调节正常了。具体情况具体分析,数值由相片决定,调整至合适即可。

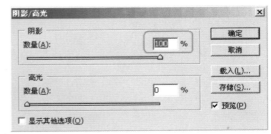

图5-2-2 调整参数

注意:

这一节介绍的特有功能法适用于 Photoshop CS 以上的版本。

(2)通道调节法。如果安装的是 7.0 及以下版本,就可采用通道调节法,此方法灵活性更强,适用范围更广,可以进行细微的调整。

数码相片拍摄与后期处理超级手册

首先调亮暗部。新建一个图层，在新图层上填充白色，选择图层混合模式为【柔光】，这样暗部马上就明亮了，如图5-2-3所示。但同时背景细节也会被遮盖，像蒙上了一层白纱，不过放心，只是遮盖了细节并没有丢失。

图5-2-3　调亮暗部

注意：

很多Photoshop的初学者都喜欢使用【曲线】命令来进行调整，虽然此法的确简单方便，不过，如果希望达到暗部既光亮又能显示出背景的细节效果时，不建议使用，因为那样会造成较多细节的损失。

接着，用【曲线】命令调整通道。观察【红】色通道的细节最为丰富、保留最多，因此将其复制为【红 副本】通道并转为选区，如图5-2-4所示，去除部分前景中不需要调整的选区，用【曲线】命令调整背景层，如图5-2-5所示，恢复增强细节直至效果满意为止，到回RGB通道后可看到效果如图5-2-6所示。

图5-2-4　复制红色通道

小数码相机拍逆光照片很难协调前景背景明暗关系，通过上面的例子可以看到，只要照片不过曝，欠曝的区域往往保留一定的细节，都可以在数码后期时用软件来处理，恢复原来拍摄的原意。记住，"宁欠勿过"是摄影爱好者遵循的一个重要守则。

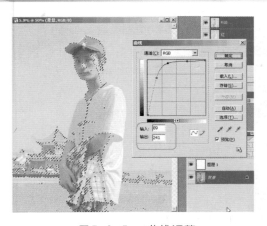

图5-2-5　曲线调整　　　　　　　　图5-2-6　处理后的效果

5.3　曝光不足

数码相机操作傻瓜化，一按即拍，为日常记录生活片段提供了方便快捷的方式。也正因为这个原因，让很多人在摄影时不留意相机的设置，容易导致拍出来的照片曝光不足，如图5-3-1所示。而测光不正确往往是造成曝光不足的主要原因。

无论是人为故意还是拍摄时相机设置不当，处理曝光不足都是数码后期处理必须具备的技能，下面以图5-3-1例讲解曝光不足的后期处理方法。

使用Photoshop CS2复制图层滤色法来调整。由于相片场景简单，人物线条简洁，光线单一，主要是由于测光不正确导致曝光不足。在Photoshop CS2中观察相片RGB三个通道，发现相片仍然保留细节，结合上面的分析，明确相片需要进行全体调整。

图5-3-1　曝光不足的照片

首先复制原图副本文件，并将其转换为灰度模式。用鼠标右击原图"标题栏"，在弹出的菜单中选择【复制】命令，生成一个复制副本文件。将副本文件转换成灰度模式，目的用灰度模式创建需要高亮的选区，使用【高斯模糊】滤镜，使调亮时不损失细节，如图5-3-2所示。

图5-3-2 调整照片

返回彩色原图，执行【载入选区】命令，在"文档"处选择刚才复制的副本作为选区，背景通道为灰度，选择【反向】来选中我们需要调亮的暗调区域，如图5-3-3所示。

再使用【填充】命令，填充50%灰度，使暗部变亮，如图5-3-4所示，如果一次填充不够，可继续填充直到效果满意的亮度为止，如图5-3-5所示，最后修改一下细节即可，如图5-3-6所示。

图5-3-3 选择选区

图5-3-4 调亮暗部

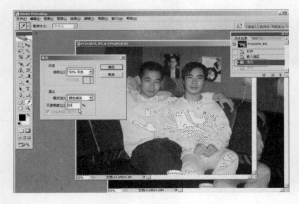

图5-3-5 第二次填充

图5-3-6 处理后效果

5.4 对焦不准

一张好的照片，首先应该是清晰。而对焦不准，是因为焦点没有锁定或对焦距离过近超出了对焦范围，又或是低速按快门时，没有注意拿稳相机等情况都会造成照片的虚化，如图5-4-1所示。

摄影时解决方法就是将被摄物体放至画面中央或特定的位置，半按快门对焦，对焦完成后手继续半按快门，在整个对焦过程中手要持续按住快门，不可用力过大，最后直接按快门拍照就行了。

如果没有拍好也可以用PhotoShop处理使用的方法：

使用【USM 锐化】滤镜，一边预览，一边

图5-4-1　对焦不准的照片

对图片进行锐化调节。通过【USM 锐化】可得到满意的效果，不满意可以进行多次调节。还可以通过调节亮度、对比度、甚至色温来突出图像效果，如图5-4-2和图5-4-3所示。

图5-4-2　【USM】调整照片

图5-4-3　调整后的效果

在拍照时，虽然可以通过LCD看到图像，但一般LCD都比较小，像素也不够高，反应不了照片的真实情况，往往最后在电脑里打开才发现错误。所以在光线不好时，特别要注意快门速度，拿不稳了就赶快架上三脚架或打开闪光灯，这样可避免出现模糊的照片。

除了Photoshop这个软件，常用看图软件ACDSee也有类似的锐化命令，如图5-4-4所示。

图5-4-4　ACDSee的锐化命令

87

5.5 色偏照片

拍摄完美的颜色的照片是数码相机很难做到的。不同品牌的相机可能有不同的色偏现象，不是偏红就是偏绿、偏紫等，如图5-5-1所示。

为什么相机拍出来的相片都有偏色的弊端呢？在购买相机时要注意整体的成像质量的问题，因为优秀的数码相机才能将图像的色彩非常真实地还原出来的，并不是像素很高的相机就不会产生色偏，所以我们要购买一台能将原图像的色彩非常真实地还原出来的数码相机，而不只是一台只有高分辨率和多倍光学变焦的数码相机。

如果照片出现色偏现象，可使用Photoshop的【色阶】、【曲线】、【色相／饱和度】和【色彩平衡】命令相结合来调整照片。

作为家庭用户建议大家尽量购买专业厂商生产的数码相机，例如，富士、奥林巴斯、尼康等。在购买前要试拍一下，仔细看看有没有偏色现象。

图5-5-1 色偏的照片

此照片可先调用【色阶】命令。这里选择【红】通道，调整色块滑轮，增加青色来减少红色；选择【绿】通道，增加绿色来减少品红色；选择【蓝】通道，增加蓝色来减少黄色，如图5-5-2所示。

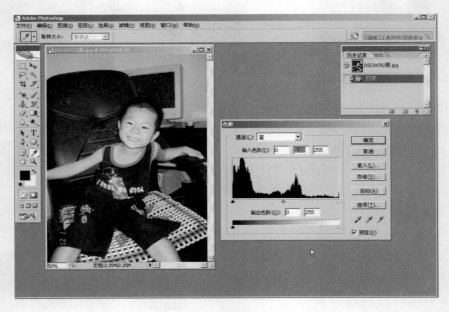

图5-5-2 调整通道颜色

接着调用【曲线】命令，轻微调整对比度，如图 5-5-3 所示。

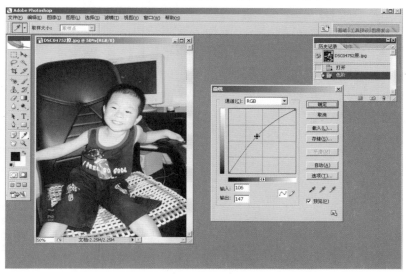

图5-5-3 调整曲线

最后用【色彩平衡】命令，调整色彩的细节问题，如图 5-5-4 所示。

89

图5-5-4 调整色彩平衡

到此就可以看到处理后的照片效果，如图 5-5-5 所示。

图5-5-5 处理后的照片

5.6　红眼现象

"红眼"在相片中就是指被照的人物或动物瞳孔变为红色，尤其是比较近的距离、环境较阴暗时常会发生，这主要是在黑暗环境中闪光灯的强光打射在视网膜后的毛细血管上反射回来的原因，如图5-6-1所示。

目前很多数码相机中都有去除红眼的闪光灯模式，在拍摄人像或动物时，首先尽量避免在光线昏暗的地方拍摄，如果实在无法避免的情况下可使用闪光灯。在快门打开之前会发出频闪或长亮，使被摄者的瞳孔收缩，此时点亮闪灯并打开快门曝光，以达到减轻红眼的目的，避免反射回来的红光。

图5-6-1　红眼的照片　　　　图5-6-3　处理后的照片

如果使用PhotoShop CS2来处理有很多种方法。最直接的是应用【红眼工具】，此功能是Photoshop CS2的新增功能，点击可直接将照片中人物的红眼去除，如图5-6-2所示，去除红眼后的照片效果如图5-6-3所示。

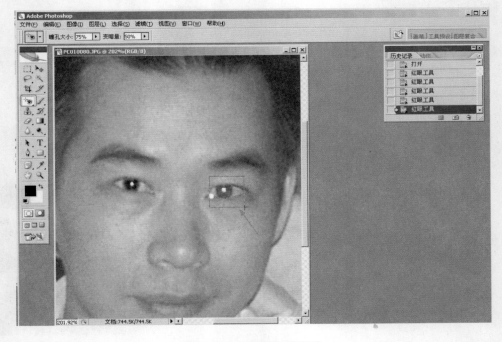

图5-6-2　去除红眼工具

5.7　数码噪点

在光线比较弱的环境下会出现数码噪点。什么叫杂色或噪点呢？图像中不该出现的外来像素，通常由电子干扰产生。看起来就像图像被弄脏了，布满一些细小的糙点。

这是一张在 KTV 里面拍的照片，在此图中可以看到，出现很多令人不能忍受的"红"、"蓝"、"绿"色的杂点，放大图片之后特别明显，如图 5-7-1 所示。

那么噪点产生的原因是什么呢？主要是数码相机结构本身产生的，也可能在处理图像的过程中产生噪点。例如，用 JPEG 格式对图像压缩而产生的原因。

解决的办法可以是使用降噪功能，在记录图像之前就会利用数字处理方法来消除图像噪音。还有尽可能不去拍摄光线暗淡的地方，如果光线不足，使用闪光灯，并且同时使用三角架来拍摄。当然最好的办法还是找到一部不那么容易产生噪点的相机，但这很难。

在这里我们还可以使用 Photoshop 软件来处理这种数码噪点。只要将图像转为 Lab Color 模式（因为在此模式下处理图片不会使 RGB 图像受影响）并用【高斯模糊】滤镜来调整 R 和 B 通道，如图 5-7-2 和图 5-7-3 所示。

图5-7-1　数码噪点照片

此时到回 RGB 色彩模式，放大图像观察，处理后明显减少了很多"红"、"蓝"、"绿"色的杂点，效果如图 5-7-4 和 5-7-5 所示。

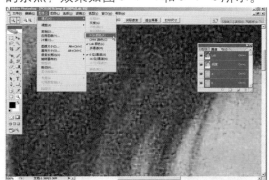

图5-7-2　高斯模糊滤镜

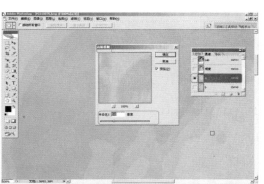

图5-7-3　模糊 R 和 B 通道

图5-7-4　处理前

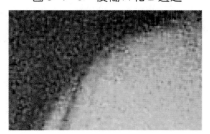

图5-7-5　处理后

5.8 矫正角度倾斜照片

手持摄影时，由于没使用三角架，出现照片角度倾斜的事是常有的，因此摄影时应注意照片的角度是不是正确，使用三角架来定位。当然用Photoshop解决这个问题也是非常简单的，如图5-8-1所示。

图5-8-1 角度倾斜照片

大致估计倾斜角度，使用【旋转画布】中的【任意角度】命令，输入估计的调整角度进行调整。调好角度后，将调整后的多余部分用【裁切工具】去掉，如图5-8-2和5-8-3所示。此方法也适合调整无自动旋转功能DC拍的竖向图像，以及旋转图像做一些特殊构图效果。

图5-8-2 旋转画布

图5-8-3 处理后的效果

第6章　数码艺术修整

数码技术给人们的生活带来无限乐趣，只要你拥有一台数码相机和一台电脑，就可以将自己喜欢的数码相片进行艺术整容，做出令人意想不到的效果。

通过本章的实例操作，全面地介绍针对不同的数码相片进行艺术修整，主要有整体修整和细节部位的修整。从"知识重点"到"创作思路"再到"操作步骤"，再配合图解分析，详细而全面地完成不同的数码修整效果。

下面进行不同实例的操作分析，让读者更好更易地掌握其中的知识，熟能生巧，举一反三。

6.1 强效除眼部鱼尾纹

告别脸上鱼尾纹，让你青春永驻。本实例通过 Photoshop CS2 的各工具和命令，把眼睛周围布满鱼尾纹的数码照片，如图 6-1-1 所示，处理成如图 6-1-2 所示的效果。

图 6-1-1 原图

图 6-1-2 完成图

● 制作时间：6 分钟

● 知识重点：【仿制图章工具】

● 学习难度：★★

创作思路

首先打开一张彩色的数码照片，复制一个【背景】层副本，使用【钢笔工具】配合【曲线】命令调整人物颜色，然后使用【仿制图章工具】去除眼部鱼尾纹，整个操作流程如图 6-1-3 所示。

图6-1-3　操作流程图

操作步骤

（1）打开数码照片并复制背景层。运行Photoshop CS2，执行【文件】|【打开】命令，打开本书配套光盘中的【源文件】|【第6章】|【实例1】|【6.1强效除眼部鱼尾纹.psd】。在“图层”面板中，拖动【背景】图层到【创建新图层】按钮，创建出【背景 副本】图层，如图6-1-4所示。

图6-1-4　创建背景副本

注意：

建议读者在学习本实例之前先学习前面的基础知识，如第3章中的“认识Photoshop CS2的工作区域”和“认识Photoshop CS2查看图像工具”等，才能更好地掌握后面的学习知识。

（2）勾选人物轮廓。选择工具栏中的【钢笔工具】，勾选人物的路径，在"路径"面板中双击【工作路径】将其重命名为【路径1】，如图6-1-5所示。

图6-1-5　勾选人物轮廓

提示：

【钢笔工具】与"路径"面板有着很密确的关系。【钢笔工具】绘制出来的路径会在"路径"面板中自动生成一个【工作路径】，如果找不到路径面板可以在菜单中执行【窗口】｜【路径】命令。在使用【钢笔工具】前一定要先设置好属性栏。

（3）羽化选区。按住"Ctrl"键的同时点击【路径1】将路径转换为选区，然后执行【选择】｜【羽化】命令，并设置羽化半径为"2像素"，点击【好】按钮完成设置，如图6-1-6所示。

提示：

这里用【钢笔工具】绘制路径是为了得到精确的选区位置，而选区是为了对个别区域进行编辑。在Photoshop CS2中，路径转化选区可以使用快捷键或直接在"路径"面板中操作实现。

（4）调整人物颜色。按快捷键"Ctrl+M"执行【曲线】命令，拖动曲线，设置输入为"55"、输出为"45"，使图像变亮，如图6-1-7所示。

（5）去除眼部鱼尾纹。选择【仿制图章工具】，在工具属性栏中设置适当的属性，再按住"Alt"键的同时点击图中比较好的肌肤作为复制源，如图6-1-8中的①所示。然后，直接点击需要修复的目标图像，达到仿制图像的效果，如图6-1-8中的②所示。

（6）去除脸部皱纹。使用上面相同的方法，适当调整【仿制图章工具】的画笔大小，进一步去除脸部的皱纹，如图6-1-9所示。

图6-1-6 羽化选区

图6-1-7 调整人物颜色

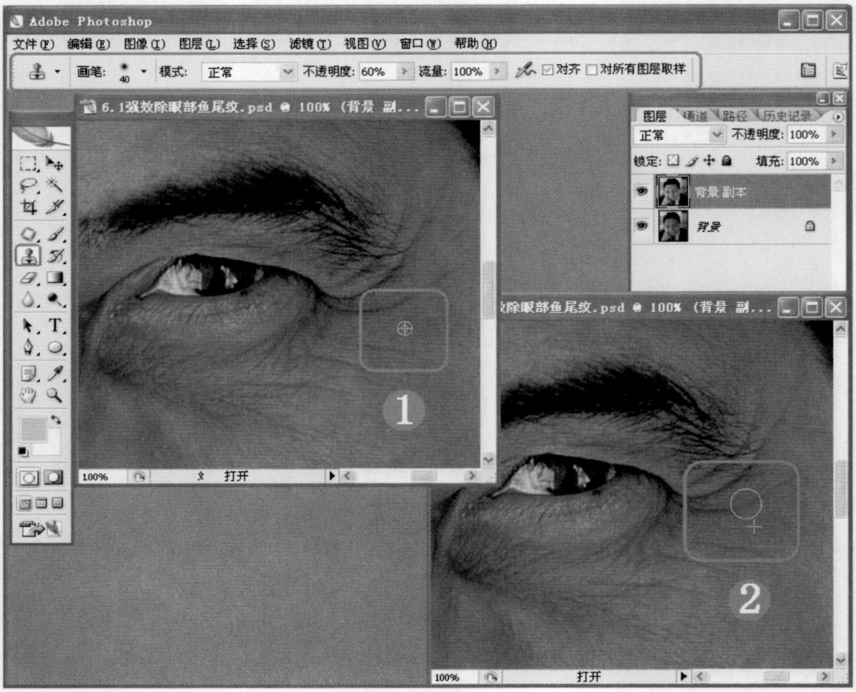

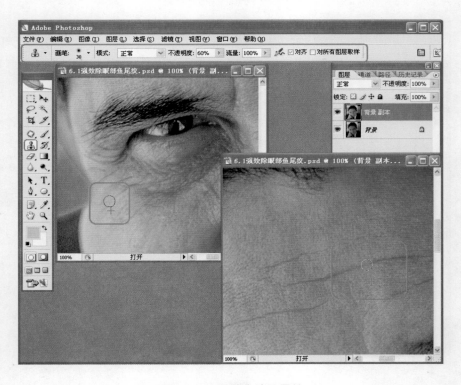

图6-1-8　去除眼部鱼尾纹

图6-1-9　强效去除鱼尾纹

（7）红润肤色。使用【曲线】命令，并选择"蓝"通道，拖动曲线，调整输入为"53"、输出为"45"，使肤色显得红润，如图6-1-10所示。

图6-1-10　红润肤色

（8）完成操作。最后效果如图6-1-11所示。

图6-1-11　完成效果图

6.2 单眼皮速变双眼皮

单眼皮速变双眼皮，让你的眼睛更加迷人。本实例通过Photoshop CS2中的【亮度／对比度】命令，把单眼皮眼睛的数码照片如图6-2-1所示，处理成如图6-2-2所示的双眼皮效果。

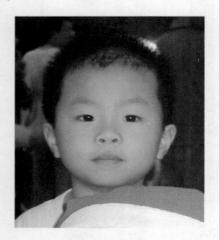

图6-2-1原图

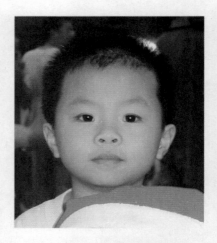

图6-2-2 完成图

- 制作时间：10分钟
- 知识重点：【亮度／对比度】命令
- 学习难度：★★★

创作思路

首先打开一张彩色的数码照片，复制一个【背景】层副本，使用【钢笔工具】并配合【自由变换】命令增大眼睛，然后使用【亮度／对比度】命令，将单眼皮速变为双眼皮，整个操作流程如图6-2-3所示。

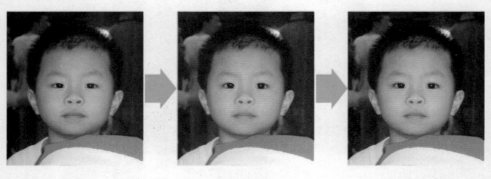

图6-2-3 操作流程图

操作步骤

(1) 打开照片进行初步调整。在 Photoshop CS2 中执行【文件】|【打开】命令，打开本书配套光盘中的【源文件】|【第6章】|【实例2】|【6.2 单眼皮速变双眼皮.psd】。在"图层"面板中，拖动【背景】图层到【创建新图层】按钮，创建一个【背景 副本】层。按快捷键"Ctrl+M"执行【曲线】命令，在弹出的对话框中拖动曲线，并按如图 6-2-4 所示进行参数设置，然后点击【好】按钮确定。

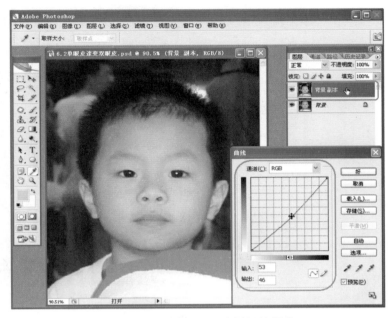

图6-2-4　创建背景副本并调整颜色

(2) 勾选眼睛轮廓。选择工具栏中【钢笔工具】勾勒人物的眼睛轮廓，在"路径"面板中生成一个【工作路径】，点击并命名为【路径1】，如图 6-2-5 所示。

(3) 羽化选区。按住"Ctrl"键的同时点击【路径1】将路径转换为选区，然后执行【选择】|【羽化】命令，并设置羽化半径为"3像素"，点击【好】按钮完成设置，如图 6-2-6 所示。

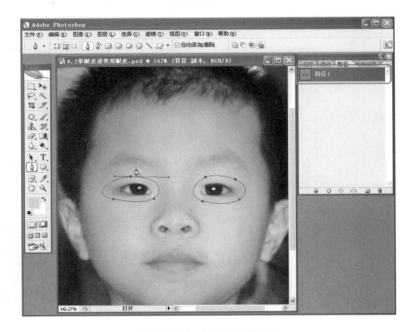

图6-2-5　勾选眼睛轮廓

注意：
羽化是为了选区的边缘过渡柔合、不生硬。此命令经常被用到，【羽化】命令是在有选区的情况下才能使用的命令。

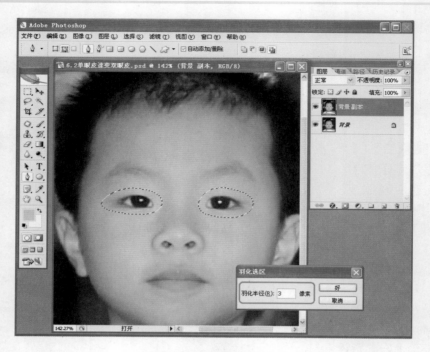

图6-2-6　羽化选区

（4）复制图层并增大眼睛。按"Ctrl+J"键通过选区拷贝为【图层1】，再按"Ctrl+T"键执行【自由变换】命令，配合"Shift"键可按比例增大眼睛，效果如图6-2-7所示。

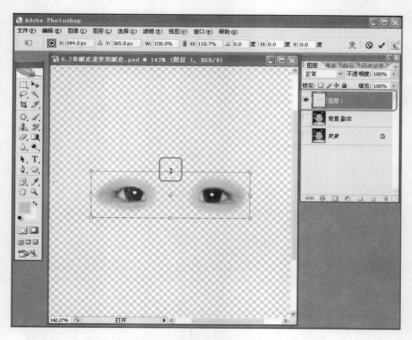

图6-2-7　复制图层并增大眼睛

（5）勾选双眼皮轮廓。再次选择工具栏中的【钢笔工具】，勾选双眼皮路径，并命名为【路径2】，如图6-2-8所示。

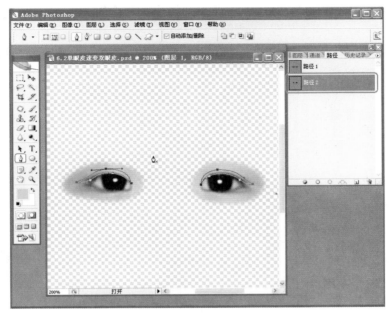

图6-2-8 勾选双眼皮轮廓

（6）羽化双眼皮选区。按住"Ctrl"键的同时点击【路径2】，将其转换为选区，然后执行【选择】｜【羽化】命令，并设置羽化半径为"1像素"，点击【好】按钮确定，如图6-2-9所示。

103

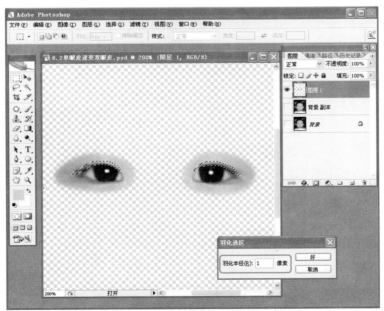

图6-2-9 羽化眼皮选区

（7）速变双眼皮。按"Ctrl+J"键，将"双眼皮选区"拷贝为【图层2】，按住"Ctrl"键并点击【图层2】使图层包含的图像转换为选区，并按方向键"↑"将选区向上移动两次。执行【图像】|【调整】|【亮度／对比度】命令，在弹出的对话框中设置亮度为"−60"，点击【好】按钮确定，如图6−2−10所示。

注意：

使用【亮度／对比度】来调整是为了产生不同的明暗调子，从而得到双眼皮的层次感。

（8）设置透明度效果并锐化图像。设置【图层2】的不透明度为"80%"，如图6−2−11所示。接着执行【图层】|【合并可见图层】命令，将所有可见图层合并为一个图层，最后执行【滤镜】|【锐化】|【锐化】命令。

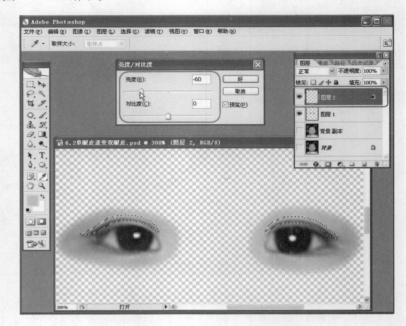

图6−2−10　速变双眼皮

（9）完成操作。最后效果如图6−2−12所示。

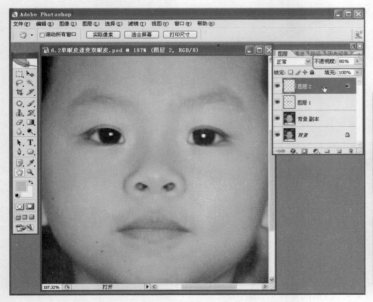

图6−2−11　设置透明度效果并锐化图像

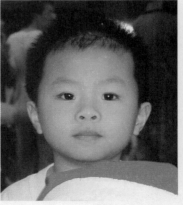

图6−2−12　完成效果图

6.3　加深眉毛

漂亮的眉毛,更能凸显脸部的立体轮廓,通过本实例的学习,就能掌握如何用Photoshop CS2中的【加深工具】将如图6-3-1所示的彩色数码照片,处理成如图6-3-2所示的加深眉毛效果。

图6-3-1　原图　　　　　　　图6-3-2　完成图

● 制作时间：2 分钟

● 知识重点：【加深工具】

● 学习难度：★

创作思路

首先打开一张彩色的数码照片,复制一个【背景】层副本,使用【钢笔工具】勾选出眉毛的轮廓,然后使用【羽化】命令和【加深工具】调整眉毛的颜色,整个操作流程如图6-3-3所示。

图6-3-3　操作流程图

操作步骤

（1）打开照片并复制背景层。运行 Photoshop CS2，执行【文件】｜【打开】命令，打开本书配套光盘中的【源文件】｜【第6章】｜【实例3】｜【6.3加深眉毛.psd】。在"图层"面板中，拖动【背景】图层到【创建新图层】按钮，创建一个【背景 副本】图层，如图6-3-4所示。

图6-3-4　创建背景副本

（2）勾选出眉毛轮廓。选择工具栏中的【钢笔工具】进行眉毛轮廓的勾选，同时将【工作路径】命名为【路径1】，如图6-3-5所示。

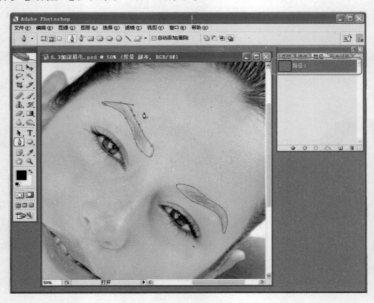

图6-3-5　勾选出眉毛轮廓

（3）羽化选区。按住"Ctrl"键的同时点击【路径1】将路径转换为选区，然后执行【选择】|【羽化】命令，在弹出的"羽化选区"对话框中，设置羽化半径为"5像素"，如图6-3-6所示，点击【好】按钮完成。

（4）加深眉毛效果。选择工具栏中【加深工具】，并在工具属性栏中设置其参数，然后在图像的选区上点击，来加深眉毛的颜色，效果如图6-3-7所示。使用相同的方法，加深另外一只眼睛眉毛的颜色，以达到最终效果。

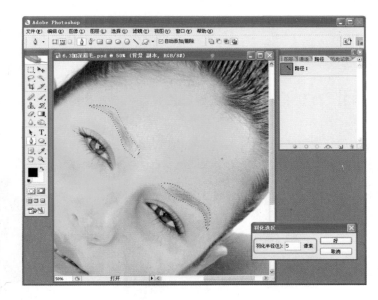

图6-3-6 羽化选区

提示：

在利用【加深工具】调整图片时，根据需要可以随时按键盘中的"["和"]"放大或缩小画笔的大小。如果你发现没有效果，请注意此时是不是在英文输入法按键盘。

（5）锐化眉毛图像。在保持没有取消选区的状态下，执行【滤镜】|【锐化】|【锐化】命令锐化眉毛图像，使眉毛靓丽动人。最后效果如图6-3-8所示。

107

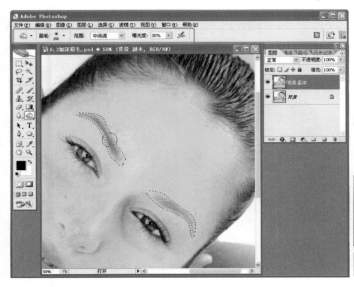

图6-3-7 加深眉毛效果

图6-3-8 完成效果图

6.4 去除黑眼眶眼袋及添加眼影

现代人常为巨大的工作压力，而满面倦容，本实例通过使用Photoshop CS2中的【修复画笔工具】，把眼睛有黑眼眶眼袋的数码照片如图6-4-1所示，处理成如图6-4-2所示的效果。

图6-4-1 原图

图6-4-2 完成图

- 制作时间：10分钟
- 知识重点：【修复画笔工具】、【色相／饱和度】命令
- 学习难度：★★★

创作思路

首先打开一张彩色的数码照片，复制一个【背景】层副本，使用【修复画笔工具】修复黑眼眶眼袋，然后再选择【色相／饱和度】命令添加眼影，整个操作流程如图6-4-3所示。

图6-4-3 操作流程图

操作步骤

（1）复制背景层。运行Photoshop CS2，执行【文件】｜【打开】命令，打开本书配套

光盘中的【源文件】｜【第6章】｜【实例4】｜【6.4去除黑眼眶眼袋添眼影.psd】，拖动【背景】图层到【创建新图层】按钮，创建出【背景 副本】图层，如图6-4-4所示。

图6-4-4 创建背景副本

（2）勾选人物轮廓。选择【钢笔工具】勾选人物路径，并命名为【路径1】，如图6-4-5所示。

图6-4-5 勾选人物轮廓

（3）调整人物颜色。将路径转换为选区后，按快捷键"Ctrl+M"执行【曲线】命令，设置输入为"53"、输出为"46"，点击【好】按钮确定，如图6-4-6所示。

（4）修复黑眼眶眼袋。选择【修复画笔工具】并在属性栏中设置适当属性，接着按住"Alt"键点击图像创建"取样点"（图中十字光标），然后在"覆盖目标点"进行喷画，达到修复目的，如图6－4－7所示。

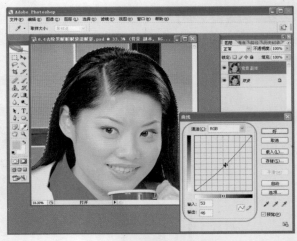

图6－4－6　调整人物颜色

提示：

【修复画笔工具】可利用样本或图案绘画来修复图像中不理想的部分。在利用调整图片时，根据需要可以随时按键盘的"["和"]"放大或缩小画笔的大小。

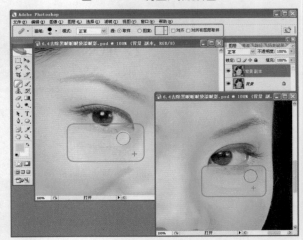

图6－4－7　修复黑眼眶眼袋

（5）勾选眼眶轮廓。选择【钢笔工具】勾选眼眶路径，并命名为【路径2】，如图6－4－8所示。

图6－4－8　勾选眼眶轮廓

（6）加长眼睫毛。参考本章上一节将详细介绍如何通过勾选路径、新建图层等方法来加长眼睫毛，加长睫毛后的效果如图 6-5-9 所示。

图6-5-9　加长眼睫毛

（7）锐化眼睛。选中【背景 副本】图层，选择【锐化工具】并设置适当的属性参数，将眼睛进行进一步的锐化处理，如图 6-5-10 所示。

（8）完成操作。最后效果如图 6-5-11 所示。

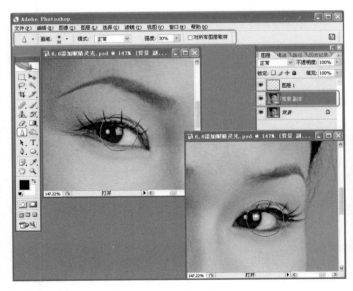

图6-5-10　锐化眼睛　　　　　　　图6-5-11　完成效果图

115

数
码
相
片
拍
摄
与
后
期
处
理
超
级
手
册

116

6.6 加长睫毛特技

长长的睫毛，总让眼睛闪动着灵秀。本实例通过对Photoshop CS2中的【钢笔工具】运用，把如图6-6-1所示的彩色数码照片，处理成如图6-6-2所示的加长睫毛特技的效果。

图6-6-1 原图

图6-6-2 完成图

● 制作时间：8分钟

● 知识重点：【钢笔工具】

● 学习难度：★★

创作思路

首先打开一张彩色的数码照片，使用【钢笔工具】完成加长睫毛的制作，整个操作流程如图6-6-3所示。

图6-6-3 操作流程图

操作步骤

（1）打开照片并勾选睫毛路径。运行Photoshop CS2，执行【文件】｜【打开】命令，打开本书配套光盘中的【源文件】｜【第6章】｜【实例6】｜【6.6加长睫毛特技.psd】。选择【钢笔工具】勾选加长睫毛的路径并闭合，将路径命名为【路径1】，如图6-6-4所示。

图6-6-4　勾选加长的睫毛路径

　　(2) 填充左眼睫毛颜色。按"Ctrl+Enter"键将路径转换为选区后，在"图层"面板中新建一个【图层1】，并按"D"键设置前景色与背景色为默认状态，然后按"Alt+Delete"键填充左眼睫毛颜色，如图6-6-5所示。

图6-6-5　填充睫毛颜色

　　(3) 勾选右眼上眼皮眼睑路径。选择【钢笔工具】勾选上眼皮眼线路径，并在"路径"面板中命名为【路径2】，如图6-6-6所示。

117

图6-6-6　勾选右眼上眼皮眼睑路径

（4）羽化上眼线。将路径转换为选区后，按"Ctrl+Alt+D"键执行【羽化】命令，并设置羽化半径为"2像素"，再按"Ctrl+J"键将选区拷贝为【图层2】，同时将【图层2】的不透明度设置为"50％"，如图6-6-7所示。

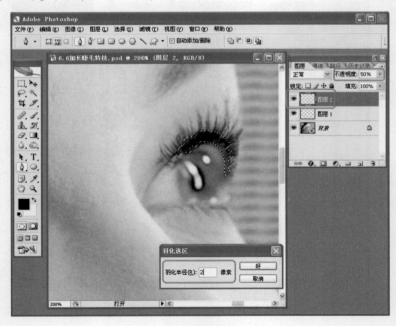

图6-6-7　加深上眼皮眼毛效果

（5）加长右眼睫毛。选择【钢笔工具】勾选加长的睫毛路径并闭合，在"路径"面板中命名为【路径3】，如图 6-6-8 所示。

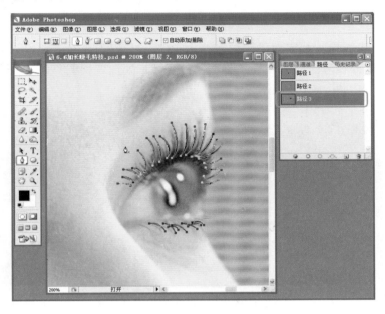

图6-6-8　勾选右眼加长的睫毛路径

（6）填充右眼睫毛颜色。新建一个【图层3】，作用同上面填充左眼的方法的相同，填充右眼睫毛的颜色，如图 6-6-9 所示。

（7）完成操作。最后效果如图 6-6-10 所示。

图6-6-9　填充右眼睫毛颜色

图6-6-10　完成效果图

6.7 去除暗疮青春痘

去除暗疮、青春痘，找回自信的自己，本实例通过运用 Photoshop CS2 中的【修补工具】，把带有暗疮青春痘的数码照片如图 6-7-1 所示，处理成如图 6-7-2 所示的光洁皮肤的效果。

图 6-7-1 原图

图 6-7-2 完成图

● 制作时间：5 分钟

● 知识重点：【修补工具】

● 学习难度：★★

创作思路

首先打开一张彩色的数码照片，复制一个【背景】层副本，使用【曲线】命令调整人物图片的颜色，接着使用【修补工具】去除暗疮青春痘，最后使用【模糊工具】柔化皮肤，整个操作流程如图 6-7-3 所示。

图 6-7-3 操作流程图

操作步骤

(1) 打开照片并复制背景层。在 Photoshop CS2 中执行【文件】 | 【打开】命令，打开

本书配套光盘中的【源文件】｜【第6章】｜【实例7】｜【6.7去除暗疮青春痘.psd】。拖动【背景】图层到【创建新图层】按钮，新建一个【背景 副本】层，如图6-7-4所示。

图6-7-4 创建背景副本

（2）调整图片的颜色。按快捷键"Ctrl+M"键执行【曲线】命令，在弹出的对话框中按如图6-7-5所示进行参数设置，然后点击【好】按钮确定，以此来增加图像的对比度。

121

图6-7-5 调整图片的颜色

（3）去除暗疮。选择工具栏中的【修补工具】，在属性栏中设置修补为"目标"选项。首先在暗疮周边框画"样本"图像的选区，再将得到的选区拖动到"目标"图像，Photoshop CS2将自动运算"样本"的像素来覆盖"目标"像素，达到修补的目的，如图6-7-6所示。

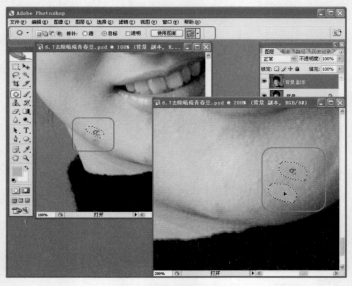

图6-7-6　去除暗疮

提示：

【修补工具】可使用样本或图案来修复所选图像区域中不理想的部分。

（4）去除青春痘。利用上面相同的操作方法去除青春痘。要注意适当地选择"样本"图像的选区，这样修补的图像才更漂亮，如图6-7-7所示。

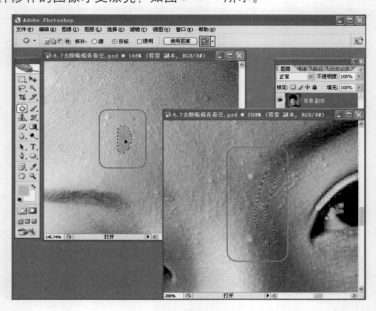

图6-7-7　去除青春痘

（5）柔化皮肤。选择【模糊工具】并在工具属性栏中设置其属性，然后在脸部均匀地进行喷画，使被修补后的脸部皮肤颜色均匀、细腻，效果如图 6-7-8 所示。

图 6-7-8　柔化皮肤

（6）完成操作。最后效果如图 6-7-9 所示。

图 6-7-9　完成效果图

6.8　柔化细纹及粗糙肤质

通常，粗糙的皮肤都会给人们带来烦恼。通过使用Photoshop CS2中的【高斯模糊】滤镜，就能将粗糙肤质的数码照片如图6-8-1所示，处理成如图6-8-2所示的效果。

图6-8-1　原图

图6-8-2　完成图

● 制作时间：6分钟

● 知识重点：【高斯模糊】滤镜

● 学习难度：★★★

创作思路

首先打开一张彩色的数码照片，复制一个【背景】层副本，使用【修复画笔工具】处理人物脸部较粗的皮肤，接着使用【钢笔工具】勾选出人物的脸部轮廓，再使用【高斯模糊】滤镜进行柔化肤质，最后利用【画笔工具】增加皮肤红润的质感，整个操作流程如图6-8-3所示。

图6-8-3　操作流程图

操作步骤

（1）打开数码照片并复制背景层。运行Photoshop CS2，执行【文件】｜【打开】命令，打开本书配套光盘中的【源文件】｜【第6章】｜【实例8】｜【6.8柔化细纹及粗糙肤质.psd】。在"图层"面板中，拖动【背景】图层到【创建新图层】按钮，新建一个【背景 副本】层，如图6-8-4所示。

图6-8-4　创建背景副本

（2）修复粗糙皮肤。选择工具栏中的【修复画笔工具】修复较粗的皮肤，如图6-8-5所示。

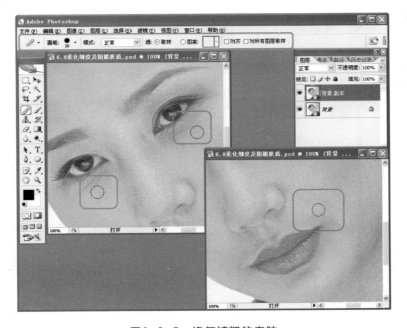

图6-8-5　修复较粗的皮肤

提示：

【修复画笔工具】的使用，请参考前面有关实例操作。

（3）勾选脸部轮廓。选择【钢笔工具】勾选人物脸部路径，并保存为【路径1】，如图6-8-6所示。

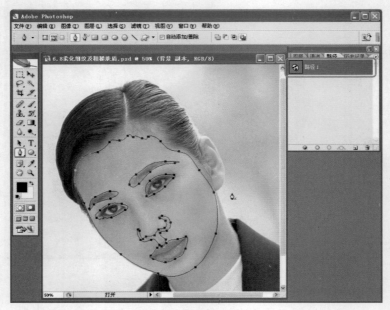

图6-8-6　勾选脸部选区

（4）羽化选区。按住"Ctrl"键的同时点击【路径1】将路径转换为选区，然后执行【选择】|【羽化】命令，并设置羽化半径为"5像素"，如图6-8-7所示，然后点击【好】按钮确定。

图6-8-7　羽化选区

（5）通过选区拷贝的图层。在保持没有取消选区的状态下，执行【图层】│【新建】

│【通过拷贝的图层】命令，快速通过选区拷贝图层为【图层1】。之后执行【滤镜】│【模糊】│【高斯模糊】滤镜，并设置半径为"3像素"，如图6-8-8所示，点击【好】按钮确定。

（6）红润皮肤。设置前景色为"R：250，G：186，B：172"，并用【画笔工具】在脸部喷画，使皮肤显得更加红润，效果如图6-8-9所示。

图6-8-8　柔化肤质

提示：

在利用【画笔工具】调整图片时，可根据需要，随时按键盘的"["和"]"放大或缩小画笔的大小，【画笔工具】即可以喷绘图像也可以绘制画笔描边。

（7）完成操作。最后效果如图6-8-10所示。

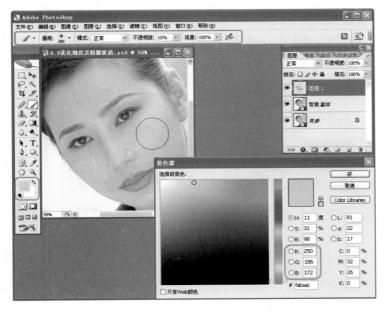

图6-8-9　红润皮肤

图6-8-10　完成效果图

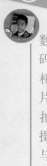

6.9 美白皮肤

俗话说"一白压三丑，一白抵三俏"，拥有白皙、细嫩的肤质几乎是每个女人的梦想。本实例通过使用Photoshop CS2中的【减淡工具】，将肤色暗黄的照片如图6-9-1所示，处理成如图6-9-2所示的美白皮肤效果。

图6-9-1 原图

图6-9-2 完成图

- 制作时间：6分钟
- 知识重点：【减淡工具】
- 学习难度：★★★

创作思路

首先打开一张彩色的数码照片，复制一个【背景】层副本，使用【钢笔工具】勾选出人物的轮廓，接着使用【羽化】和【曲线】命令调整人物的整体颜色，再使用【减淡工具】进行细节处理美白皮肤，最后利用【模糊工具】让皮肤更加细嫩，整个操作流程如图6-9-3所示。

图6-9-3 操作流程图

操作步骤

（1）打开数码照片并复制背景层。在Photoshop CS2中，执行【文件】│【打开】命令，打开本书配套光盘中的【源文件】│【第6章】│【实例9】│【6.9美白皮肤.psd】。在"图层"面板中，拖动【背景】图层到【创建新图层】按钮，新建一个【背景 副本】层，如图6-9-4所示。

图6-9-4　创建背景副本

（2）勾选人物轮廓。选择工具栏中的【钢笔工具】勾选出人物的轮廓，并将【工作路径】命名为【路径1】，如图6-9-5所示。

图6-9-5　勾选人物轮廓

（3）羽化选区。按住"Ctrl"键的同时点击【路径1】将路径转换为选区，然后执行【选择】|【羽化】命令，并设置羽化半径为"2像素"，点击【好】按钮确定，如图6-9-6所示。

图6-9-6　羽化选区

（4）调整人物颜色。按快捷键"Ctrl+M"执行【曲线】命令，在弹出的对话框中设置输入为"55"、输出为"44"，使图像中人物的皮肤显得白皙，点击【好】按钮确定，如图6-9-7所示。

图6-9-7　调整人物颜色

（5）单独勾选皮肤轮廓。利用上述相同的方法，使用【钢笔工具】和【羽化】命令，勾选与设置皮肤选区。选择【减淡工具】设置适当的属性后，在选区内喷画，使皮肤达到美白效果，如图6-9-8所示。

图6-9-8 美白皮肤

(6) 细微调整皮肤颜色。调节【减淡工具】中的【画笔大小】，对皮肤的细节部位进行美白操作，如图6-9-9所示。

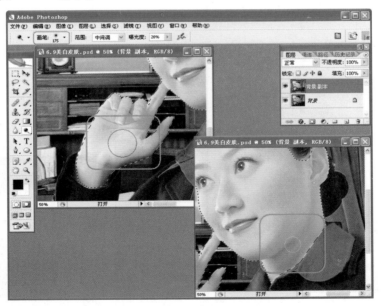

图6-9-9 美白细节皮肤

(7) 调整皮肤颜色。按快捷键"Ctrl+M"执行【曲线】命令，在弹出的对话框中选择"蓝"色通道，设置输入为"53"、输出为"45"，点击【好】按钮完成设置，使皮肤变得红润，

数码相片拍摄与后期处理超级手册

如图6-9-10所示。

图6-9-10　调整皮肤颜色

（8）细嫩皮肤。选择工具栏中的【模糊工具】并设置适当的属性，然后在皮肤上喷画，使皮肤更加细嫩，如图6-9-11所示。

（9）完成操作。最后效果如图6-9-12所示。

图6-9-11　细嫩皮肤　　　　　　图6-9-12　完成效果图

6.10　处理粗大毛孔皮肤

美容这个名词概念，对于现代生活中的人们已不再陌生。然而，人们寻求各种方法都无法让自己得到满意的效果，通过本实例，来弥补皮肤问题的缺憾，将粗大毛孔皮肤的数码照片如图6-10-1所示，处理成如图6-10-2所示的细嫩皮肤效果。

图6-10-1　原图

图6-10-2　完成图

● 制作时间：15分钟
● 知识重点："Neat Image"软件
● 学习难度：★★★★

创作思路

首先打开一张彩色的数码照片，复制一个【背景】层副本，使用【仿制图章工具】去除粗大毛孔和色斑，接着使用"Neat Image"软件润滑皮肤，最后使用【锐化】滤镜让图像更加清晰和完美。整个操作流程如图6-10-3所示。

图6-10-3　操作流程图

操作步骤

（1）打开照片并初步调整颜色。运行Photoshop CS2，执行【文件】|【打开】命令，打开本书配套光盘中的【源文件】|【第6章】|【实例10】|【6.10处理粗大毛孔皮肤.psd】。拖动【背景】图层到【创建新图层】按钮，创建出一个【背景 副本】层。按快捷键"Ctrl+M"执行【曲线】命令，在弹出的对话框中设置输入为"52"、输出为"47"，点击【好】按钮确定，如图6-10-4所示。

数码相片拍摄与后期处理超级手册

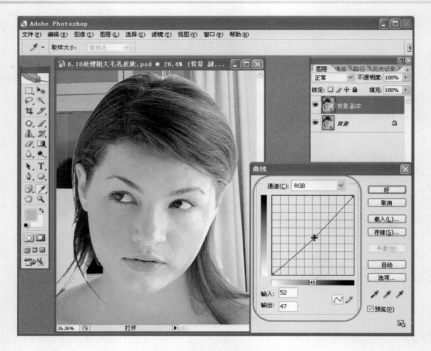

图6-10-4　创建背景副本并调整颜色

　　（2）去除部分粗大毛孔及色斑。选择【仿制图章工具】并设置适当参数（其操作请参考前面实例），将脸上的粗大毛孔及色斑清除，如图6-10-5所示。

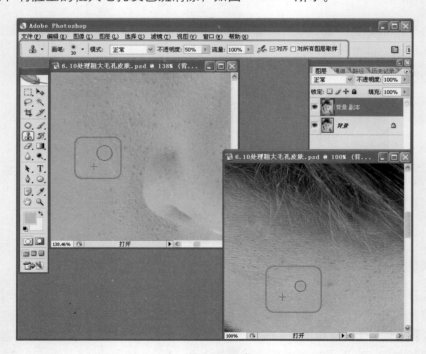

图6-10-5　去除部分粗大毛孔及色斑

（3）存储图像格式。执行【图层】│【拼合图层】命令将所有图层拼合，再执行【文件】│【存储为】命令，设置文件名为"10 处理粗大毛孔皮肤.jpg"，格式为 "JPEG"，最后设置图像的品质为"12"，点击【好】按钮确定，如图6-10-6所示。

图6-10-6　存储图像格式

（4）使用"Neat Image"软件打开文件。启动"Neat Image"软件后，点击【Open input image】按钮，打开"Open input image file"对话框，选择【实例10】│【10 处理粗大毛孔皮肤.jpg】，点击【打开】按钮，如图6-10-7所示。

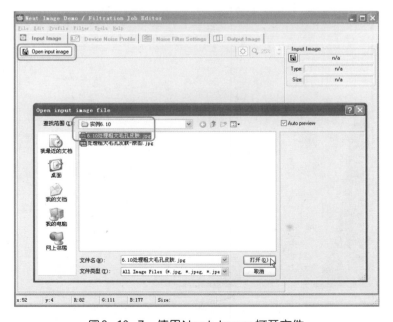

图6-10-7　使用Neat Image打开文件

数码相片拍摄与后期处理超级手册

136

（5）分析样本图像像素。点击"Device Noise Profile"选项，并将图像缩放设为"100%"，接着在可做为样本的图像上框选选区，当出现方框时右击鼠标并选择【Auto Profile Using Selected Area】命令，如图6-10-8所示。

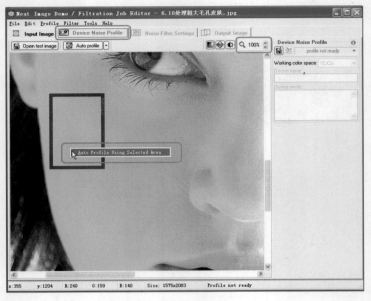

图6-10-8　分析样本图像像素

（6）润滑皮肤。点击"Noise Filter Settings"选项，利用鼠标框画一个方框，同时按图中所示参数设置后进行润滑皮肤的操作，此时可以看到方框内预览的效果，当鼠标在方框内点按时，可以看到处理前的原图状态，如图6-10-9所示。

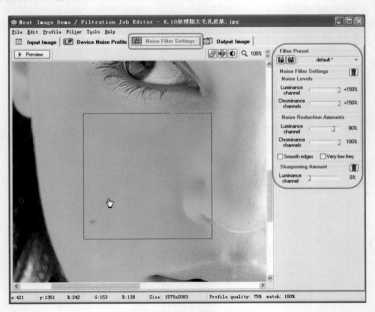

图6-10-9　润滑皮肤

提示:

利用【Neat Image】软件处理图像时,对整个图像都起着作用,这必将损坏到图像中不必要的细节部分,例如眼睛、嘴等。

（7）应用并完成图像。点击"Output Image"选项,接着点击【Apply】按钮完成皮肤润滑处理,最后点击【Save output image】按钮保存并替换原来的图像文件,如图6-10-10所示。

图6-10-10　应用并完成图像

（8）锐化图像。回到Photoshop CS2界面,同时打开【6.10处理粗大毛孔皮肤.jpg】和【6.10处理粗大毛孔皮肤.psd】,选择【移动工具】拖动【6.10处理粗大毛孔皮肤.jpg】图像,同时按住"Shift"键并移动到【6.10处理粗大毛孔皮肤.psd】图像中。

此时创建新图层为【图层1】,执行【滤镜】|【锐化】|【锐化】命令进行锐化图像,使除了皮肤之外的各部分图像更加清晰和完美,如图6-10-11所示。

图6-10-11　锐化图像

图6-10-12　完成效果图

（9）完成操作。最后效果如图6-10-12所示。

6.11 去除脸上油光

满脸油光，总是让人觉得负担累累，不够清爽，出门游玩拍照的时候，总不可能时时的洗脸或是用面纸擦拭，这就难免会让拍出来的照片，因为脸上泛起的油光而达不到满意。本实例就是通过对 Photoshop CS2 中的【变化】命令使用，将满脸油光的照片如图 6-11-1 所示，处理成如图 6-11-2 所示的清新、自然的效果。

图 6-11-1 原图

图 6-11-2 完成图

- 制作时间：5分钟
- 知识重点：【变化】命令
- 学习难度：★★

创作思路

首先打开码照片，复制一个【背景 副本】层，分别用【色彩/平衡度】和【变化】命令调整照片，再用【仿制图章工具】修去人物脸上的瑕疵，整个操作流程如图 6-11-3 所示。

图 6-11-3 操作流程图

操作步骤

（1）打开文件并复制图层。在 Photoshop CS2 中的菜单栏执行【文件】|【打开】命令，打开本书配套光盘中的【源文件】|【第6章】|【实例11】|【数码照片.jpg】，然后在【图层】面板中拖动【背景】层到【创建新的图层】按钮，创建出【背景副本】图层，如图 6-11-4 所示。

图 6-11-4 复制图层

（2）设置【色彩平衡】参数。执行菜单栏中的【图像】｜【调整】｜【色彩平衡】命令，如图6-11-5所示设置其参数。

图6-11-5　设置【色彩平衡】参数

（3）调整【变化】面板。执行菜单栏中的【图像】｜【调整】｜【变化】命令，在弹出的设置面板中，将滑块拉至精细，然后点击"较亮"十次，"加深黄色"图像两次，再点击"加深蓝色"图像3次，如图6-11-6所示，设置完成后点击【确定】按钮。

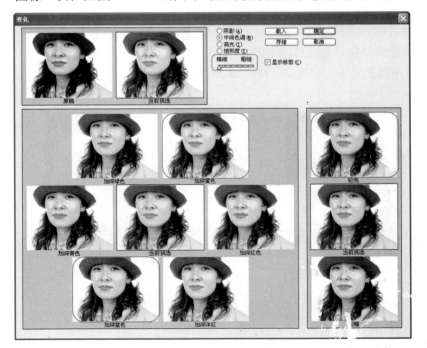

图6-11-6　调整【变化】面板

数
码
相
片
拍
摄
与
后
期
处
理
超
级
手
册

（4）选择工具栏中的【仿制图章工具】，将属性栏中的不透明度设置为"50%"，如图6-11-7所示将人物脸上的瑕疵修掉。

（5）完成操作。最后用【画笔工具】，并设置前景色为"R：255、G：205、B：255"和工具的不透明度为"21%"后，为人物喷上淡淡的腮红，效果如图6-11-8所示。

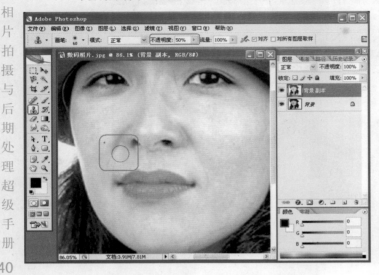

图6-11-7　设置【色相／饱和度】命令

图6-11-8　效果图

6.12　高级美白皮肤

本实例将讲解如何运用Photoshop CS2中的【色相／饱和度】及【曲线】命令，将照片中黯淡无光的黑皮肤变成抢眼柔美的嫩白皮肤，本实例就是通过Photoshop CS2中的【色相／饱和度】及【曲线】命令，将黯淡无光的黑皮肤如图6-12-1所示，处理成如图6-12-2所示的柔美的嫩白皮肤。

图6-12-1　原图

图6-12-2　完成图

● 制作时间：5分钟

● 知识重点：【曲线】命令

● 学习难度：★★

创作思路

首先打开码照片，复制一个【背景 副本】层，然后用【钢笔工具】勾勒人物的皮肤区域，并羽化选区，执行【色相／饱和度】命令调整选区内的图像，接着用【曲线】命令调整图像的眉毛及嘴唇的颜色，整个操作流程如图6-12-3所示。

图6-12-3　操作流程图

操作步骤

（1）打开文件并复制图层。在Photoshop CS2 中使用菜单栏的【文件】｜【打开】命令，打开本书配套光盘中的【源文件】｜【第6章】｜【实例12】｜【数码照片.jpg】，然后在"图层"面板中拖动【背景】层到【创建新的图层】按钮，创建出【背景 副本】图层，如图6-12-4所示。

图6-12-4　复制图层

141

数
码
相
片
拍
摄
与
后
期
处
理
超
级
手
册

（2）勾勒肌肤并转换选区。用工具栏中的【钢笔工具】勾出肌肤部区域，闭合路径后按"Ctrl+Enter"键将路转换为选区，如图6-12-5所示。

图6-12-5　勾勒肌肤并转换选区

（3）羽化选区。执行【选择】|【羽化】命令弹出"羽化选区"对话框，将参数设置为"20像素"，点击【好】按钮确定，如图6-12-6所示。

图6-12-6　羽化选区

（4）设置【色相／饱和度】参数。执行【图像】│【调整】│【色相／饱和度】命令，在弹出的对话框中将各参数设置为"－8、＋15、＋15"，如图6-12-7所示。

图6-12-7　设置【色相／饱和度】命令

（5）调整肌肤曲线。执行【图像】│【调整】│【曲线】命令，弹出"曲线"对话框，如图6-12-8所示调整曲线参数。

图6-12-8　调整肌肤曲线

(6) 勾勒眉毛及眼睛区域。按"P"键切换【钢笔工具】，将人物的眼睛、眉毛部分勾勒出来，并将路径转换为选择区域，如图6-12-9所示。

图6-12-9　勾勒眉毛及眼睛区域

(7) 羽化并设置曲线参数。按键盘中的"Ctrl+Alt+D"键弹出"羽化选区"对话框，将羽化半径设置为"15像素"；接着执行【图像】|【调整】|【曲线】命令，在弹出对话框中，如图6-12-10所示参数设置。

图6-12-10　羽化并设置曲线参数

(8) 勾勒并羽化嘴唇选区。用【钢笔工具】勾出嘴唇部分，载入选区后执行【羽化】命令，在弹出的对话框将参数设为"15像素"，如图6-12-11所示。

图6-12-11 勾勒并羽化嘴唇选区

(9) 调整各通道曲线。按"Ctrl+M"键执行【曲线】命令，如图6-12-12所示针对性的调整"青色"、"洋红"、"黄色"这3个通道的曲线，使人物皮肤变得白皙。

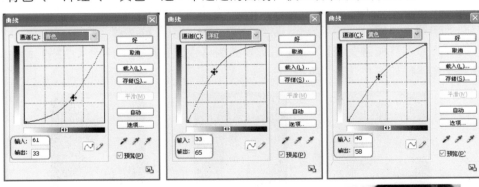

图6-12-12 调整各通道曲线

(10) 完成操作。最终效果如图6-12-13所示。

图6-12-13 最终效果图

6.13 添加透明唇彩

这张艺术照片的嘴唇颜色不够鲜艳,显得不够活力,致使整体效果也受到了影响。下面就介绍如何使用Photoshop CS2强大的图像处理功能将不理想的照片变得完美而生动,图6-13-1和图6-13-2为处理前后的效果对比。

图6-13-1 原图

图6-13-2 完成图

● 制作时间:3分钟

● 知识重点:【添加矢量蒙板】、【强光】图层模式

● 学习难度:★★

创作思路

打开数码照片,复制一个【背景 副本】层,分别使用【钢笔】勾勒人物的嘴唇并羽化选区,给图层添加【矢量蒙版】,设置图层模式为【强光】模式,再用【曲线】命令调整唇色,整个操作流程如图6-13-3所示。

图6-13-3 操作流程图

操作步骤

(1)打开照片并复制图层。运行Photoshop CS2,执行【文件】|【打开】命令或按快捷键"Ctrl+O"打开本书配套光盘中的【源文件】|【第6章】|【实例13】|【数码照片.jpg】,复制【背景】层为【背景 副本】层,如图6-13-4所示。

图6-13-4　复制图层

（2）勾勒并羽化唇部。选择工具栏中的【钢笔工具】，勾勒人物嘴的唇部区域，闭合路径后按住键盘中的"Ctrl+Enter"键，将路径转换为选区，接着按"Ctrl+Alt+D"键执行【羽化】命令，在弹出羽化选区对话框中，将参数设为"5像素"，如图6-13-5所示

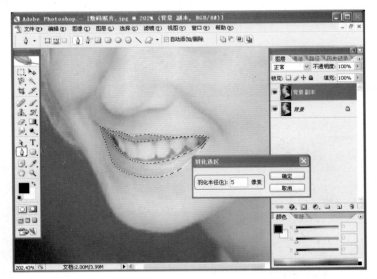

图6-13-5　勾勒并羽化唇部

（3）添加矢量蒙版。点击"图层"面板下方的【添加图层蒙版】按钮，给图层添加一个矢量蒙版，如图6-13-6所示

提示：

矢量蒙版与分辨率无关，由钢笔或形状工具创建在图层面板中，图层蒙版和矢量蒙版都显示为图层缩览图右边的附加缩览图。

148

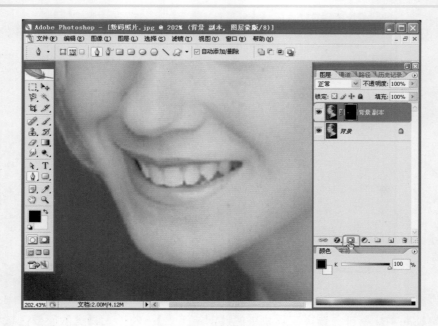

图6-13-6 添加蒙版

（4）调整嘴唇颜色。在图层面板中，在设置图层的混合模式一栏中选取【强光】模式。执行菜单栏中的【图像】|【调整】|【曲线】命令，如图6-13-7所示设置参数将唇色调成鲜红色。

（5）完成操作。最终效果如图6-13-8所示。

图6-13-7 设置曲线

图6-13-8 最终效果图

6.14 高级柔肤

如果拍出的艺术照片皮肤粗糙，就会让整体效果失色不少，通过本实例的学习， 用Photoshos CS2柔化皮肤的方法有多种,这里使用比较特别的方法使粗糙皮肤变得细腻光滑，图6-14-1和图6-14-2所示就是处理前后的效果对比图。

图6-14-1 原图　　　　　　　　　图6-14-2 完成图

- 制作时间：3 分钟
- 知识重点：【高斯模糊】和【矢量蒙版】的结合使用
- 学习难度：★★

创作思路

打开需要修改的数码照片，复制一个【背景 副本】层，使用【钢笔工具】将人物的嘴唇、眼睛、眉毛、头发、衣服等区域勾勒出来并羽化选区，执行【反向】命令后添加一个【矢量蒙版】，用【高斯模糊】滤镜模糊皮肤，再用【仿制图章工具】修复，使皮肤更加光滑，整个操作流程如图6-14-3所示。

图6-14-3 操作流程图

操作步骤

(1) 创建图层副本。运行Photoshop CS2，执行【文件】│【打开】命令，打开本书配套光盘中的【源文件】│【第6章】│【实例14】│【数码照片.jpg】后，复制【背景】层为【背景 副本】图层，如图6-14-4所示。

图6-14-4　创建图层副本

（2）勾勒并羽化选区。选择工具栏中的【钢笔工具】勾勒人物的嘴唇、眼睛、眉毛、头发、衣服等区域，闭合路径后按"Ctrl+Enter"键将载入选区，然后按键盘"Ctrl+Alt+D"键弹出"羽化选区"对话框，将参数设为"20像素"，如图6-14-5所示。

图6-14-5　勾勒并羽化选区

（3）添加矢量蒙版遮挡皮肤以外区域。执行菜单栏中的【选择】│【反向】命令将选区反选，点击"图层"面板下方的【添加图层蒙版】按钮，给【背景 副本】层添加一个蒙版，如图6-14-6所示。

图6-14-6　添加矢量蒙版遮挡皮肤以外区域

　　（4）设置高斯模糊。选取背景图层，点击图层切出图层蒙版，选择菜单栏中的【滤镜】│【模糊】│【高斯模糊】滤镜，在弹出的"高斯模糊"对话框中设置半径为"1.5像素"，如图6-14-7所示。

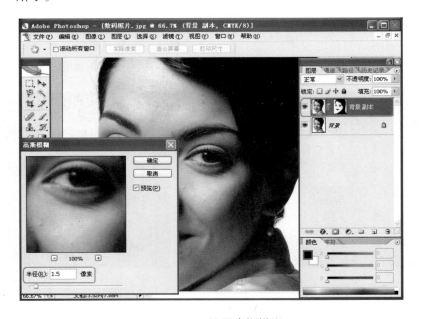

图6-14-7　设置高斯模糊

　　（5）去除青春痘。选取工具栏中的【仿制图章工具】，在其属性栏中将不透明度设置为"50%"，然后逐步修复人物皮肤上的凹凸，使其光滑，效果如图6-14-8所示。

（6）完成操作。最终效果如图6-14-9所示.

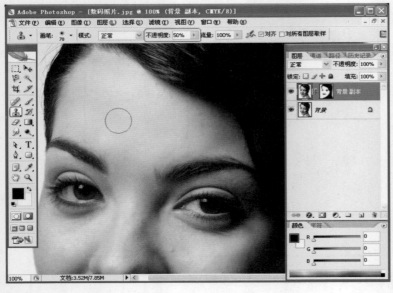

152

图6-14-8　修饰照片

图6-14-9　完成图

6.15　在单人毕业照中添加好友

本实例将讲解如何通过使用Photoshop CS2中的【复制】、【粘贴】命令等，在毕业照中添加好友，图6-15-1和图6-15-2所示的就是制作前后的效果对比图。

图6-15-1　原图

图6-15-2　完成图

● 制作时间：3分钟

● 知识重点：【复制】、【粘贴】命令

● 学习难度：★★

创作思路

打开两张数码照片，首先将预先勾勒好的人物路径转换选区并羽化，然后复制选区内的图像到另一张数码照片上粘贴，用【缩放】变换命令粘贴的图像调整成合适的比例大小，最后用【加深工具】给图像制作投影，整个操作流程如图6-15-3所示。

图6-15-3 操作流程图

操作步骤

（1）打开数码照片。运行Photoshop CS2，选择菜单栏中的【文件】|【打开】命令，打开本书配套光盘中的【源文件】|【第6章】|【实例15】|【数码照片1.jpg】和【数码照片2.jpg】，如图6-15-4所示。

图6-15-4 打开数码照片

（2）复制人物图像。选择"路径"面板，按住"Ctrl"键并用鼠标点击预先勾好的【路径1】，然后执行菜单栏中的【选择】|【羽化】命令，在弹出的对话框中设置半径为"1像素"，点击【好】按钮确定，接着按键盘中的"Ctrl+C"键复制选区内的图像，如图6-15-5所示。

魔法石

数码相片拍摄与后期处理超级手册

154

图6-15-5　复制人物图像

（3）粘贴图像。选择【数码照片2.jpg】，按键盘"Ctrl+V"键将先前复制的图像粘贴到照片中，生成一个独立【图层1】，如图6-15-6所示。

图6-15-6　粘贴图像

（4）调整人物大小。执行菜单栏中的【编辑】|【变换】|【缩放】命令，按住"Shift"键并用鼠标控制变换框，调整人物在画面中的比例，如图6-15-7所示，最后按"Enter"键确定。

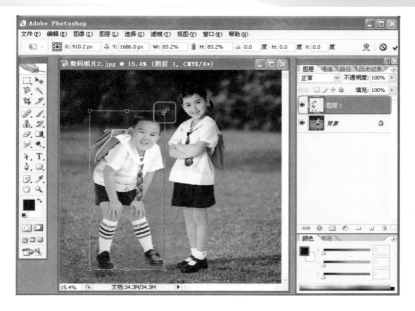

图6-15-7 调整人物大小

（5）添加投影。点击【背景】图层，选择工具栏中的【加深工具】并设置好属性栏中的曝光度，在人物的脚底添加投影，使人物自然的溶入照片中，如图 6-15-8 所示。

提示：
投影的方向要根据阳光的方向来涂抹。

（6）完成操作。最终效果如图 6-15-9 所示。

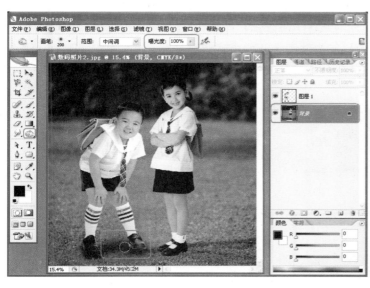

图6-15-8 添加投影

图6-15-9 最终效果图

6.16 旧照变成新照

是否考虑过，给自己珍藏多年的怀旧照片换上彩装，焕发当年的英姿。在本实例中，将介绍如何使用Photoshop CS2中的工具，为黑白照片翻新上彩，如图6-16-1和图6-16-2为翻新前后效果的对比。

图6-16-1 原图

图6-16-2 完成图

● 制作时间： 10分钟
● 知识重点：【矢量蒙版】、【色阶】命令
● 学习难度：★★★

创作思路

首先打开一张数码照片，复制一个【背景 副本】层，用【钢笔工具】勾勒照片中天空的区域并转换路径为选区，再添加一个【图层蒙版】，然后用【色相／饱和度】命令调整天空的颜色，接下来海水、人物的衣服和皮肤同上面的操作步骤调整颜色，再在衣服上制作帽徽及领章，最后抽出相框并用【色阶】调整颜色，整个操作流程如图6-16-3所示。

图6-16-3 操作流程图

操作步骤

(1) 复制图层。运行 Photoshop CS2，执行【文件】│【打开】命令，打开本书配套光盘中的【源文件】│【第 6 章】│【实例 16】│【数码照片.jpg】，执行菜单栏中的【图层】│【复制图层】命令，复制【背景】层为【背景 副本】层，如图 6-16-4 所示。

图 6-16-4　添加图层蒙版

(2) 选择工具栏中的【钢笔工具】，将照片中的天空勾出，按住键盘中的"Ctrl+Enter"键将路径转换为选区，然后点击"图层"面板下方的【添加图层蒙版】按钮，为【背景 副本】图层添加蒙版，如图 6-16-5 所示。

图 6-16-5　添加图层蒙版

（3）改变天空颜色。点击【背景 副本】层从【图层蒙版】中切换出来，执行菜单栏中的【图像】|【调整】|【色相／饱和度】命令，如图6-16-6所示在弹出的对话框中设置参数，将天空调成蓝色。

图6-16-6　调整天空颜色

（4）去除天空杂点。选择工具栏中的【仿制图章工具】，将其属性栏中的不透明度设置为"100％"，然后将天空中的杂点去修掉，如图6-16-7所示。

图6-16-7　去除天空杂点

（5）改变海水颜色。将【背景】复制为【背景 副本 2】，选择【钢笔工具】勾出照片中海水区域转换选区后，为【背景 副本 2】添加蒙版并从蒙版中切换出来后，设置【色相／饱和度】命令参数调整海水颜色，如图 6-16-8 所示。

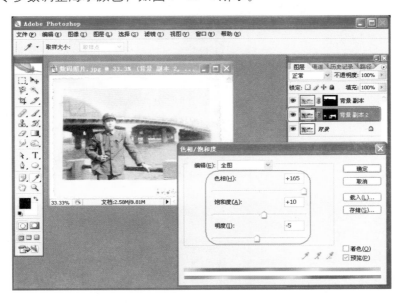

图6-16-8　改变海水颜色

（6）改变衣服颜色。复制【背景】层为【背景 副本 3】层，用【钢笔工具】将人物衣服勾勒出来转换选区，接着为【背景 副本 3】添加蒙版并从蒙版中切换出来后，再用【色相／饱和度】命令变换颜色，参数设置如图 6-16-9 所示。

159

图6-16-9　改变衣服颜色

（7）改变皮肤颜色。复制【背景】层为【背景 副本4】层，并将图层拖至"图层"面板最上方，再以上述相同的步骤勾勒皮肤并调整颜色，将黑白皮肤调成黄色，如图6-16-10所示。

图6-16-10　改变皮肤颜色

（8）制作帽徽和领章。新建一个【图层1】，用【钢笔工具】勾勒帽徽和领章并转换路径为选区，设置前景色为"R：255，G：0，B：60"并按"Alt+Delete"键填充，如图6-16-11所示。

图6-16-11　制作帽微和领章

（9）制作暗部。为了使帽徽和领章的颜色更看起来更真实自然，可以用工具栏中的【加深】工具来进行调整，设置其属性栏中设置范围为"高光"、不透明度为"100％"，涂抹制作出帽微和领章的暗部，如图6-16-12所示。

图6-16-12　制作暗部

（10）抽出边框。复制【背景】层为【背景 副本 5】层，并拉至于【图层】面板最上方，选择【矩形选框工具】选取实际画面，按"Delete"键将选区内的图像删除，再按"Ctrl+D"键取消选区，接着选择工具栏中的【魔棒工具】，按住"Shift"键并用鼠标点选边框以外的区域，最后填充为前景色黑色，如图 6-16-13 所示。

图6-16-13　抽出边框

（11）调整边框颜色。取消选区后执行菜单栏中的【图层】｜【调整】｜【色阶】命令，如图 6-16-14 所示设置【色阶】参数。

（12）完成操作。最后效果如图 6-16-15 所示。

图6-16-14　调整边框颜色　　　　　　　图6-16-15　完成图

数码相片拍摄与后期处理超级手册

162

6.17　调整灰调色彩

本实例通过 Photoshop CS2 中的【照片滤镜】命令，将一张灰调色彩的照片调整成色彩饱和的效果，如图 6-17-1 和图 6-17-2 所示就是照片调整的前后效果对比。

图6-17-1　原图

图6-17-2　完成图

- 制作时间：10 分钟
- 知识重点：【照片滤镜】命令
- 学习难度：★

创作思路

首先打开数码照片，执行【照片滤镜】命令，在弹出的设置面板中将颜色设置为蓝色，制作出晨曦的感觉，再次执行【照片滤镜】命令并默认本身设置，整个操作流程如图 6-17-3 所示。

图6-17-3　操作流程图

操作步骤

（1）打开数码照片。执行菜单中的【文件】|【打开】命令，打开本书配套光盘中的【源文件】|【第 6 章】|【实例 17】|【黄山日出 .jpg】，如图 6-17-4 所示。

（2）自定义滤镜颜色。执行菜单栏中的【图像】|【调整】|【照片滤镜】命令，用鼠标左键点选颜色自定义滤镜颜色，在弹出的"拾色器"对话框中将颜色设置为"R：23，G：52，B：232"，如图 6-17-5 所示。

（3）设置浓度。设置好自定义滤镜颜色后，点击【确定】按钮，在"照片滤镜"对话框中将浓度设置为"85%"，如图6-17-6所示。

（4）再次执行【照片滤镜】命令。点选"照片滤镜"对话框中的"过滤器"选项，颜色默认系统颜色，并将浓度设置为"25%"，如图6-17-7所示。

（5）完成操作。最终效果如图6-17-8所示。

图6-17-4 打开数码照片

图6-17-5 设置自定义滤镜颜色

图6-17-6 设置浓度

163

图6-17-7 执行【图片过滤器】命令

图6-17-8 最终效果图

6.18 修复偏色照片

因为天气不好拍出来的照片常常黯然失色，无法让人满意，本实例就将向大家介绍如何在Photoshop CS2中修复偏色照片，如图6-18-1和图6-18-2所示为处理前后的效果对比。

图6-18-1 原图

图6-18-2 完成图

- 制作时间：5 分钟
- 知识重点：【匹配颜色】命令
- 学习难度：★★

创作思路

首先打开一张彩色的数码照片，分别用【亮度／对比度】、【匹配颜色】、【曲线】命令调整图像，整个操作流程如图6-18-3所示。

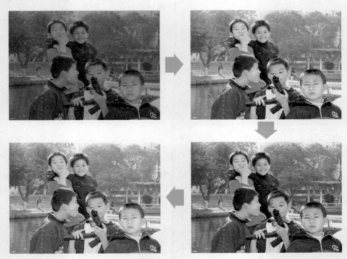

图6-18-3 操作流程图

操作步骤

（1）复制图层。在 Photoshop CS2 中的菜单栏中执行【文件】｜【打开】命令（或按快

捷键"Ctrl+O"),打开本书配
套光盘中的【源文件】|【第
6章】|【实例18】|【数码
照片.jpg】,复制【背景】层为
【背景 副本】层,如图6-18-
4所示。

图6-18-4 复制图层

(2)设置【亮度／对比
度】参数。执行菜单栏中的
【图像】|【调整】|【亮度/
对比度】命令,在弹出的对话
框中将亮度设置为"+20",对
比度设置为"+30",如图6-
18-5所示。

图6-18-5 设置【亮度／对比度】参数

(3)设置匹配颜色参数。
执行菜单栏中的【图像】|
【调整】|【匹配颜色】命令,
在弹出对话框中将各参数设
置如图6-18-6所示。

图6-18-6 设置【匹配颜色】参数

165

（4）调整"绿"通道曲线。按键盘中的"Ctrl+M"执行【曲线】命令，在弹出的对话框中选择"绿"通道，将输入设置为"55"，输出设置为"44"，如图6-18-7所示。

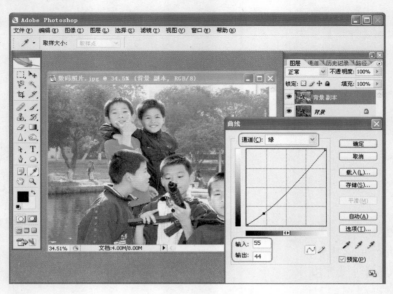

图6-18-7　调整"绿"通道曲线

（5）调整 "RGB"通道曲线。再次执行【曲线】命令，在弹出来的对话框中选择"RGB"通道，如图6-18-8所示调整图像。

（6）完成操作。终效果如图6-18-9所示。

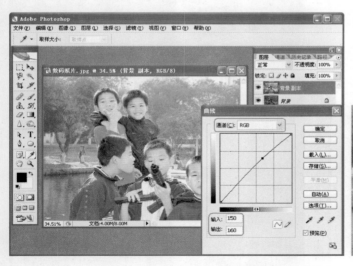

图6-18-8　调整"RGB"通道曲线

图6-18-9　最终效果图

6.19　隆胸瘦身术的特级

　　这张照片美中不足的就是身材不够完美。本实例将讲解如何通过Photoshop CS2工具，弥补数码照片中人物不够漂亮的身材，图6-19-1和图6-19-2所示就是处理前后的效果对比。

图6-19-1　原图

图6-19-2　完成图

● 制作时间：5分钟
● 知识重点：【液化】滤镜
● 学习难度：★★

创作思路

　　打开一张数码照片，复制一个【图层 副本】层，选择【液化】滤镜把照片中的人物进行隆胸瘦身处理，使不完美的身材变得完美动人，整个操作流程如图6-19-3所示。

图6-19-3　操作流程图

操作步骤

　　（1）复制图层。运行Photoshop CS2，执行菜单栏中的【文件】|【打开】命令，打开本书配套光盘中的【源文件】|【第6章】|【实例19】|【数码照片.jpg】，在【图层】面板中，拖动【背景】层到下方的【创建新图层】按钮，复制出一个【背景 副本】，如图6-19-4所示。

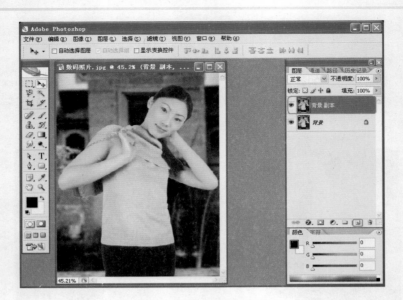

图6-19-4 复制图层

（2）设置【液化】滤镜参数。选择菜单栏中的【滤镜】│【液化】工具。调整画笔。将画笔大小设置为"100"，画笔密度为"40"，画笔压力为"20"，然后把模式设置为"平滑"，如图6-19-5所示。

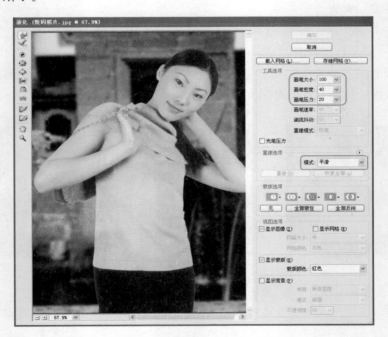

图6-19-5 设置【液化】滤镜参数

（3）胸部变形。用【向前变形工具】按住鼠标左键，将扁平的胸部涂抹至丰满的形态，如此重复，直至隆起为止，如图6-19-6所示。

图6-19-6　胸部变形

（4）腰部变形。设置【工具选项】好参数后，如图6-19-7所示用鼠标在人物腰部向内涂抹，使腰部变细。

（5）完成操作。用鼠标点击【确定】按钮，就可以看到最终效果如图6-19-8所示。

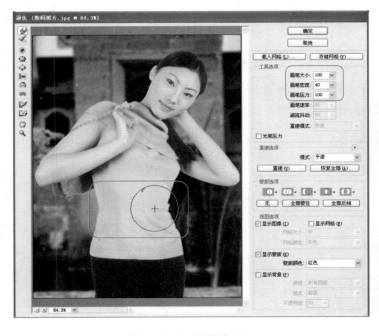

图6-19-7　腰部变形　　　　　　　图6-19-8　最终效果图

6.20 让腿更加修长

拥有一双修长美腿是众多女生的愿望，本实例通过使用Photoshop CS2中的【缩放】命令，来让照片中人物的腿变得修长，如图6-20-1和图6-20-2所示就是操作前后效果的对比。

图6-20-1 原图

图6-20-2 完成图

● 制作时间：5分钟

● 知识重点：【缩放】命令

● 学习难度：★★

创作思路

首先打开数码照片并复制【背景】层为【背景 副本】层，用【选框工具】圈出人物上半身再删除，然后执行【缩放】命令将人物的下半身拉长。整个操作流程如图6-20-3所示。

图6-20-3 操作流程图

操作步骤

（1）复制图层。打开数码照片。执行菜单中的【文件】｜【打开】命令，打开本书配套光盘中的【源文件】｜【第 6 章】｜【实例 20】｜【数码照片.jpg】，如图 6-20-4 所示复制【背景】图层为【背景 副本】层。

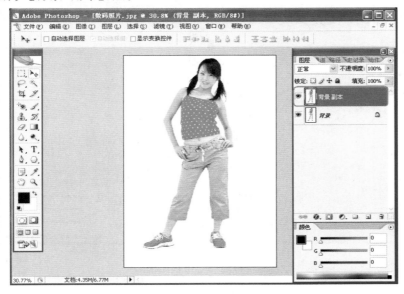

图 6-20-4　复制图层

（2）删除图像。选择工具栏中的【选框工具】，如图 6-20-5 所示在人物的上半身中拉出一个选区，然后按键盘中的"Delete"键删除图像。

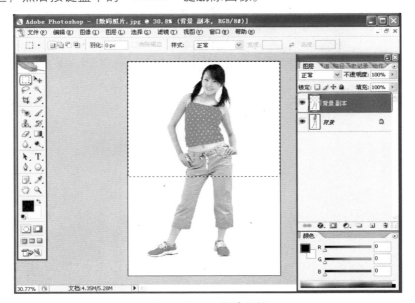

图 6-20-5　删除图像

171

（3）拉长双腿。按"Ctrl+D"键取消选区，执行菜单栏中的【编辑】｜【变换】｜【缩放】命令，拖动缩放控制点拉长人物的腿部，如图6-20-6所示。

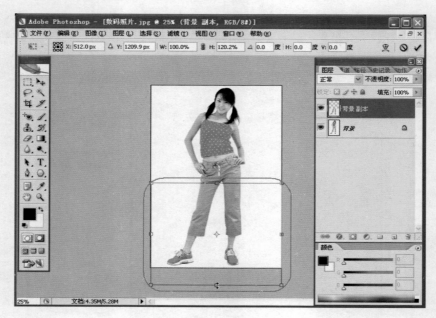

图6-20-6　拉长腿部

（4）完成操作。最终效果如图6-20-7所示。

图6-20-7　效果图

6.21 杯子贴上特有的图案

现在的人越来越懂得享受生活的情趣，就连一个小小的杯子都能体现一个人对生活的讲究和品味，本实例通过 Photoshop CS2 中的【切变】滤镜，把一张数码照片制作成杯子上面的图案，以下是制作前后效果对比如图 6-21-1 和图 6-21-2 所示。

图6-21-1 原图

图6-21-2 完成图

● 制作时间：10 分钟
● 知识重点：【圆角矩形工具】、【切变】滤镜、【亮度】图层混合模式
● 学习难度：★★

创作思路

打开数码照片，用【圆角矩形工具】圈出数码照片的局部，转换为选区后羽化并拷贝为独立【图层1】，再用【移动工具】将图像拖至【杯子.jpg】文件中用执行【自由变换】命令变换大小及旋转 90°（逆时针），执行【切变】滤镜切变图像，使其符合杯子的透视，然后将旋转 90°（顺时针），最后设置图层的混合模式，整个操作流程如图 6-21-3 所示。

图6-21-3 操作流程图

操作步骤

（1）拉出圆角矩形。按"Ctrl+O"键执行【打开】命令，打开本书配套光盘中的【源文件】|【第6章】|【实例21】|【数码照片.jpg】，选择工具栏中的【圆角矩形工具】，在

其属性栏中将半径设置为"50像素"，然后如图6-21-4所示拉出一个圆角矩形路径。

提示：

【圆角矩形工具】的半径像素越大，其4个角就越圆滑。

图6-21-4　拉出圆角矩形

（2）羽化选区。按键盘中的"Ctrl+Enter"键将路径转换为选区，再按"Ctrl+Alt+D"键执行【羽化】命令，在弹出的"羽化选区"对话框中，将羽化半径设置为"20像素"，如图6-21-5所示。

图6-21-5　羽化选区

（3）拷贝图层。执行【图层】｜【新建】｜【通过拷贝的图层】命令或按快捷键"Ctrl+J"，拷贝选区成为【图层1】，如图6-21-6所示。

图6-21-6　拷贝图层

（4）打开并移动图像。按"Ctrl+O"键执行【打开】命令，打开本书配套光盘中的【源文件】|【实例21】|【杯子.jpg】，按"V"键切换【移动工具】，移动【数码照片.jpg】文件中【图层1】的图像到新打开文件中，如图6-21-7所示。

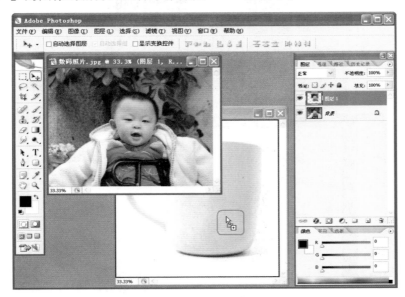

图6-21-7　打开并移动图像

（5）将图像逆时针旋转90°。执行菜单栏中的【编辑】|【自由变换】命令或按快捷键"Ctrl+T"键，按住键盘中的"Shift"键并拖动控制点，按比例缩小图像到合适大小，右击鼠标弹出快捷菜单，选择【旋转90°（逆时针）】命令，如图6-21-8所示。

图6-21-8　将图像逆时针旋转90°

提示：

因为接下来要执行的【切变】滤镜命令，只能垂直切变图像，所以在这里要先把图像旋转90°。

(6) 切变图像。按"M"键切换成【矩形选框工具】，拉出一个选区将图像圈选，让接下来的操作效果仅限于此选区以内；选择【滤镜】|【扭曲】|【切变】滤镜，弹出"切变"对话框，如图6-21-9所示在显示切变的窗口将线条拉出一个幅度。

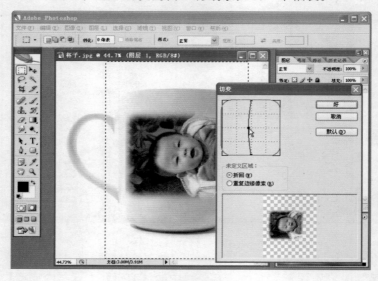

图6-21-9　切变图像

(7) 顺时针旋转图像。按"Ctrl+D"键取消选区，再次执行【自由变换】命令并右击鼠标，在弹出的快捷菜单中选择【旋转90°（顺时针）】命令，如图6-21-10所示。

图6-21-10　顺时针旋转图像

(8) 设置图层混合模式。在"图层"面板中，左击图层混合模式栏，在弹出的下拉列表中选择【亮度】图层混合模式，如图 6-21-11 所示。

图 6-21-11　设置图层混合模式

(9) 完成操作。最终效果如图 6-21-12 所示。

图 6-21-12　最终效果图

6.22　改变头发的颜色

看惯了黑色的头发，想不想给自己换上一款特别的发色，突显自己的魅力呢，本实例通过 Photoshop CS2 中的【色彩平衡】蒙版，将头发染成黄色。如图 6-22-1 和图 6-22-2 所示就是头发染色前后效果的对比。

图6-22-1　数码照片

图6-22-2　染色后

● 制作时间：10 分钟

● 知识重点：【色彩平衡】蒙版

● 学习难度：★★

创作思路

首先打开数码照片并复制【背景】层为【背景 副本】层，然后执行【图层】面板下方的【创建新的填充或调整图层】|【色彩平衡】命令调出金黄色，再将蒙版填充黑色，用白色【画笔工具】涂抹黑色蒙版，让头发区域显露出来，整个操作流程如图 6-22-3 所示。

图6-22-3　操作流程图

操作步骤

（1）打开数码照片。执行菜单中的【文件】 | 【打开】命令，打开本书配套光盘中的【源文件】 | 【第6章】 | 【实例22】 | 【数码照片.jpg】，如图6-22-4所示。

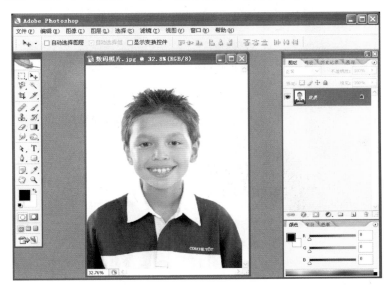

图6-22-4 打开数码照片

（2）选择色彩平衡命令。在【图层】面板中右击【背景】层，在弹出的菜单中选择【复制图层】命令创建【背景 副本】层；再点击"图层"面板下方的【创建新的填充或调整图层】按钮，在弹出的菜单中选择【色彩平衡】命令，如图6-22-5所示。

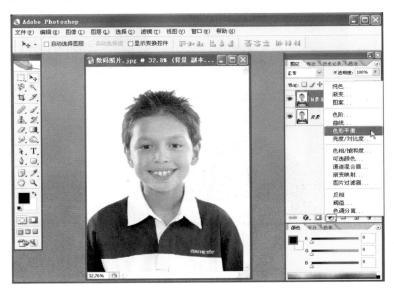

图6-22-5 选择色彩平衡命令

（3）设置参数。在弹出的"色彩平衡"对话框中，将各参数的设置如图6-22-6所示，然后点击【好】按钮。

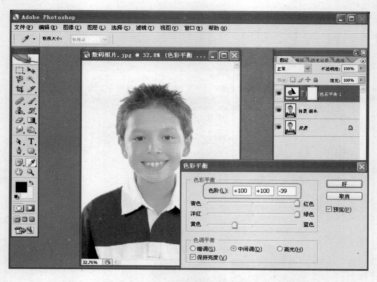

图6-22-6　设置色彩平衡参数

提示：

在这里，可以根据自己喜欢的颜色进行色彩平衡的调整。

（4）填充色彩平衡蒙版。将【前景色】设置为"黑色"，只有黑色才能隐藏蒙版的图像，按快捷键"Alt+Delete"填充【色彩平衡】蒙版，如图6-22-7所示。

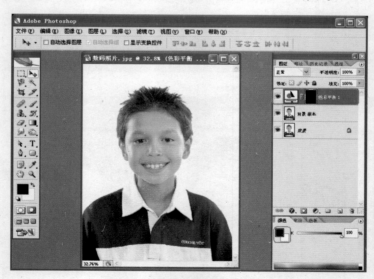

图6-22-7　填充色彩平衡蒙版

提示：

要从蒙版中减去并显示图层，请将蒙版涂成白色；要能够看到图层部分，请将蒙版涂成灰色；要向蒙版中添加并隐藏图层或组，请将蒙版涂成黑色。

（5）涂沫头发区域。按快捷键"X"切换【前景色】为"白色"，然后选择工具栏中的【画笔工具】，在数码照片的头发区域进行涂沫，将蒙版中隐藏的图像显示出来，如图6-22-8所示，显示出【色彩平衡】命令的颜色。

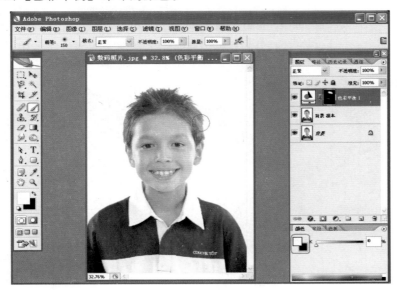

图6-22-8 涂沫头发区域

提示：

在切换背景色时，要注意切换后的【前景色】一定要为白色，才能进行有效的涂抹；如果不小心将画笔涂抹到头发以外的其他区域，可将【前景色】切换成黑色，再使用【画笔工具】进行涂抹，将其修复。

（6）完成操作。最终效果如图6-22-9所示。

图6-22-9 最终效果图

数
码
相
片
拍
摄
与
后
期
处
理
超
级
手
册

6.23 合成一张婚纱照

婚纱照是近年来流行的一种结婚纪念方式之一，本实例通过Photoshop CS2中的【仿制图章工具】，将两张不同场景的婚纱照巧夺天工的拼合在一起，制作出一张新的婚纱照。如图6-23-1和图6-23-2所示分别为合成前的两张婚纱照和合成后的婚纱照。

图6-23-1 原图

图6-23-2 完成图

- 制作时间：10分钟
- 知识重点：【仿制图章工具】与【橡皮擦工具】的结合使用
- 学习难度：★★

创作思路

首先打开两张数码照片，将其中一张移至另一张照片上覆盖，用【仿制图章工具】在【图层1】上面取样，然后将该图层的可视窗点掉，新建【图层2】，并在上面仿制【图屋1】的图像，最后用【橡皮擦工具】擦掉多余的图像，整个操作流程如图6-23-3所示。

图6-23-3 操作流程图

操作步骤

（1）打开并移动数码照片。执行【文件】│【打开】命令，打开本书配套光盘中的【源文件】│【第6章】│【实例23】│【数码照片1.jpg】和【数码照片2.jpg】，然后按住"Shift"键，用【移动工具】将【数码照片1.jpg】移至【数码照片2.jpg】上，如图6-23-4所示。

图6-23-4　移动数码照片

（2）取样。选择工具栏中的【仿制图章工具】，按住"Alt"键的同时在【图层1】上选取图像顶点的位置，作为接下来要仿制图像的取样点，如图6-23-5所示。

图6-23-5　仿制图章工具取样

提示：

按住"Alt"键在图像中单击定点取样，单击处即为取样点按住"Alt"键在图像中单击定点取样，单击处即为取样点。

（3）新建图层。将【图层1】的可视窗口关闭，按快捷键"Shift+Ctrl+N"新建【图层2】，如图6-23-6所示。

图6-23-6 新建图层

（4）调出新郎图像。在左边点击鼠标左键进行涂抹，根据前面的取样点仿制出新郎的图像，如图6-23-7所示。

图6-23-7 复制出新郎图像

（5）反选并删除选区。执行菜单中的【选择】│【反向】命令，使选区变成除婚纱外其他区域，按键盘中的"Delete"键删除选区中的内容，然后点快捷键"Ctrl+D"取消选区，如图6-24-8所示。

图6-24-8　反选并删除选区

（6）设置替换颜色参数。执行菜单中的【图像】│【调整】│【替换颜色】命令，弹出"替换颜色"对话框，在【选区】栏中点选"图像"选项，然后用【吸管工具】在预览窗口中吸取婚纱最深的颜色，并将颜色容差设置为"200"，如图6-24-9所示。

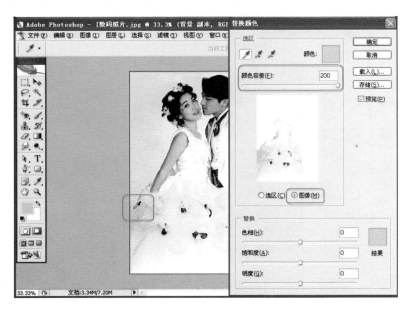

图6-24-9　设置替换颜色参数

（7）设置结果颜色。双击"结果"颜色块，在弹出的"拾色器"对话框中将颜色参数设置为婚纱要变换的颜色，如图6-24-10所示。

图6-24-10　设置结果颜色

（8）完成操作。最终效果如图6-24-11所示。

图6-24-11　最终效果图

6.25　为新娘补妆

用数码照相记录新娘最动人的刹那，可是没想到新娘的妆容被强烈的亮光覆盖了，本实例通过 Photoshop CS2 中的【可选颜色】蒙版，为新娘补妆，让你成为最美丽的新娘。图 6-24-1 和图 6-24-2 所示分别为合成前的两张婚纱照和合成后的婚纱照。

图6-25-1　原图　　　　　　　　　图6-25-2　完成图

- 制作时间：10 分钟
- 知识重点：【可选颜色】蒙版命令
- 学习难度：★★

创作思路

首先打开数码照片，选择【可选颜色】蒙版命令，设置参数后填充为黑色，再用【画笔工具】涂抹出嘴唇区域，同以上步骤处理影和腮红，最后用【减淡工具】涂抹鼻子区域，使鼻子看起来更挺，整个操作流程如图 6-25-3 所示。

图6-25-3　操作流程图

魔法石

数
码
相
片
拍
摄
与
后
期
处
理
超
级
手
册

操作步骤

（1）打开数码照片。执行【文件】｜【打开】命令或按快捷键"Ctrl+O"打开本书配套
光盘中的【源文件】｜【第6章】｜【实例24】｜【数码照片.jpg】，如图6-25-4所示。

图6-25-4　打开数码照片

（2）选择【可选颜色】命令。点击【图层】面板下方的【创建新的填充或调整图层】按
钮，在弹出的菜单列表中选择【可选颜色】命令，如图6-25-5所示。

图6-25-5　选择可选颜色命令

提示：

【可选颜色】命令估计是比较少用到的一个命令，它特别用于矫正颜色方面；按Adobe
的帮助上说的那样，"你可以有选择地修改任何原色中印刷色的数量，而不会影响任

何其他原色，例如，可能使用可选颜色校正减少图像绿色图素中的青色，同时保留蓝色图素中的青色不变"。

（3）设置参数。在弹出的"可选颜色选项"对话框中，将颜色设置为"C：14，M：100，Y：100，K：0"，如图 6-25-6 所示。

图 6-25-6　设置参数

（4）涂抹唇部。将蒙版填充为前景色"黑色"，隐藏可选颜色效果，然后选择【画笔工具】，按快捷键"X"切换前景色为白色，在唇部进行涂抹，将可选颜色效果显示出来，如图 6-25-7 所示。

图 6-25-7　涂抹唇部

193

（5）设置参数。继续执行【可选颜色】命令，在弹出的对话框中将颜色设置为"C：0，M：78，Y：-49，K：38"，如图6-25-8所示。

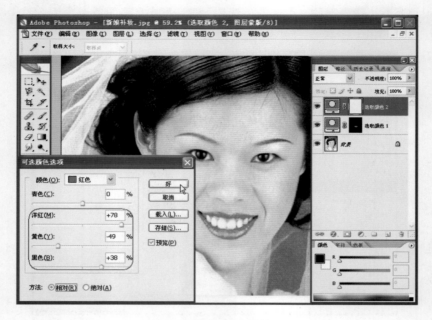

图6-25-8　设置参数

（6）涂抹眼影。填充蒙版为"黑色"，再按"X"键切换前景色为白色，然后用【画笔工具】在眼睛的区域仔细的涂抹，注意将画笔的不透明度调为"50％"，如图6-25-9所示。

图6-25-9　涂抹眼影

（7）设置参数。继续执行【可选颜色】命令，在弹出的对话框中将颜色设置为"C：100，M：71，Y：0，K：0"，如图6-25-10所示。

图6-25-10 设置参数

（8）涂抹腮部。填充蒙版为"黑色"，再按"X"键切换前景色为白色，然后使用【画笔工具】，将不透明度设置为"100%"后在腮部涂抹出自然的腮红，如图6-25-11所示。

195

图6-25-11 涂抹腮部

（9）修整鼻子。选择【背景】层，点击工具栏中的【减淡工具】，在属性栏中设置曝光度为"50%"，在鼻子上面来回涂抹，使鼻子看起来更挺，如图6-25-12所示。

图6-25-12　修整鼻子

（10）完成操作。新娘的补妆已完成，最终效果如图6-25-13所示。

图6-25-13　最终效果图

6.26　替换婚庆的背景

假设来场环球婚礼，你会选择去哪里呢？法国巴黎？荷兰比利时？还是加勒比海等等……本实例通过 Photoshop CS2 中的【魔棒工具】，将数码照片简单的背景提出从而替换其他的背景，亲手制造一场浪漫的婚礼。图 6-26-1 和图 6-26-2 所示分别为制作的前后对比。

图6-26-1　原图

图6-26-2　完成图

● 制作时间：10 分钟
● 知识重点：【魔棒工具】
● 学习难度：★★

197

创作思路

首先打开数码照片，用【魔棒工具】将背景选取，然后执行【反向】命令使人物成为选区，接着打开【素材.jpg】文件，把人物用【移动工具】拖至该文件中用【自由变换】工具进行合理变换，整个操作流程如图 6-26-3 所示。

图6-26-3　操作流程图

操作步骤

（1）打开数码照片。执行菜单中的【文件】｜【打开】命令，打开本书配套光盘中的【源文件】｜【第 6 章】｜【实例 26】｜【数码照片.jpg】文件，如图 6-26-4 所示。

图6-26-4 打开数码照片

（2）用魔棒选取背景。选择工具栏中的【魔棒工具】，在其属性栏中设置容差为"32"，按住键盘"Shift"键在数码照片的背景上点击鼠标，使背景成为选区，如图6-26-5所示。

图6-26-5 选取背景

注意：

容差值越大，可选取像素的范围就越大。它的大小要根据后面的背景颜色的复杂程度，较纯的背景容差值可小些。

（3）移动人物。执行菜单中的【选择】|【反向】命令使人物成为选区，然后按快捷键

"Ctrl+O"打开本书配套光盘中的【源文件】│【第6章】│【实例26】│【素材.jpg】文件，选择【移动工具】将数码照片的人物如图6-26-6所示，移动【素材.jpg】文件中。

图6-26-6 移动人物

(4) 变换图像大小。按快捷键"Ctrl+T"执行【自由变换】命令，配合"Shift"键用鼠标移动变换框的控制点，如图6-26-7所示按比例缩小图像，然后按"Enter"键确定变换命令。

(5) 完成操作。替换婚庆的背景制作完毕后的最终效果如图6-26-8所示。

199

图6-26-7 按比例缩小图像　　　　　图6-26-8 最终效果图

6.27　数码照片变卡通画

　　卡通画不仅小孩子喜爱看，大人们也喜欢，将一张普通的数码照片制作成一张卡通画效果的照片，更是别有一番趣味，本实例通过Phtotshop CS2中的【图章】滤镜和【画笔工具】，将数码照片处理成卡通画的效果，制作的前后对比如图6-27-1和图6-27-2所示。

图6-27-1　原图

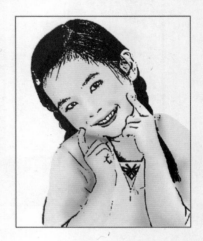

图6-27-2　完成图

- 制作时间：10分钟
- 知识重点：【图章】滤镜、【画笔工具】、【画笔笔尖形状】、【图层】
- 学习难度：★★

创作思路

　　首先打开数码照片，复制【背景】图层为【背景　副本】层，用【图章】滤镜及通道提出人物的线条，再用套索工具圈出人物的皮肤区域再用【画笔工具】进行喷绘，通过设置画笔的大小、不透明度、硬度及间距，可形成不同的画笔喷绘效果，整个操作流程如图6-27-3所示。

图6-27-3　操作流程图

操作步骤

（1）打开并复制图层。执行菜单中的【文件】｜【打开】命令，打开本书配套光盘中的【源文件】｜【第6章】｜【实例27】｜【数码照片.jpg】文件，复制【背景】图层为【背景 副本】图层，如图6－27－4所示。

图6－27－4　打开并复制图层

（2）设置【图章】滤镜参数。选择菜单栏中的【滤镜】｜【素描】｜【图章】滤镜，在弹出的对话框中将各参数设置，然后点击【好】按钮如图6－27－5所示。

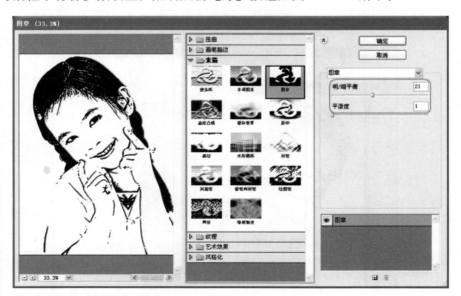

图6－27－5　设置【图章】参数

（3）提取轮廓。选择"通道"面板，按住键盘"Ctrl"键并用鼠标随便点击一个通道，提取人物轮廓为选择区域，然后按快捷键"Shift+Ctrl+I"执行【反向】命令使选区变为黑色轮廓部分，如图6-27-6所示。

图6-27-6　提取轮廓

注意：

提取轮廓目的是将人物与背景分离便于后面的编辑修改工作。

（4）填充人物线条并圈出皮肤区域。选择"图层"面板，将【背景 副本】层删除，按快捷键"Shift +Ctrl +N"新建【图层1】并填充黑色，按"Ctrl+D"取消选区；新建【图层2】并置于【图层1】之下，填充背景色白色；接着新建【图层3】置于【图层2】之上，选择【套索工具】大致圈出人物的皮肤部分，在"颜色"面板中将颜色设置为"R：243，G：195，B：157"，如图6-27-7所示。

图6-27-7　填充人物线条并圈出皮肤区域

注意：

要编辑哪个图层就选中哪个图层。几个图层在一起就像几张透明的纸重叠在一起一样，我们可以分别在这些透明的纸上进行填充颜色、绘制或修改图像等操作。所以可以想像一下，如果放在上面的图层填充了颜色或做了其他操作，可能就遮住了下面的图层或出现其他结果了。同样，假如要修改【图层1】上的图像，却选中别的图层，结果会是怎样呢？一个图像最终效果可以是由数个图层重叠在一起组成的，这样对哪个部分进行修改，只要选种哪个图层就不会影响到别的图层了，因此也应注意图层之间的排列顺序。

图6-27-8 喷绘皮肤

（5）喷绘皮肤。选择【画笔工具】，在其属性栏中将画笔不透明度设置为"50%"，然后在选区中进行喷画，如图6-27-8所示。

（6）喷绘皮肤的阴影。在"颜色"面板中将色彩设置为"R：237，G：181，B：125"，继续用画笔在选区内进行喷画，如图6-27-9所示。

图6-27-9 喷给皮肤的阴影

（7）喷绘人物的唇色和腮红。设置前景色为"R：255，G：120，B：105"，将画笔的不透明度设置为"20%"并按键盘中的"["和"]"调整画笔大小，如图6-27-10所示喷出人物的唇色及腮红。

图6-27-10　喷绘人物的唇色和腮红

（8）制作鼻梁高光效果。按"Ctrl+D"键取消选区，然后选择工具栏中的【橡皮擦工具】，在其属性栏中将不透明度设置为"20%"，在人物的鼻梁上面来回涂抹，制作出高光效果；再把橡皮擦的不透明度设置为"100%"，将皮肤以外区域的颜色擦除，如图6-27-11所示。

图6-27-11　制作鼻梁高光效果

(9) 设置画笔笔尖形状。设置前景色为白色，按快捷键"B"切换【画笔工具】，在其属性栏中点击【画笔调板】按钮，在弹出的"画笔预设"面板中选择"画笔笔尖形状"栏，并将直径设置为"10 像素"，硬度为"100％"，间距为"1％"，如图 6-27-12 所示。

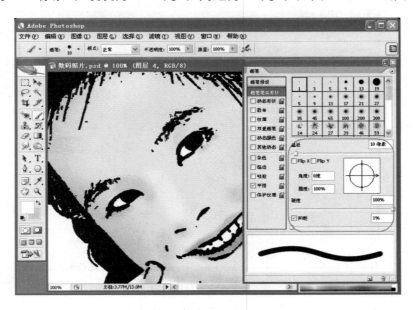

图 6-27-12　设置画笔笔尖形状

(10) 制作眼睛的反光。新建【图层 4】并置于所有图层之上，将画笔不透明度调为"100％"，然后如图 6-27-13 所示在人物的眼睛处点出 4 个大小不一的白点，制作出眼睛的反光，使其看起来更加明亮。

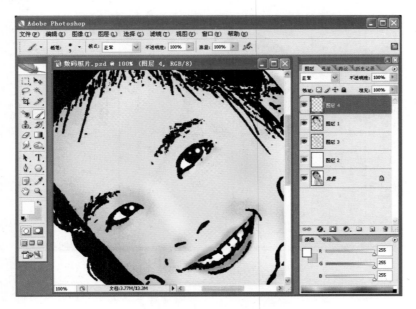

图 6-27-13　制作眼睛的反光

(11) 喷出人物衣服。新建【图层5】并置于【图层2】之上，设置前景色为"R: 242，G: 229，B: 223"，然后选择【画笔工具】，按键盘中的"]"键放大画笔，喷出人物的衣服，如图6-27-14所示。

图6-27-14　喷出人物衣服

(12) 擦除衣服多余区域。按快捷键"E"切换【橡皮擦工具】，将衣服多余区域擦除，接着新建【图层6】并置于【图层5】之上，按快捷键"Ctrl+Alt+G"执行【创建剪切蒙版】命令，如图6-27-15所示。

图6-27-15　擦除衣服多余区域

(13) 设置画笔笔尖形状。按快捷键"B"切换【画笔工具】，点击其属性栏中的【画笔调板】按钮，在弹出的"画笔预设"面板中选择"画笔笔尖形状"，将硬度设置为"0%"，间距设置为"25%",如图6-27-16所示。

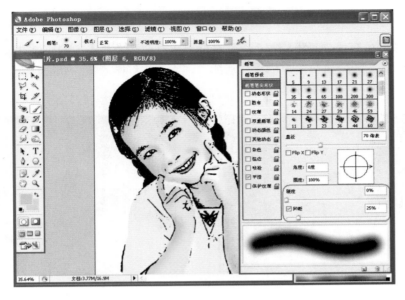

图6-27-16 设置画笔笔尖形状

(14)喷绘衣服阴影。设置前景色为"R:146,G:79,B:59",然后用不透明度为"20%"的【画笔工具】如图6-27-17所示慢慢的喷出衣服的阴影。

(15)完成操作。数码照片变卡通画的最终效果如图6-27-18所示。

207

图6-27-17 喷绘衣服的阴影

图6-27-18 最终效果图

数
码
相
片
拍
摄
与
后
期
处
理
超
级
手
册

6.28　快速去除红眼

在光线较暗的环境中进行拍摄时，往往会产生红眼现象，本实例通过Photoshop CS2中的新工具【红眼工具】，执行简单的操作后即可消除这种红眼现象，如图6-28-1和图6-28-2所示为去除红眼前后效果的对比。

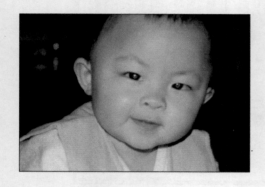　　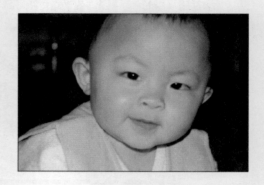

图6-28-1　原图　　　　　　　　　　　　　图6-28-2　完成图

● 制作时间：3分钟

● 知识重点：【红眼工具】

● 学习难度：★★

创作思路

首先打开数码照片，选择【红眼工具】单击红眼区域，将两个眼睛的红眼逐一去除，整个操作流程如图6-28-3所示。

图6-28-3　操作流程图

操作步骤

（1）打开数码照片。执行菜单中的【文件】｜【打开】命令，打开本书配套光盘中的【素材】｜【第6章】｜【实例28】｜【数码照片.jpg】文件，如图6-28-4所示。

（2）消除左红眼。选择工具栏中的【红眼工具】，如图6-28-5所示在红色瞳孔上单击。

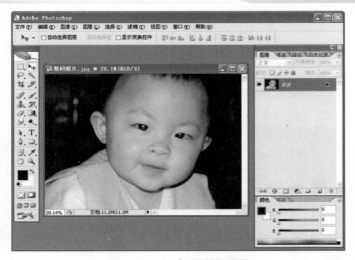

图 6-28-4　打开数码照片

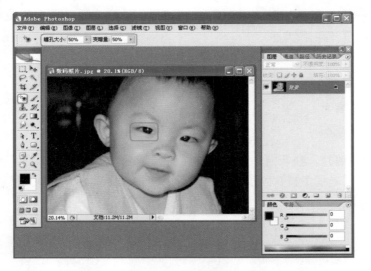

图 6-28-5　消除左眼红色

（3）完成操作。同样用以上方法消除右红眼，最终的效果如图 6-28-6 所示。

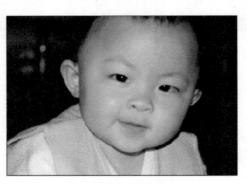

图 6-28-6　最终效果图

209

6.29 去除多余的人物

一幅创意构图完美的照片，常常会因为一些杂乱的小细节而失色不少，本实例通过 Photoshop CS2 中的【消失点】滤镜，来讲解如何去除照片中影响整体美感的物件。如图6-29-1 和图 6-29-2 所示分别为使用【消失点】滤镜去除多余人物前后照片的效果对比。

图6-29-1　原图

图6-29-2　完成图

● 制作时间：10分钟
● 知识重点：【消失点】滤镜
● 学习难度：★★

创作思路

首先打开数码照片，执行【消失点】滤镜，在弹出的对话框中使用【创建平面工具】、【编辑平面工具】、【选框工具】以及【仿制印章工具】对图片上的多余人物进行消除，整个操作流程如图6-29-3所示。

图6-29-3　操作流程

操作步骤

（1）打开数码照片。执行菜单中的【文件】｜【打开】命令，打开本书配套光盘中的【源文件】｜【第6章】｜【实例29】｜【数码照片.jpg】。

（2）调整平面。按快捷键"Ctrl+Alt+V"选择【消失点】滤镜，在弹出的对话框中使用【创建平面工具】在图像中定义透视平面，然后用【编辑平面工具】点按并拖动调整平面，如图6-29-4所示。

图6-29-4 调整平面

提示：

单击节点可调整其位置，按"Backspace"或"Delete"键可删除最后的节点。如果透视正确的话，将以蓝色显示网格，如果你看到的是黄色或红色框线，就是透视平面还不够正确。

（3）复制选区。选择【选框工具】，在平面中拖出一个选框，按住"Alt"键拖移复制选区到新目标，如图6-29-5所示。

图6-29-5 复制选区

提示：

按住"Ctrl"键拖移选区则可用原图填充该区域。

（4）仿制图像。用【编辑平面工具】调整平面，然后选择【仿制印章工具】，设置其直径，在平面中按住"Alt"键并单击鼠标设置原仿制点，然后拖移鼠标仿制图像，将人物逐渐涂掉，如图6-29-6所示。

图6-29-6　仿制图像

（5）仿制剩余图像。根据以上的操作，把剩下的人物的残影修掉，如图6-29-7所示。

（6）完成操作。最终效果如图6-29-8所示。

图6-29-7　仿制剩余图像　　　　　　　图6-29-8　最终效果图

6.30 修复有污点的照片

Photoshop CS2 新增的【污点修复画笔工具】可以快速地去除照片中的污点，只需控制笔头大小然后在污点上单击即可，该工具大大地提高了工作效率。本实例通过该新工具，去除小孩脸上的各种污点，如图 6-30-1 和图 6-30-2 所示为修复前后效果的对比。

图 6-30-1　原图

图 6-30-2　完成图

- 制作时间：2 分钟
- 知识重点：【污点修复画笔工具】
- 学习难度：★★

213

创作思路

　　首先打开数码照片，选择【污点修复画笔工具】先将小孩额头上的红色污点修复，再一一将脸上的其他黑点仔细的修复，整个操作流程如图 6-30-3 所示。

图 6-30-3　操作流程图

数
码
相
片
拍
摄
与
后
期
处
理
超
级
手
册

操作步骤

（1）打开图片。执行菜单中的【文件】|【打开】命令，打开本书配套光盘中的【素材】|【第6章】|【实例30】|【数码照片.jpg】文件，如图6-30-4所示。

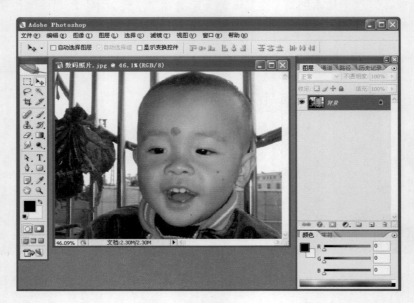

图6-30-4　打开数码照片

（2）修复额头污点。选择工具栏中的【污点修复画笔工具】，配合键盘上的"["键或"]"键调节笔刷的大小，在照片中进行点击，将小孩额头的红点去除，如图6-30-5所示。

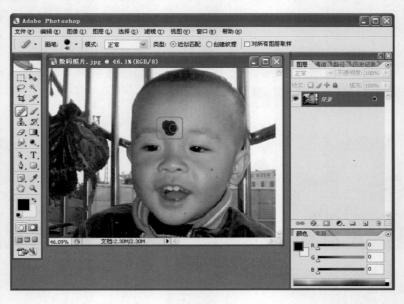

图6-30-5　修复额头污点

提示：

如果发现效果不好，可以按快捷键"Ctrl+Z"撤消操作。

（3）修复黑色污点。继续用【污点修复画笔工具】同以上步骤将小孩脸上的黑色污点一一修复，如图 6-30-6 所示。

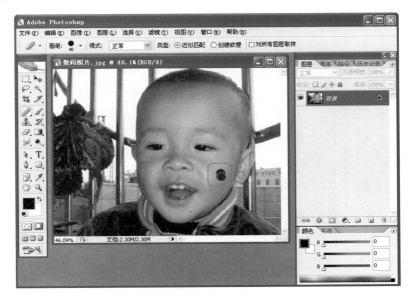

图 6-30-6　修复黑色污点

提示：

【污点修复画笔工具】不同于现在的修补工具，它不需要选取选区或者定义源点。

（4）完成操作。最终效果如图 6-30-7 所示。

图 6-30-7　完成效果图

6.31　调整梯形失真建筑

Photoshop CS2新增的【镜头校正】滤镜，可以校正例如桶状变形、梯形失真、晕影、色彩失常等的失真照片，本实例通过该功能，将一张梯形失真的照片校正过来，如图6-31-1和如图6-31-2所示为修复前后效果的对比。

图6-31-1　校正前

图6-31-2　校正后

- 制作时间：10分钟
- 知识重点：【镜头校正】滤镜
- 学习难度：★★★

创作思路：

首先打开数码照片，执行【镜头校正】滤镜调整照片的梯形失真，然后用【自由变换工具】将建筑的另一面变换为与地面垂直，接着用【灭点】工具和【仿制图章工具】修补因变形后图像的修补残缺处，最后用【裁切工具】裁出修复后的建筑物，整个操作流程如图6-31-3所示。

图6-31-3　操作流程

操作步骤

（1）打开并复制图层。执行菜单中的【文件】│【打开】命令，打开本书配套光盘中的【源文件】│【第 6 章】│【实例 32】│【数码照片.jpg】文件，复制【背景】图层为【背景 副本】图层，如图 6-31-4 所示。

图6-31-4　打开并复制图层

（2）设置【镜头校正】滤镜参数。选择菜单样中的【滤镜】│【扭曲】│【镜头校正】滤镜，在弹出的对话框中将各参数设置如图 6-31-5 所示。

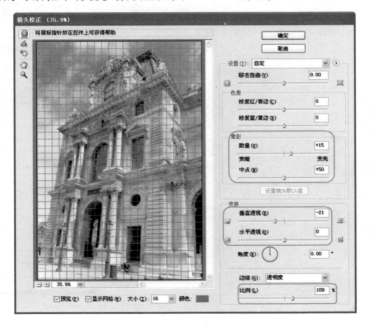

图6-31-5　设置参数

（3）拉出辅助线。按快捷键"Ctrl+R"显示出标尺，然后在左边拉出如图6-31-6所示的辅助线以方便接下来图形变换。

图6-31-6　拉出辅助线

（4）自由变换。执行菜单栏中的【编辑】│【自由变换】命令，按住"Ctrl"键并用鼠标水平移动节点，直至建筑物与辅助线水平，如图6-31-7所示。

图6-31-7　自由变换

（5）修补残缺图像。按"Ctrl+H"键隐藏辅助线，将【背景】图层前面的"可视窗"关闭，我们可以看到变换后残缺的图像，选择工具栏中的【灭点】工具，如图 6-31-8 所示，慢慢的修补残缺的图像。

图 6-31-8　修补残缺图像

（6）移动图层。恢复【背景】图层的可视性，并复制【背景】图层为【背景 副本 2】图层，选择【移动工具】将【背景 副本 2】移动到合适的位置，如图 6-31-9 所示。

图 6-31-9　移动图层

（7）合并图层并修复图像。选择【图层 副本】图层，按快捷键"Ctrl+E"执行【向下合并图层】命令，然后用【仿制图章】工具将修复剩余的图像，如图6-31-10所示。

图6-31-10　合并图层并修复图像

（8）裁切图像。按快捷键"C"切换成【裁切工具】，在图像上面拉出一个裁切选区，如图6-31-11所示。

图6-31-11　裁切图像

（9）再次透视变换。执行菜单栏中的【编辑】｜【自由变换】命令，按住"Ctrl"键并用鼠标移动节点调整建筑透视，如图6-31-12所示。

图6-31-12　再次透视变换

（10）修补图像。选择工具栏中的【仿制图章工具】，设置好其不透明度，如图6-31-13所示修补变形后残缺的图像，然后按盘中的"Ctrl+E"键，执行【向下合并】命令合并图层。

（11）到此，调整梯形失真建筑操作完毕，最终效果图如图6-31-14所示。

图6-31-13　修补图像

图6-31-14　最终效果图

221

6.32 调整模糊的照片

有时候在阴暗的光线下拍出来的照片，总是模糊不清，本实例通过Photoshop CS2中的【智能锐化】滤镜，通过改善边缘细节、阴影及高光锐化，把一张模糊的数码照片如图6-32-1所示，处理成如图6-32-2所示的清晰效果。

图6-32-1　锐化前　　　　　　　　　　　图6-32-2　锐化后的效果

- 制作时间：10分钟
- 知识重点：【智能锐化】滤镜
- 学习难度：★★

创作思路

首先打开数码照片，执行【USM锐化】滤镜命令调整照片锐度，再选择【智能锐化】滤镜，改善图像的边缘细节、阴影及高光锐化。整个操作流程如图6-32-3所示。

图6-32-3　操作流程

操作步骤

(1) 打开数码照片。执行菜单中的【文件】|【打开】命令，打开本书配套光盘中的【素材】|【第6章】|【实例32】|【数码照片.jpg】文件，如图6-32-4所示。

图6-32-4　打开数码照片

（2）设置USM锐化参数。选择菜单栏中的【滤镜】|【锐化】|【USM锐化】滤镜，在弹出的"USM锐化"对话框中，将各参数设置如图6-32-5所示。

图6-32-5　设置参数

（3）设置【智能锐化】滤镜参数。选择菜单中的【滤镜】|【锐化】|【智能锐化】滤镜，在弹出的设置面板中，将各参数设置如图6-32-6所示。

提示：
相较于标准的【USM锐化】滤镜，【智能锐化】用于改善边缘细节、阴影及高光锐化，与【USM滤镜】相比，只需要更少的设置，【智能锐化】即可轻松获得良好的效果。

223

图 6-32-6 设置【智能锐化】滤镜参数

（4）默认参数。默认阴影栏和高光栏的参数设置，如图 6-32-7 和图 6-32-8 所示。

图 6-32-7 默认锐化设置

（5）完成操作。最终效果如图 6-32-9 所示。

图 6-32-8 默认阴影参数

图 6-32-9 操作完毕

6.33 去除数码噪点

如果在低照度下拍摄, 数码照片上会出现大面积的红、绿、蓝点, 本实例通过Photoshop CS2 中的【减少杂色】滤镜, 将如图 6-33-1 所示的噪点数码照片调整成如图 6-33-2 所示的效果。

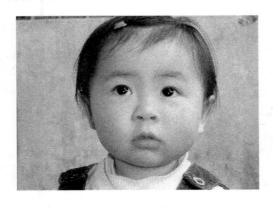

图6-33-1 降噪前

图6-33-2 降噪后

- 制作时间：10 分钟
- 知识重点：【减少杂色】滤镜、【锐化工具】
- 学习难度：★★

225

创作思路

首先打开数码照片, 选择【减少杂色】滤镜命令, 调节照片噪点的浓度等, 然后再次执行该命令, 将数码照片调整到最佳效果, 整个操作流程如图 6-33-3 所示。

图6-33-3 操作流程

操作步骤

(1) 打开数码照片。执行菜单中的【文件】|【打开】命令, 打开本书配套光盘中的【素材】|【第 6 章】|【实例33】|【数码照片.jpg】文件, 如图 6-33-4 所示。

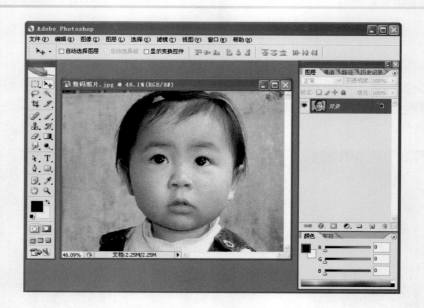

图6-33-4　打开数码照片

　　（2）设置【减少杂色】参数。选择菜单栏中的【滤镜】│【杂色】│【减少杂色】滤镜，如图6-33-5所示点选"基本"，并调节各个参数。

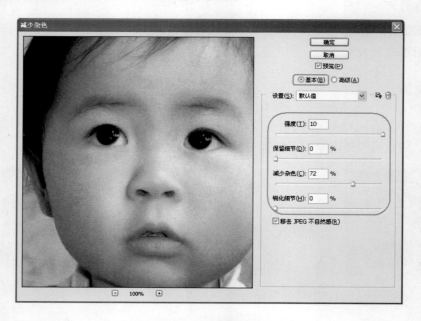

图6-33-5　设置滤镜参数

　　（3）再次执行【减少杂色】滤镜命令。选择菜单栏中的【滤镜】│【减少杂色】滤镜（或按快捷键"Ctrl+F"），如图6-33-6所示。

图6-33-6　执行上次滤镜操作

（4）锐化眼睛和嘴巴。选择工具栏中的【锐化工具】，如图6-33-7所示设置强度为"50%"后涂抹人物模糊的眼睛和嘴巴。

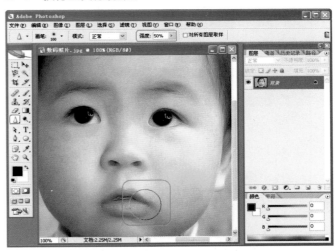

图6-33-7　锐化眼睛和嘴巴

（5）完成操作。去除照片噪点后的效果如图6-33-8所示。

图6-33-8　效果图

227

数
码
相
片
拍
摄
与
后
期
处
理
超
级
手
册

6.34 裁切构图不佳照片

很多时候我们都会对拍出来的照片觉得不够理想，这就需要对照片进行裁切、修饰，下面通过实例介绍如何使用 Photoshop CS2 中的工具来裁切构图不佳照片的方法。

● 制作时间：6 分钟
● 知识重点：【裁切工具】
● 学习难度：★

6.34.1 创建自定义裁切

（1）打开照片。运行 Photoshop CS2，执行【文件】|【打开】命令，打开本书配套光盘中的【源文件】|【第6章】|【实例34】|【裁切构图不佳照片01.jpg】，在工具栏中选择【裁切工具】或快捷键"C"键，如图6-34-1所示。

（2）选取裁切边界。在图片内部单击并拖动出一个裁切边界，要被裁切掉的区域会以阴影化的形式显示，如图6-34-2所示。

图6-34-1 裁切工具

图6-34-2 选取裁切边界

提示：

此时用户不必担心选定的裁切边界不准确，因为随后可以通过选区的编辑点来调整边界的大小；如果用户不喜欢裁切区域的阴影化显示，可按键盘上的斜杠键打开或关闭此功能。

（3）调整选区。在保留裁切边界的同时，用户可以通过拖动边界之外的双向箭头光标来旋转整个边界，如图6-34-3所示。

（4）裁切图片。确定裁切边界后，在键盘上点击"回车"键或在选区内点击鼠标右键选择【裁切】命令就可以完成裁切，如图6-34-4所示为裁切后的照片。

提示：

若用户在拖动出一个裁切边界，而后改变主意不继续裁切操作时，取消的方法很多，下面介绍其中3种方式：（1）按键盘上的"ESC"退出键；（2）在选区内单击右键选择"取消"；（3）点击工具箱中的另一个工具，在生成的警告对话框中选择"不裁切"即可。

图6-34-3　调整选区

图6-34-4　裁切后的照片

6.34.2　裁剪到指定大小

（1）打开照片并设置工具参数。运行Photoshop CS2，打开本书配套光盘中的【源文件】|【第6章】|【实例34】|【裁切构图不佳照片02.jpg】，从工具栏中选择【裁切工具】后，在其属性栏的宽度及高度中输入用户期望值，以及设置度量单位，如图6-34-5所示。

（2）选取裁切区域。输入完毕后使用裁切工具在照片中拖动出一个裁切边界，显示出边界后可在其内部移动光标重新定位所选区域，如图6-34-6所示。

图6-34-5　编辑裁切工具

图6-34-6　选择选区

（3）裁切照片。确定裁切边界后裁切即可，如图6-34-7所示为切后的照片。

提示：

在属性栏输入了宽度及高度之后，这些尺寸将保持不变，若要将其清除，只需选择裁切工具，之后在上边的属性栏中单击【清除】按钮即可。

6.34.3 不用裁切工具裁切

（1）打开照片选择选区。运行 Photoshop CS2，打开本书配套光盘中的【源文件】|【第6章】|【实例34】|【裁切构图不佳照片03.jpg】，选择工具栏中的【选框工具】或在键盘上点击快捷键"M"，在照片中拖动出希望保留的区域，如图6-34-8所示。

（2）选择裁切命令。进入【图像】菜单，选择【裁剪】命令，如图6-34-9所示。

图6-34-7　裁切后的照片

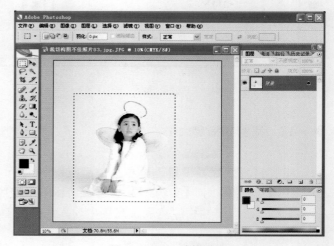

图6-34-8　选择选区

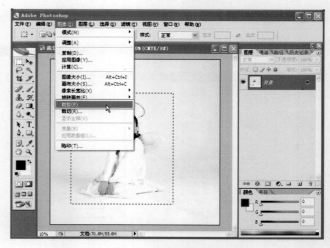

图6-34-9　选择"裁切"命令

（3）裁切照片。图像便会立即按要求裁剪，如图6-34-10所示为裁切后的照片。

图6-34-10　裁切后的照片

6.34.4　裁切工具添加画布

（1）打开照片设置背景色。运行Photoshop CS2，打开本书配套光盘中的【源文件】|【第6章】|【实例34】|【裁切构图不佳照片04.jpg】，在工具栏中点击【切换前景色和背景色】，将背景色设置成默认的白色，如图6-34-11所示。

图6-34-11　设置背景色

（2）调整窗口大小。将照片缩小至不会占满整个屏幕，也可以按"F"键或窗口的【最大化】按钮，显示出包围照片的灰色桌面区域，如图6-34-12所示。

图6-34-12　缩小照片

231

232

（3）选取裁剪选区。选择【裁切工具】，在照片上拖动出一个任意大小的裁剪选区，如图6-34-13所示。

图6-34-13　选择选区

（4）调整裁切选区。抓住任何一条边或一个角点向照片外拖动到包围照片的灰色区域，其包围的灰色区域就是要作为白色空白画布添加的区域，用户可以仔细定位，如图6-34-14所示。

图6-34-14　调整选区

（5）完成操作。最后确认裁切即完成此操作，如图6-34-15所示裁切后的照片。

图6-34-15　裁切后的照片

第 7 章　艺术特效

用计算机处理数码照片的艺术特效并非只有专业人员才能做到，Photoshop CS2齐全的图像处理功能就能帮你完成照片的艺术特效的制作。读者除了可随意修饰和调整图片以外，还可在制作的过程中加入个人独特的构思及创作，将数码照片和自己的创意完美的融合在一起，制作出独一无二的个性数码照片艺术特效。

7.1　制作荧光甲虫

本实例应用Photoshop CS2中的【照亮边缘】滤镜、【铬黄渐变】滤镜，将甲虫的数码照片制作成荧光效果，如图7-1-1和图7-1-2所示就是制作前后的效果对比。

图7-1-1　原图

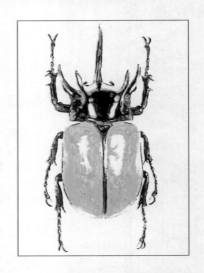

图7-1-2　完成图

- 制作时间：15分钟

- 知识重点：【照亮边缘】滤镜、【铬黄渐变】滤镜

- 学习难度：★★★

创作思路

首先打开数码照片，用【魔棒工具】提取出甲虫图像，然后执行【滤镜】中的【高斯模糊】滤镜、【照亮边缘】滤镜、【铬黄渐变】滤镜，并更改图层的混合模式，最后选择【色相／饱和度】命令将甲虫调整为荧光绿，整个操作流程如图7-1-3所示。

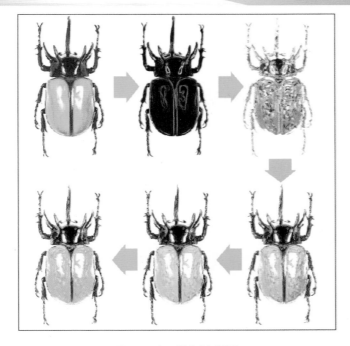

图7-1-3　操作流程图

操作步骤

（1）点选背景。打开本书配套光盘中的【源文件】|【第7章】|【实例1】|【数码照片.jpg】文件，选择工具栏中的【魔棒工具】，在其属性栏中将容差设为"5"，然后点选图片背景，如图7-1-4所示。

235

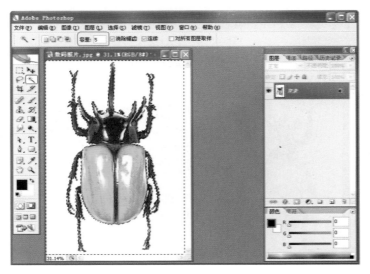

图7-1-4　点选背景

提示：
魔棒工具的容差设置越小，其所选像素就更精确。

（2）复制图层。执行菜单中的【选择】｜【反向】命令，按快捷键"Ctrl+J"拷贝选区为独立【图层1】，用鼠标按住【图层1】并拖至下方的【创建新图层】按钮，复制【图层1副本】，如图7-1-5所示。

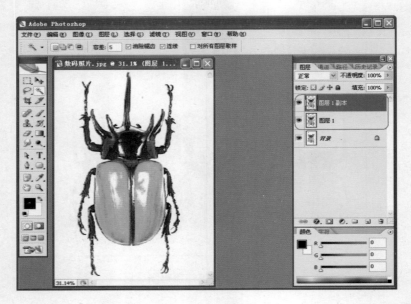

图7-1-5　复制图层

（3）【高斯模糊】滤镜。选择菜单中的【滤镜】｜【模糊】｜【高斯模糊】滤镜，在弹出的对话框中，设置半径为"2.0像素"，如图7-1-6所示。

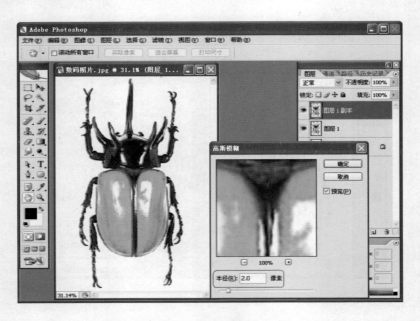

图7-1-6　【高斯模糊】滤镜

（4）设置【照光边缘】滤镜参数。选择菜单中的【风格化】│【照亮边缘】滤镜，在弹出的对话框中，将各参数设置如图7-1-7所示。

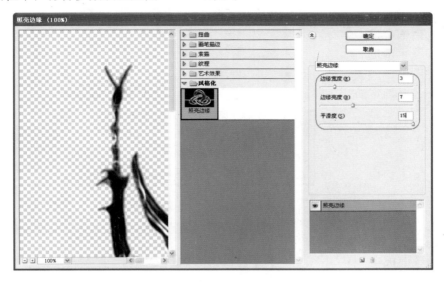

图7-1-7　设置【照光边缘】滤镜参数

（5）更改图层混合模式。在"图层"面板中，将图层混合模式设置为"滤色"，如图7-1-8所示。

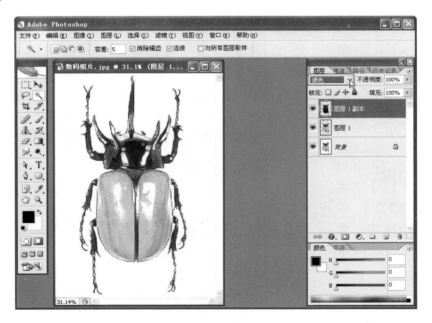

图7-1-8　更改图层混合模式

（6）设置【铬黄渐变】滤镜参数。复制【图层1】为【图层1副本2】并置于【图层1

副本】的上方，然后选择【滤镜】|【素描】|【铬黄渐变】滤镜，在弹出的对话框中设置细节为"0"，平滑度为"10"，如图7-1-9所示。

图7-1-9 设置【铬黄渐变】滤镜参数

（7）更改图层混合模式。在"图层"面板中，将图层混合模式设置为"叠加"，如图7-1-10所示。

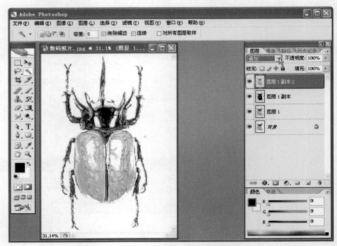

图7-1-10 更改图层混合模式

（8）复制并设置图层混合模式。复制【图层1】为【图层1 副本3】并置于【图层1 副本】之上，设置图层混合模式为"柔光"，如图7-1-11所示。

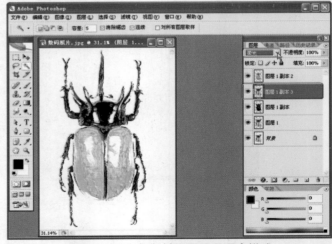

图7-1-11 复制并设置图层混合模式

（9）色相、饱和度设置。选择【图层 1】，按"Ctrl+U"键执行【色相／饱和度】命令，在弹出的对话框中将色相设置为"50"，如图 7-1-12 所示。

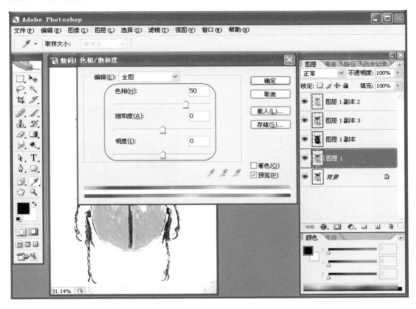

图 7-1-12　色相、饱和度设置

（10）调整色相参数。选择【图层 1 副本】并执行【色相／饱和度】命令，设置色相为"50"，如图 7-1-13 所示。

（11）完成操作。最终效果如图 7-1-14 所示。

239

图 7-1-13　调整色相参数

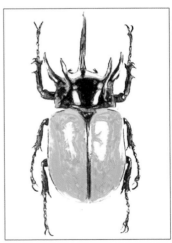

图 7-1-14　最终效果图

7.2　新人剪影

人生最美好的时刻就是婚礼，世间最美丽的景色是夕阳，本实例将一张普通的数码结婚照，如图7-2-1所示，应用Photoshop CS2的强大功能，制作成一张夕阳下的浪漫剪影，如图7-2-2所示。

图7-2-1　原图

图7-2-2　完成图

● 制作时间：15分钟

● 知识重点：【色相／饱和度】命令、【钢笔工具】、路径

● 学习难度：★★★

创作思路

首先打开一张数码照片，用【钢笔工具】勾出人物，羽化边缘，再用【色相／饱和度】命令将人物调成剪影效果，然后把图形拖至另一数码照片中调整到合适的位置，整个操作流程如图7-2-3所示。

图7-2-3　操作流程图

操作步骤

（1）打开照片。运行 Photoshop CS2，打开本书配套光盘中的【素材】｜【第 7 章】｜
【实例 2】｜【数码照片 1.jpg】，选择【钢笔工具】，沿图中人物轮廓仔细勾勒，结合"Ctrl"
键可帮助调整路径的方向及幅度。如图 7-2-4 所示。

图 7-2-4　勾勒人物

（2）全选路径。闭合路径，按住"Ctrl"键并拖动鼠标，如图 7-2-5 所示将路径全部选
中，并在【钢笔工具】的属性栏中点击【重叠路径区域除外】按钮。

图 7-2-5　全选路径

提示：

添加到路径区域； 从路径区域减去； 交叉路径区域； 重叠路径区域除外。

（3）截入选区。选择"路径"面板，点击该面板下方的【将路径作为选区截入】按钮，将路径变成选区，如图7-2-6所示。

提示：

将路径转换为各选区可在"路径"面板中操作，或按快捷键"Ctrl+Enter"均可。

图7-2-6　截入选区

（4）羽化图层。为了使边缘过度柔和，执行菜单中的【选择】|【羽化】命令，弹出"羽化选区"对话框，将羽化半径设为"5像素"，如图7-2-7所示。

图7-2-7　羽化选区

（5）执行【色相／饱和度】命令。按快捷键"Ctrl+J"拷贝选择区域为【图层1】，执行菜单中的【图像】|【调整】|【色相／饱和度】命令，在弹出的"色相／饱和度"对话框中，将明度设置"-99"，如图7-2-8所示，点击【好】按钮，将人物调成剪影效果。

图7-2-8　设置参数

(6) 移动图形。按快捷键"V"转换成【移动工具】，如图 7-2-9 所示将图形拖至新打开的【源文件】|【第 7 章】|【实例 2】|【数码照片 2.jpg】中。

图7-2-9 移动图形

(7) 调整大小。执行【编辑】|【自由变换】命令，配合背景透视调整【图层 1】的大小，如图 7-2-10 所示。

(8) 完成效果。整个实例调整后的最终效果如图 7-2-11 所示。

图7-2-10 调整大小

图7-2-11 最终效果图

7.3　柔光中的结婚照

本实例通过Photoshop CS2中的通道提取技巧，把一张平平无奇的结婚照片，处理成童话般的梦幻效果，更具浪漫色彩，如图7-3-1和图7-3-2所示就是制作前后效果的对比。

图7-3-1　原图　　　　　　　　　　　图7-3-2　完成图

- 制作时间：10分钟
- 知识重点：提取通道、【高斯模糊】滤镜
- 学习难度：★★

创作思路

打开数码照片，选择"蓝"通道并提取选区，使用【高斯模糊】命令把选区模糊，再用【曲线】命令把图片调亮，整个操作流程如图7-3-3所示。

图7-3-3　操作流程图

操作步骤

（1）复制【蓝 副本】通道。按快键"Ctrl+O"，打开本书配套光盘中的【源文件】|【实例3】|【柔光中的结婚照原图.jpg】。执行【窗口】|【通道】命令，打开"通道"面板，选择"蓝"通道，然后右击该通道，在弹出的下拉菜单中选择【复制通道】命令，复制出【蓝 副本】，如图7-3-4所示，点击【好】确定。

图7-3-4 选择蓝色通道

提示：

通道把图像分解成一个或多个色彩成分，图像的模式决定了颜色通道的数量，RGB模式有3个颜色通道，CMYK图像有4个颜色通道，灰度图只有一个颜色通道，它们包含了所有将被打印或显示的颜色。

（2）拷贝选区为【图层1】。按住"Ctrl"键并点击【蓝 副本】通道，将其转换为选区，然后选择"RGB"通道，并返回"图层"面板，按快捷键"Ctrl+Shift+I"执行【反向】命令，最后按住快捷键"Ctrl+J"把该选区提出来成为独立的【图层1】，如图7-3-5所示。

图7-3-5 建立独立图层

（3）高斯模糊处理。执行【滤镜】｜【模糊】｜【高斯模糊】命令，在弹出的"高斯模糊"对话框中，设置半径为"6.0像素"，如图7-3-6所示，点击【好】确定。

图7-3-6　设置参数值

（4）调整曲线。执行菜单中的【图像】｜【调整】｜【曲线】命令，在弹出的"曲线"对话框中，设置输入为"113"、输出为"147"，如图7-3-7所示。这样就把图片调得更为鲜亮。

（5）完成操作。最后完成的效果如图7-3-8所示。

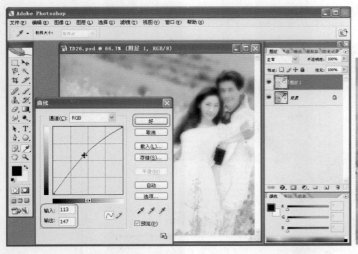

图7-3-7　设置曲线参数值　　　　　图7-3-8　完成图

7.4 我和老伴的水中倒影

有时候数码相机拍出来的照片总不能尽善尽美，本实例将教大家应用Photoshop CS2中的几个功能，把图片处理成逼真的水中倒影的效果。如图7-4-1和图7-4-2所示为制作前后的效果对比。

图7-4-1 原图

图7-4-2 完成图

● 制作时间：20分钟
● 知识重点：【自由变换】命令、【动感模糊】滤镜、【波纹】滤镜
● 学习难度：★★★★

247

创作思路

打开素材图片，用【裁切工具】截取部分背景，再打开数码照片，用【钢笔工具】把人画勾勒出来并移至新背景中，复制人物图层后使用【自由变换】命令将人物副本垂直旋转，再用【动感模糊】滤镜和【波纹】滤镜制作水中倒影效果，整个操作流程如图7-4-3所示。

图7-4-3 操作流程图

操作步骤

（1）截取图片。打开本书配套光盘中的【素材】｜【第7章】｜【实例4】｜【素材图片.psd】，用【裁切工具】截取部分背景，如图7—4—4所示。

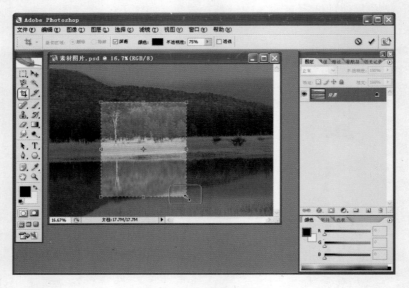

图7—4—4　截取背景

（2）勾勒人物。接着打开配套光盘中的【素材】｜【第7章】｜【实例4】｜【数码照片.psd】，点击【钢笔工具】把人物勾勒出来，按快捷键"Ctrl+Enter"使其成为选区，如图7—4—5所示。

图7—4—5　勾勒人物

（3）调整人物。将人物拖至素材背景文件中，执行【编辑】|【自由变换】命令或按快捷键"Ctrl+T"，将人物调整大小比例与背景协调，如图7-4-6所示。

图7-4-6 变换人物大小

（4）垂直变换副本图层。复制该人物图层的副本，按"Ctrl+T"键执行【自由变换】命令，右击弹出下拉菜单，选择【垂直翻转】命令，把【图层1 副本】垂直变换，如图7-4-7所示。

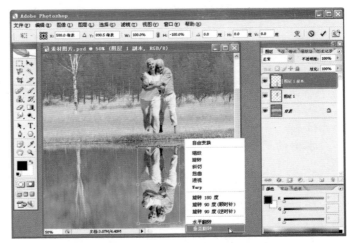

图7-4-7 垂直变换副本图层

（5）动感模糊。执行【滤镜】|【模糊】|【动感模糊】命令，在弹出的"动感模糊"对话框中，将角度设为"90°"、距离设为"30像素"，如图7-4-8所示。

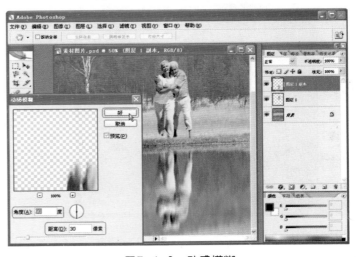

图7-4-8 动感模糊

249

（6）设置波纹。为了更形象的表现水中倒影的动态，接着执行【滤镜】|【扭曲】|【波纹】命令，在弹出的"波纹"对话框中，设置数量为"156％"、大小为"中"，如图7-4-9所示。

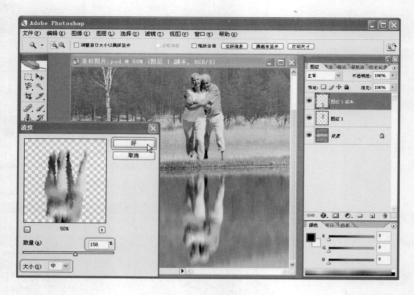

图7-4-9　波纹滤镜

注意：

水中的倒影应该根据水波生成波纹大小，才能显的自然。

（7）设置透明度。将【图层1副本】的不透明度设为"40％"，如图7-4-10所示。

（8）完成操作。操作完成的最后效果如图7-4-11所示。

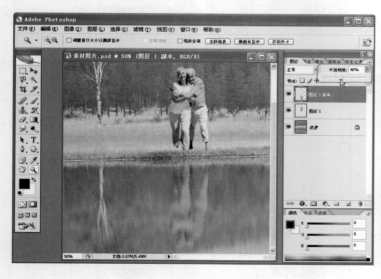

图7-4-10　图层不透明度　　　　图7-4-11　操作完毕

7.5　黑白艺术照

　　具有艺术效果的黑白照片相信每个人都喜欢,都希望自己也能拥有一张,但要跑到影楼去拍摄又太麻烦了,现在只需要通过 Photoshop CS2 强大的处理功能,就可以把如图 7-5-1 所示的彩色数码照片,制作成如图 7-5-2 所示的黑白艺术照片。

图7-5-1　原图

图7-5-2　完成图

● 制作时间:3 分钟 42 秒
● 知识重点:【灰度】命令、【扩散亮光】滤镜
● 学习难度:★★

创作思路

　　首先打开一张彩色的数码照片,复制一个【背景】层副本,执行【图像】│【模式】│【灰度】命令把彩色照片转换为黑白效果,接着使用【滤镜】│【扩散亮光】滤镜为照片增加朦胧效果,整个操作流程如图 7-5-3 所示。

图7-5-3　操作流程图

251

操作步骤

（1）打开文件并创建背景副本。执行菜单栏的【文件】｜【打开】命令，打开本书配套光盘中的【源文件】｜【实例5】｜【数码照片.jpg】，在"图层"面板中，拖动【背景】层到【创建新图层】按钮，创建出【背景 副本】层，如图7-5-4所示。

图7-5-4　创建背景副本

（2）转换为灰度模式。执行【图像】｜【模式】｜【灰度】命令，会弹出一个对话框，询问"模式更改会影响图层的外观。是否在模式更改之前拼合图像？"如图7-5-5所示。在这里点击【不拼合】按钮确定操作，这样就把彩色的数码照片转换成为黑白效果图。

图7-5-5　转换为灰度模式

（3）扩散亮光滤镜。执行【滤镜】|【扭曲】|【扩散亮光】命令，在弹出的扩散亮光滤镜对话框中，设置对话框参数，制作出图像的朦胧效果，如图 7-5-6 所示。

图 7-5-6　制作朦胧效果

（4）完成操作。最后效果如图 7-5-7 所示。

图 7-5-7　完成效果图

7.6　在草地上添加花朵

本实例通过 Phtotshop CS2 添加杂色滤镜处理，把一张普通的数码照片制作成遍地鲜花的效果，以下是制作前后效果图的对比，如图 7-6-1 和图 7-6-2 所示。

图 7-6-1　原图

图 7-6-2　完成图

- ● 制作时间：10 分钟
- ● 知识重点：【套索工具】、【添加杂色】滤镜
- ● 学习难度：★★

创作思路

打开数码照片，用【套索工具】圈选出草地进行【添加杂色】滤镜处理，制作出遍地小花的效果；打开另一张数码照片，用【移动工具】移动图像到先前的文件中成为独立【图层3】，然后给该图层添加矢量蒙版，再用【画笔工具】将花朵以外的图像抹除，整个操作流程如图 7-6-3 所示。

图 7-6-3　操作流程图

操作步骤

(1) 圈出草地。执行【文件】|【打开】命令，打开本书配套光盘中的【源文件】|【第7章】|【实例6】|【数码照片2.jpg】，选择【套索工具】把草地圈出来，如图7-6-4所示。

图7-6-4　圈出草地

(2) 反选并拷贝图像。执行【选择】|【羽化】命令或按快捷键"Ctrl+Alt+D"，为使边缘自然过渡，将羽化半径设为"10像素"，按"Ctrl+J"键拷贝图像为独立【图层1】，如图7-6-5所示。

图7-6-5　反选并拷贝图像

数
码
相
片
拍
摄
与
后
期
处
理
超
级
手
册

256

（3）添加杂色。选择菜单中的【滤镜】|【杂色】|【添加杂色】滤镜，在弹出的对话框中将参数设置如图7-6-6所示，点击【好】确定。

图7-6-6　设置参数

（4）移动图像。按"Ctrl+O"键，打开本书配套光盘中的【源文件】|【第7章】|【实例6】|【数码照片1.jpg】，然后按快捷键"V"切换【移动工具】，如图7-6-7所示将新打开图像移至【数码照片2.jpg】中。

图7-6-7　移动图像

（5）缩放图像。按键盘中的快捷键"Ctrl+T"执行【自由变换】命令，对【图层 2】进行缩小变换，如图7-6-8所示。

图7-6-8 缩放图像

（6）添加矢量蒙版。点击"图层"面板下方的【添加图层蒙版】按钮，默认前景色为黑色，按"B"键切换【画笔工具】，注意画笔的不透明度要设置为"100%"，如图7-6-9所示涂抹图像。

图7-6-9 添加矢量蒙版

（7）完成操作。最终效果如图7-6-10所示。

图7-6-10 最终效果图

7.7　山水风景照调整成水墨画

　　本实例通过Photoshop CS2中的水彩滤镜，让你轻松的将一张风景数码照片处理成水墨画的效果，图7-7-1和图7-7-2所示是原图与处理后效果图的对比。

图7-7-1　原图

图7-7-2　完成图

● 制作时间：10分钟
● 知识重点：【曲线】命令、【水彩】滤镜
● 学习难度：★★

创作思路

　　首先打开一张风景数码照片，复制副本图层，用【曲线】命令将图片调整的更加明亮，然后用【水彩】滤镜把数码照片处理成水墨画的效果，整个操作流程如图7-7-3所示。

图7-7-3　操作流程图

操作步骤

（1）复制图层。打开本书配套光盘中的【素材】｜【第7章】｜【实例7】｜【数码照

片.jpg】，用鼠标按住【背景】图层，拉至"图层"面板下方的【创建新图层】按钮，如图7-7-4所示，复制出【背景 副本】层。

图7-7-4　复制图层

（2）执行曲线命令。执行【图像】|【曲线】命令，在弹出的"曲线"对话框中调整"RGB"通道，参数设置如图7-7-5所示。

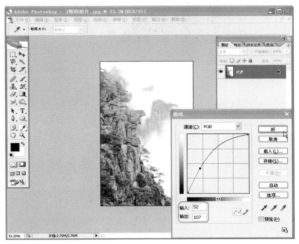

图7-7-5　调整"RGB"通道

259

（3）调整"蓝"通道。在"曲线"对话框中的通道下拉列表中选择"蓝"通道，如图7-7-6所示进行参数的设置，然后点击【好】按钮。

图7-7-6　调整"蓝"通道

数码相片拍摄与后期处理超级手册

（4）选择水彩滤镜。执行【滤镜】｜【艺术效果】｜【水彩】命令，在弹出的"水彩"对话框中，进行参数的设置，如图7-7-7所示。

图7-7-7　设置参数值

（5）转化"蓝"通道为选区。选择"通道"面板，在这里我们可以看到较为清晰的通道，所以按住"Ctrl"键并点击"蓝"通道，如图7-7-8所示将其转化选区。

图7-7-8　转化"蓝"通道为选区

（6）填充选区。回到"图层"面板新建一个【图层 1】，并按"Shift+Ctrl+I"键执行【反向】命令，然后填充前景色黑色，如图 7-7-9 所示。

图7-7-9 填充选区

（7）填充背景色。按"Ctrl+D"取消选区，在【图层 1】下方新建一个【图层 2】并填充为背景色白色，如图 7-7-10 所示。

（8）完成操作。最终效果如图 7-7-11 所示。

261

图7-7-10 填充背景色

图7-7-11 效果图

数码相片拍摄与后期处理超级手册

262

7.8 制作快门拍摄的效果

本实例通过 Photoshop CS2 中的【径向模糊】滤镜效果，将紧张精彩的篮球比赛场面瞬间凝固，制作出如快门速度拍摄的动感画面效果，如图 7-8-1 和图 7-8-2 所示为制作前后效果对比。

图 7-8-1　原图

图 7-8-2　完成图

- 制作时间：18 分钟
- 知识重点：【磁性套索工具】、【径向模糊】滤镜
- 学习难度：★★★

创作思路

打开相片并复制背景图层作备份图层，使用【磁性套索工具】将人物勾勒出来，接着执行【反选】和【羽化】命令，最后执行【径向模糊】命令把背景选区处理成动感的效果，整个操作流程如图 7-8-3 所示。

图 7-8-3　操作流程图

操作步骤

(1) 曲线调整。首先打开本书配套光盘中的【素材】|【第7章】|【实例13】|【数码照片.jpg】，执行【图像】|【调整】|【曲线】命令或按快捷键"Ctrl+M"，在弹出的"曲线"对话框中进行拖动或增加控制点，将图片的色彩调的更加鲜亮，如图7-8-4所示。

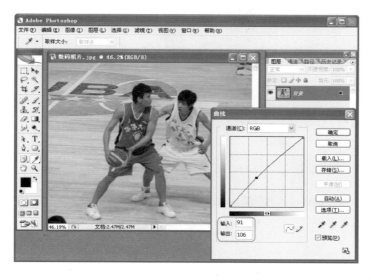

图7-8-4　调整曲线

(2) 选择【磁性套索工具】。点击【套索工具】右下角的小三角形，在弹出的工具列表中选择【磁性套索工具】，如图7-8-5所示勾勒人物。要建立自由选区【磁性套索工具】是特别适合的，因其会自动跟踪对象的边缘，对于在边缘精确的区域上，它的效果最好。

图7-8-5　选择【磁性套索工具】

263

（3）勾勒人物。左击拖动鼠标配合"Shift"、"Alt"和"Delete"键，沿着人物的轮廓创建选定区域，如图7-8-6所示。

图7-8-6　沿边缘勾勒人物

提示：

按住"Shift"键拖动鼠标可增加选定区域外任何选区，按住"Alt"键则是去除选定区域内任何选区，而按住"Delete"键将鼠标返回拖动则是去除磁性套索路径。

（4）羽化选区。闭合路径，为使选定区域过渡柔和，执行菜单中的【选择】│【羽化】命令，在弹出的"羽化选区"对话框中，将羽化半径设为"10像素"，如图7-8-7所示。

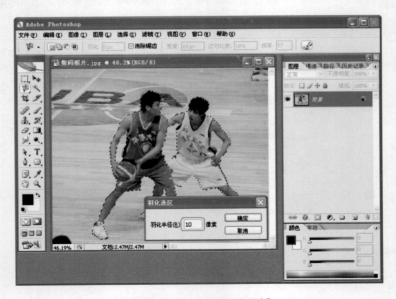

图7-8-7　羽化选定区域

（5）径向模糊。然后执行【选择】｜【反向】命令进行反选，将人物外的背景选中，再执行【滤镜】｜【模糊】｜【径向模糊】命令，在弹出的对话框中根据想要的效果设置参数，如图7-8-8所示。

图7-8-8　设置径向模糊参数置

（6）完成操作。调整完后点击【好】按钮，再按下快捷键"Ctrl+D"取消选区，最后的效果如图7-8-9所示。

图7-8-9　最后效果图

7.9　黑人变白人

嫩白的肌肤一直是女性梦寐以求的，在 Photoshop CS2 中没有什么不可能，本实例通过 Photoshop CS2 将一个黑皮肤的女子鬼斧神工般变成白人。如图 7-9-1 和图 7-9-2 所示为制作前后效果的对比。

图 7-9-1　处理前

图 7-9-2　处理后

● 制作时间：20 分钟

● 知识重点：【抽出】滤镜、"滤色"图层属性、【减淡工具】

● 学习难度：★★★

创作思路

首先打开数码照片并复制出【背景 副本】图层，使用【抽出】滤镜提取要美白的人物肌肤，接着将图层属性改为"滤色"，最后使用【减淡工具】将提取的肌肤进行美白，整个操作流程如图 7-9-3 所示。

图 7-9-3　操作流程

操作步骤

（1）创建背景副本。按快捷键"Ctrl+O"打开本书配套光盘中的【源文件】|【第7章】|【实例9】|【数码照片.jpg】，在"图层"面板中右击【背景】层，在弹出的下拉菜单中选择【复制图层】命令并创建一个【背景 副本】，如图7-9-4所示。

图7-9-4　复制背景副本层

（2）圈出皮肤。执行菜单中的【滤镜】|【抽出】滤镜，在弹出的【抽出】对话框中，把黑皮肤女子皮肤的区域配合【橡皮擦工具】中的【边缘高光器工具】圈出来，如图7-9-5所示。

图7-9-5　使用抽出滤镜

（3）填充皮肤。用【填充工具】将圈出来的皮肤区域填充，如图7-9-6所示，然后点击【确定】按钮。

图7-9-6　填充皮肤区域

（4）设置图层属性。点击"图层"面板左上角的属性栏，在下拉列表中选择【滤色】属性命令，如图7-9-7所示。

图7-9-7　选择图层属性

(5) 减淡皮肤颜色。选择工具栏中的【减淡工具】，在其属性栏中设置曝光度为"100％"，接着配合键盘上的"["和"]"键调整笔头大小，对抽出的区域进行反复的色彩减淡，如图7—9—8所示。

图7—9—8　使用减淡工具

(6) 完成操作。最后的效果图如7—9—9所示。

图7—9—9　最后效果图

269

7.10　白天突变黑夜

　　本实例通过 Photoshop CS2 中的【光照效果】滤镜，将一张白天的照片制作成黑夜的效果，效果对比如图 7-10-1 和图 7-10-2 所示。

图 7-10-1　原图

图 7-10-2　完成图

● 制作时间：20 分钟
● 知识重点：【光照效果】滤镜
● 学习难度：★★★

创作思路

　　打开一张白天的图片，先用【钢笔工具】勾出建筑物，然后用【曲线】命令将整张照片调暗，再用【光照效果】滤镜中的"全光源"渲染勾出来的建筑物，接着选择【光照效果】滤镜中的"点光源"，制造出聚光灯的效果，最后为照片添加一轮月亮来营造夜晚的气氛，整个操作流程如图 7-10-3 所示。

图 7-10-3　操作流程图

操作步骤

（1）打开数码照片。执行菜单中的【文件】|【打开】命令，打开本书配套光盘中的【源文件】|【第7章】|【实例10】|【数码照片.jpg】文件，如图7-10-4所示。

图7-10-4　打开数码照片

（2）勾出白塔。选择工具栏中的【钢笔工具】，如图7-10-5所示将塔勾出来，然后保存为【路径1】。

271

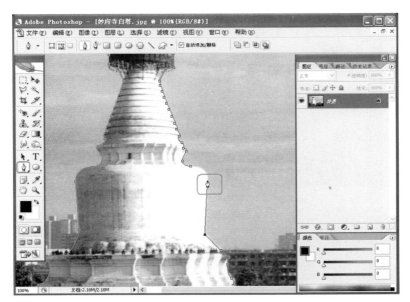

图7-10-5　勾出白塔

数码相片拍摄与后期处理超级手册

272

（3）调整曲线。按快捷键"Ctrl+M"弹出"曲线"对话框，将参数设置如图7-10-6所示。

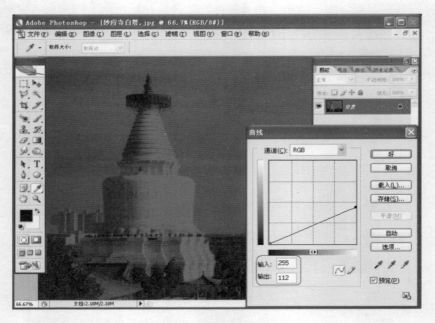

图7-10-6　调整曲线

（4）转换选区。选择"路径"面板，按住"Ctrl"键并用鼠标左击【路径1】，将路径转换为选区，如图7-10-7所示。

图7-10-7　转换选区

（5）拷贝选区。回到"图层"面板中，按快捷键"Ctrl+J"，将选择区域拷贝为【图层1】，如图 7-10-8 所示。

图 7-10-8　拷贝选区

（6）设置光照类型颜色。选择菜单栏中的【滤镜】|【渲染】|【光照效果】滤镜，选择光照类型为"全光源"，点击颜色示例窗口，在弹出的"拾色器"对话框中，将颜色设置为"R：254、G：250、B：188"，其他设置如图 7-10-9 所示。

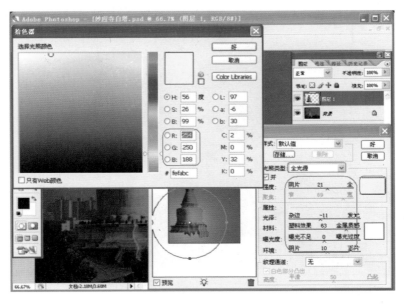

图 7-10-9　设置光照类型颜色

数
码
相
片
拍
摄
与
后
期
处
理
超
级
手
册

274

（7）羽化选区。选择工具栏中的【矩形选框工具】，如图7-10-10所示拉出选框，然后按快捷键"Crtl+Alt+D"执行【羽化】命令，在弹出的"羽化选区"对话框中，将羽化半径设置为"5像素"。

图7-10-10　羽化选区

（8）羽化并拷贝图层。按键盘中的"Ctrl+J"键拷贝羽化选区为独立【图层2】，接着重复以上相同步骤后，拷贝羽化选区为独立【图层3】，如图7-10-11所示。

图7-10-11　羽化并拷贝图层

（9）设置聚光灯效果。选择【图层2】，执行【滤镜】｜【渲染】｜【光照效果】滤镜，

在弹出的"光照效果"对话框中，选择光照类型为"点光"，先设置好一个灯光，接着按住
"Alt"键并拖动鼠标便可复制其他的灯光，如图7-10-12所示。

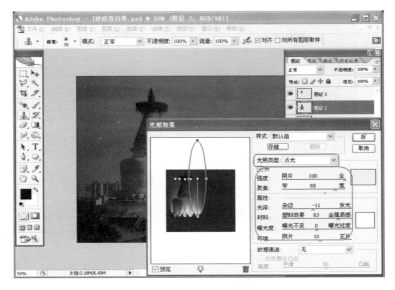

图7-10-12　设置聚光灯效果

(10) 羽化选区。选择【图层2】，用【矩形选框工具】圈出选区并羽化，如图7-10-13
所示。

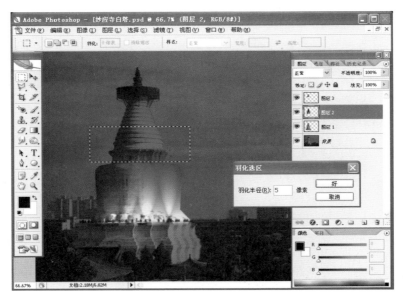

图7-10-13　羽化选区

(11) 设置曲线参数。将羽化选区拷贝为独立【图层4】，接着按快捷键"Ctrl+M"执行
【曲线】命令，在弹出的"曲线"对话框中将参数设置如图7-10-14所示。

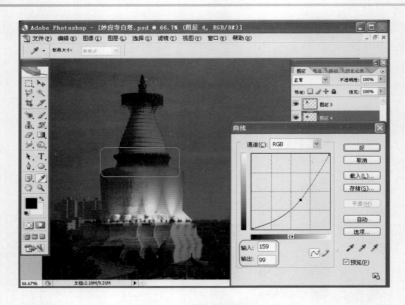

图 7-10-14　设置【曲线】参数

　　(12) 制作月亮。新建一个【图层5】，选择【椭圆选框工具】，按住"Shift"键在照片的右上角拉出一个正圆选区，执行【羽化】命令，设置羽化半径为"5像素"，如图 7-10-15 所示。

图7-10-15　制作月亮

　　(13) 新建并羽化图层。按"Ctrl+Delete"键填充背景色白色，然后按"Crtl+D"取消选区，接着新建一个【图层6】并置于【图层5】下方，如以上步骤拉出一个比【图层5】更大的选区，并将羽化半径设置为"50像素"，如图 7-10-16 所示。

图7-10-16　新建并羽化图层

（14）填充并设置图层不透明度。填充白色后按"Ctrl+D"键取消选区，然后在"图层"面板的上方将图层的不透明度设置为"50％"，如图7-10-17所示。

图7-10-17　填充并设置图层不透明度

277

（15）完成操作。最终效果如图7-10-18所示。

图7-10-18　最终效果图

7.11　阳光普照特写

　　西湖的秀丽景色总让人流连忘返，但受气候或者数码相机的质量影响，有时拍出来的景象会黯然失色。本实例将通过 Photoshop CS 2 中的【镜头光晕】滤镜把一张阴霾的数码照片如图 11-1 所示，处理成阳光普照的效果，如图 7-11-2 所示。

图7-11-1　原图

图7-11-2　完成图

● 制作时间：15 分钟

● 知识重点：【镜头光晕】滤镜

● 学习难度：★★★

创作思路

　　打开数码照片，使用【抽出】滤镜将天空部分提取出来并替换，然后用【镜头光晕】滤镜制造出烈日当空的效果，最后执行【曲线】命令调整画面色差，使照片更有阳光普照的感觉，整个操作流程如 7-11-3 所示。

图7-11-3　操作流程图

操作过程

（1）抽出天空部分。打开本书配套光盘中的【源文件】│【第 7 章】│【实例 11】│【数码照片.jpg】，在"图层"面板中右击【背景】层，在弹出的下拉菜单中选择【复制图层】命令，接着按快捷键"Ctrl+Alt+X"执行【抽出】滤镜，将灰暗的天空提取出来，如图 7-11-4 所示，点击【好】按钮。

图 7-11-4　抽出天空

（2）替换天空。打开本书配套光盘中的【源文件】│【第 7 章】│【实例 11】│【素材图片 1.jpg】，选择【移动工具】将其拖入【数码照片.jpg】文件中成为【图层 1】，如图 7-11-5 所示，之后关闭【素材图片 1.jpg】文件。

图 7-11-5　移动图像

（3）把新图片编入抽出范围内。将鼠标置于两个图层之间并按住"Alt"键，把【图层1】编入【背景 副本】层中，如图7-11-6所示。

图7-11-6　编入图层

提示：

也可以将鼠标置于两个图层之间并按住"Alt"键，或使用快捷键"Alt+Ctrl+G"执行【创建剪贴蒙版】命令。

（4）调整大小。执行【编辑】|【自由变换】命令，调整【图层1】到合适大小，如图7-11-7所示。

图7-11-7　调整大小

（5）新建并填充图层。新建一个【图层 2】并填充前景色黑色，如图 7-11-8 所示。

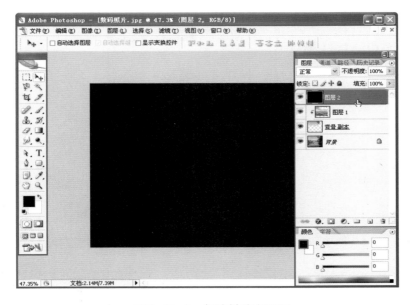

图7-11-8　新建并填充图层

（6）选择【镜头光晕】滤镜。执行【滤镜】│【渲染】│【镜头光晕】命令，在弹出的"镜头光晕"对话框中，设置亮度为"116%"、镜头类型为"50-300mm 变焦"、光晕中心用鼠标单击即可，如图 7-11-9 所示。

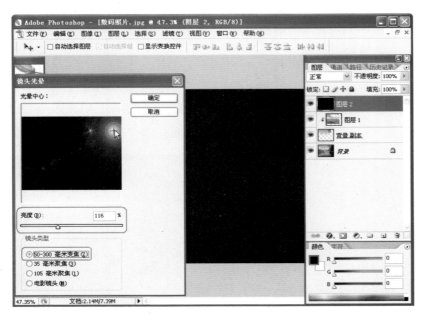

图7-11-9　设置镜头光晕参数

（7）设置图层混合模式。点击"图层"面板上面的【图层混合模式】，在弹出的下拉菜单中选择【线性减淡】，如图7-11-10所示。

图7-11-10　设置图层混合模式

（8）执行曲线命令。选择【背景】层，按快捷键"Ctrl+M"弹出"曲线"对话框，如图7-11-11所示设置参数，点击【好】按钮。

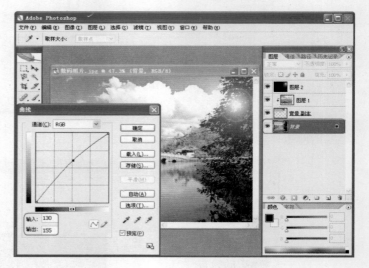

图7-11-11　执行曲线命令

（9）完成操作。最后的效果如图7-11-12所示。

图7-11-12　最后效果图

7.12　特酷电脑桌面

现在的年轻人都爱追求时尚，总希望自己拥有的东西与众不同、唯己独有，而本实例将讲解如何用自己的数码照片，如图7-12-1所示，制作成一张酷酷的个性桌面，绝对独一无二，制作后的效果如图7-12-2所示。

图7-12-1　原图

图7-12-2　完成图

● 制作时间：10 分钟
● 知识重点：【便条纸】滤镜、【颜色加深】图层混合模式
● 学习难度：★★★

创作思路

283

新建一个同桌面大小的文件，将素材图片移至新建文件中作为背景图，再用【自由变换】命令进行大小及位置变换，接着打开数码照片，用【移动工具】把它拉至新建文件中，再次执行【自由变换】命令变换数码照片，然后执行【便条纸】滤镜，为照片制作效果，最后把图层的混合模式改为【颜色加深】，整个操作流程如图7-12-3示。

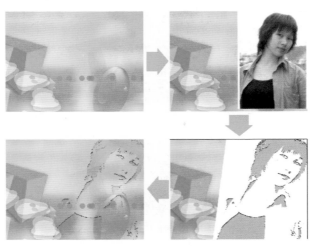

图7-12-3　操作流程图

操作步骤

（1）新建文件。按住"Ctrl"键并用鼠标双击窗口，在弹出的"新建"对话框中，按如图7-12-4所示的参数进行设置，新建出一个和桌面一样大小的文件。

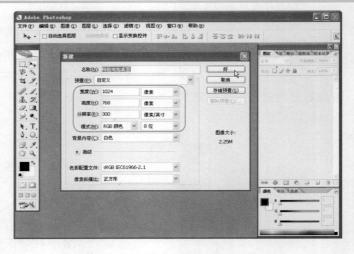

图7-12-4　新建文件

（2）移动图像。执行【文件】|【打开】命令，打开本书配套光盘中的【素材】|【第7章】|【实例12】|【249.jpg】文件，如图7-12-5所示，用【移动工具】将它拖至新建文件中。

图7-12-5　移动图像

（3）调整图像。执行【编辑】|【自由变换】命令，按住"Ctrl"键并拖动节点，把图像调整到合适的位置及大小，如图7-12-6所示。

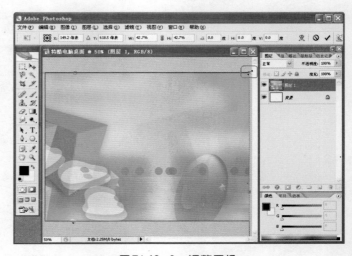

图7-12-6　调整图像

（4）打开并移动数码照片。用鼠标双击窗口，打开本书配套光盘中的【素材】│【第7章】│【实例12】│【数码照片.psd】文件，并用【移动工具】将照片移至新建文件中，如图7-12-7所示。

图7-12-7　打开并移动数码照片

（5）便条纸滤镜。执行【滤镜】│【素描】│【便条纸】命令，参数设置如图7-12-8所示。

285

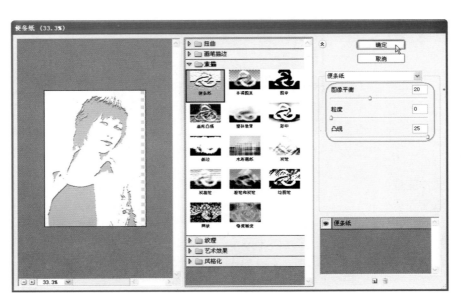

图7-12-8　执行便条纸滤镜

（6）设置图层的混合模式。点击"图层"面板上面的图层混合模式栏，在弹出的菜单中选择【颜色加深】模式，如图7-12-9所示。

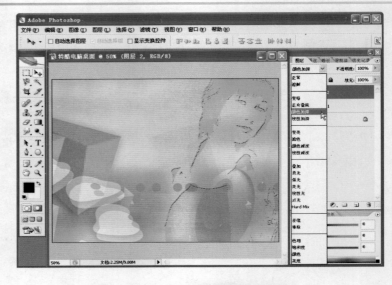

图7-12-9　设置图层的混合模式

（7）变换数码照片的大小。按快捷键"Ctrl+T"执行【自由变换】命令，将数码照片进行倾斜及大小的变换，直至调整到合适的角度，如图7-12-10所示。

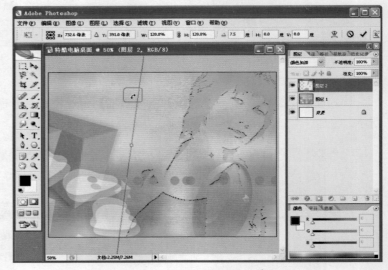

图7-12-10　变换数码照片的大小

（8）操作完成。最后效果如图7-12-11所示。

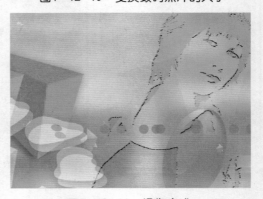

图7-12-11　操作完成

7.13 制作图片特有的水印

现在好多人都喜欢在网上建立自己的电子相册,把自己的数码照片上传到网络中让更多人看到,而却又担心别人盗用自己的照片等,本实例将通过Photoshop CS2中的【斜面和浮雕】样式,制作出特有的图片水印,在照片上打上版权,如图7-13-1和图7-13-2所示为制作前后的效果对比。

图7-13-1 原图

图7-13-2 完成图

- 制作时间:15分钟
- 知识重点:【斜面和浮雕】样式
- 学习难度:★★

创作思路

打开相片并复制【背景】图层作备份图层,输入文字,反选并除去文字以外的选区,最后双击文字选区执行【斜面和浮雕】命令,整个操作流程如图7-13-3所示。

图7-13-3 操作流程图

287

操作步骤

（1）输入文字。按捷键"Ctrl+O"打开本书配套光盘中的【源文件】|【第7章】|【实例13】|【数码照片.jpg】，在"图层"面板中右击【背景】层，复制出副本图层为【背景副本】，然后选择【文字工具】在相片的左下角输入"数码照片"4字，如图7-13-4所示。

图7-13-4　输入文字

（2）设置文字。按住鼠标并拖动把文字全部选取，在"字符"面板中根据喜好设置字体、大小和颜色等，如图7-13-5所示。【文字工具】的具体操作将在下个实例中讲解。

图7-13-5　设置文字

（3）转换选区。设置完毕完后，在按住"Ctrl"键的同时用鼠标左键点击文字图层的图层缩览图，将文字转换成选区，如图 7-13-6 所示。

图 7-13-6　使文字成为浮动选区

（4）删除内容。执行【选择】｜【反向】命令使文字以外的区域成为选区，点击【文字】图层前面的眼睛👁，关闭该图层的可视性使文字隐藏，然后选择【背景 副本】层，按"Delete"键删除选区中的图像，最后取消选区。

（5）设置图层样式。按快捷键"Ctrl+D"取消选区，执行菜单中的【图层】｜【图层样式】｜【斜面和浮雕】命令或双击【背景 副本】图层，在弹出的"图层样式"对话框的结构栏中，点击【样式】按扭，在下拉菜单中选择"浮雕效果"选项，也可以根据需要更改阴影角度，如图 7-13-7 所示，最后点击【好】按钮。

（6）完成操作。制作完成后的效果如图 7-13-8 所示。

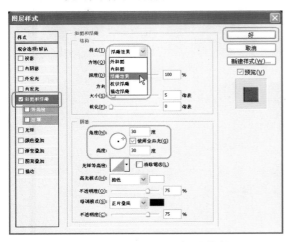

图 7-13-7　设置图层样式参数

图 7-13-8　效果图

289

7.14　设计自己的印章

本实例通过使用Photoshop CS2中的【扭曲】滤镜，来制作出属于自己的个性印章。如图7-14-1所示为制作后的效果图。

图7-14-1　印章效果图

● 制作时间：10分钟

● 知识重点：【波浪】滤镜

● 学习难度：★★

创作思路

首先新建一个文件，选择【圆角矩形工具】拖出印章的底色并填充，用【波浪】滤镜做出印章的轮廓效果，接着输入印章文字再编辑，整个操作流程如图7-14-2所示。

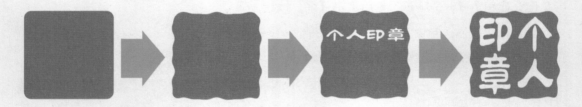

图7-14-2　操作流程图

操作步骤

（1）新建文件。执行【文件】｜【新建】命令，在弹出的"新建"对话框中，分别设置宽度、高度、分辨率和模式的参数，如图7-14-3所示。点击【好】按钮确定。

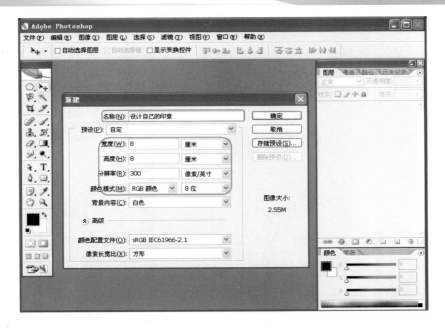

图 7-14-3 新建文件

(2) 拖出圆角矩形。选择工具栏中的【圆角矩形工具】，在其属性栏中将半径设置为"60 像素"，按住"Shift"键并用鼠标在文件上拖出一个正方形的路径，如图 7-14-4 所示。

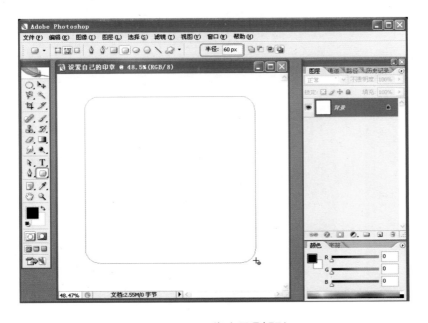

图 7-14-4 拖出圆角矩形

(3) 新建并填充图层。按快捷键"Ctrl+Enter"将矩形路径成为选区，然后新建一个【图层 1】，左击"前景色"，将前景色设置为"R：255、G：0、B：0"，按快捷键"Alt+Delete"填

充选区，如图7-14-5所示。

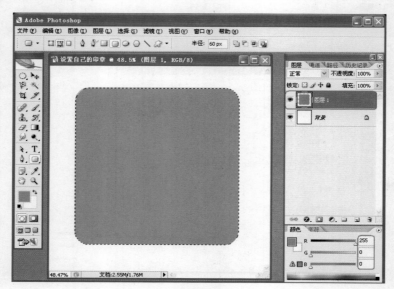

图7-14-5　新建并填充图层

（4）设置波浪滤镜参数。按"Ctrl+A"键执行【全选】命令将整张图片全部选中；选择【滤镜】｜【扭曲】｜【波浪】滤镜，在弹出的"波浪"对话框中将各个参数设置，并可点击【随机化】按钮变化到合适的幅度，如图7-14-6所示为制作印章自然扭曲的轮廓。

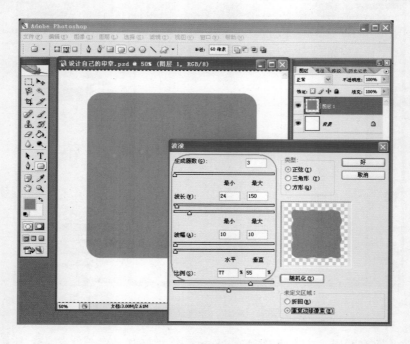

图7-14-6　设置波浪滤镜参数

（5）输入文字。取消选区并按快捷键"X"切换前景色为白色，选择工具栏中的【文字工具】，在"字符"面板中设置字体和大小，然后在【图层1】上面输入"个人印章"字样，如图7-14-7所示。

图7-14-7　输入文字

（6）印章文字的编辑。在文字属性栏中点击【更改文本方向】按钮，然后在【字符】面板中将字体、字体大小和字体行距等各参数进行设置，如图7-14-8所示。

（7）完成操作。完成后的效果如图7-14-9所示，然后将文件保存为.psd格式。

图7-14-8　设置字符参数

图7-14-9　效果图

7.15　个性名片

名片就像自己的第二张身份证，独一无二，它能提升你的社交，给你带来新的朋友或机会，本实例将通过Photoshop CS2中的一些基本工具操作，轻松的为自己制作一张个性名片，最后效果如图7-15-1和图7-15-2所示。

图7-15-1　制作前

图7-15-2　制作后

● 制作时间：15分钟

● 知识重点：【橡皮擦工具】、【渐变工具】

● 学习难度：★★★

创作思路

新建一般名片大小的文件，打开数码照片并拖至名片文件中摆放，用【橡皮擦工具】虚化照片边缘，接着输入名片的基本文字，然后用【渐变工具】拉出名片的渐变底纹，最后调整人物的不透明度，整个操作流程如图7-15-3所示。

图7-15-3　操作流程

操作步骤

(1) 建立文件。执行【文件】 | 【新建】命令，在弹出的"新建"对话框中根据一般名片大小设置文件的宽度和高度，并且设置分辨率为"300 像素／英寸"、模式为"CMYK 颜色"，如图 7-15-4 所示。

图 7-15-4　建立文件

(2) 拖动照片至新建文件中。打开本书配套光盘中的【源文件】 | 【第 7 章】 | 【实例15】 | 【数码照片.jpg】，选择【移动工具】把照片拖至新建文件中成为单立【图层 1】，如图 7-15-5 所示。

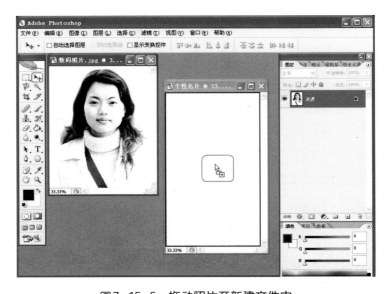

图 7-15-5　拖动照片至新建文件中

（3）旋转并缩放照片。按快捷键"Ctrl+T"执行【自由变换】命令，把照片随意旋转、缩小并移到左上角摆放，如图7-15-6所示。

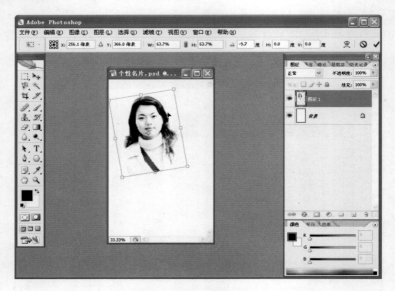

图7-15-6　旋转并缩放照片

（4）擦拭虚化照片边缘。按快捷键"E"切换成【橡皮擦工具】，在其属性栏中将各参数设置如图7-15-7所示，然后擦拭数码照片的边缘使其看起来不会太犀利。

图7-15-7　擦拭虚化照片边缘

（5）输入工作室名称。按快捷键"T"切换为【文字工具】，输入"悠悠设计工作室"文字，在文字属性栏中点击【更改文本方向】按钮，接着在"字符"面板中设置文字字体及大小，最后把文字移至合适的位置，如图7-15-8所示。

图7-15-8 输入工作室名称

(6) 使用同样的方法输入名片的其他文字，注意字体及大小要有变化才不会显得呆板，然后设置前景色为"R：193，G：193，B：193"，如图7-15-9所示。

图7-15-9 输入其他文字

(7) 编辑渐变。在【图层1】上方建立一个【图层2】，选择【渐变工具】，在属性栏中点击【线性渐变】按钮并在"渐变编辑器中"编辑渐变效果，如图7-15-10所示。

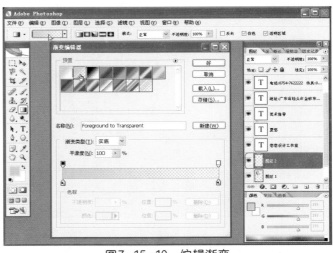

图7-15-10 编辑渐变

（8）拉出渐变。按住"Shitf"键的同时从上往下拉出垂直渐变，然后再在按住"Shitf"键的同时从下往上拉出垂直渐变，如图7-15-11所示。

图7-15-11　拉出两次渐变

（9）调整图层不透明度。选择【图层1】，将"图层"面板左上角的不透明度设为"50％"，如图7-15-12所示。

（10）完成制作。至此名片的制作就完成了，最后效果如图7-15-13所示。

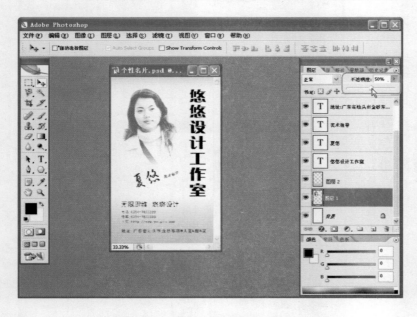

图7-15-12　调整图层不透明度　　　　图7-15-13　效果图

7.16 自制身份证照

本实例通过使用Photoshop CS2的强大功能，只需花上几分钟，就可以让你亲自在家将日常数码照片制作成身份证照，而不必麻烦的跑去照相馆。如图7-16-1和图7-16-2所示就是生活照和处理成身份证照的效果对比图。

图7-16-1 原图

图7-16-2 完成图

- 制作时间：10分钟
- 知识重点：【裁切工具】、添加图层蒙版
- 学习难度：★★

创作思路

首先打开数码照片，设置【裁切工具】的属性并裁出2寸大小的图像，然后复制【背景】层并将【背景】层填充为红色，返回【背景 副本】层添加图层蒙版，用【画笔工具】将背景涂抹掉，接着执行【画布大小】命令将图像的4个边缘各增加0.3cm，整个操作流程如图7-16-3所示。

图7-16-3 操作流程图

操作步骤

（1）设置裁切参数。打开本书配套光盘中的【源文件】|【第7章】|【实例16】|【数码照片.jpg】，选择工具栏中的【裁切工具】，在其属性栏中按2寸证件的大小设置裁切的参数，并且拉出裁切的区域，如图7-16-4所示。

图7-16-4　设置裁切工具参数

（2）填充背景层。裁切照片后，复制【背景】层为【背景 副本】层，在"颜色"面板中将前景色设置为"R：255，G：0，B：0"，然后按快捷键"Alt+Delete"填充【背景】图层，如图7-16-5所示。

图7-16-5　填充背景图层

（3）添加图层蒙版。选择【背景 副本】层，在"图层"面板下方点击【添加图层蒙版】按钮为图层添加图层蒙版，如图 7-16-6 所示。

图 7-16-6　添加图层蒙版

（4）设置参数。按"B"键切换【画笔工具】，在其属性栏中点击【切换画笔调板】按钮，在弹出的"画笔"面板中选择"画笔笔尖形状"，将各参数设置为如图 7-16-7 所示，然后点击【关闭】按钮。

图 7-16-7　设置画笔参数

（5）涂抹图层蒙版。将前景色设为黑色，用【画笔工具】，配合键盘上的"["和"]"键调整画笔大小，在照片上涂抹将背景隐藏，如图7-16-8所示。

图7-16-8　涂抹图层蒙版

（6）切换为图层缩览图。在"图层"面板中点击【图层 副本】层上的图层缩览图，从图层蒙版中切换出来，如图7-16-9所示。

图7-16-9　切换图层

（7）设置画布大小。执行【图像】|【画布大小】命令，在弹出的"画布大小"对话框中，分别将宽度和高度各增加"0.3cm"，如图7-16-10所示。

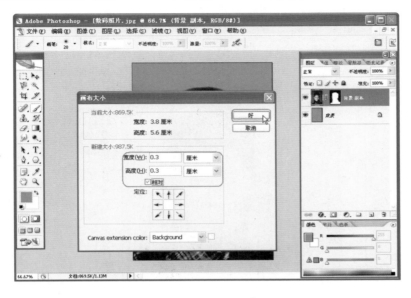

图7-16-10　设置画布大小

（8）框选复制人物左半脸。因证件的拍摄是要求面部一边稍暗，所以在这里我们要把人物强烈的明暗对比调整一下。右击【图层蒙版缩览图】弹出下拉菜单，执行【应用图层蒙版】命令，选择工具栏中的【矩形选框工具】，如图7-16-11所示框出人物左半脸，然后按"Ctrl+J"键，拷贝选区为【图层1】。

303

图7-16-11　框选复制人物左半脸

数码相片拍摄与后期处理超级手册

（9）擦拭图像。执行菜单栏中的【编辑】｜【变换】｜【水平翻转】命令翻转并移动【图层1】到右脸合适位置，按"E"键切换【橡皮擦工具】，设置其不透明度为"30％"，然后如图7-16-12所示擦拭。

图7-16-12　擦拭图像

（10）调整右半脸整体色调。点击【背景 副本】层，选择工具栏中的【减淡工具】，设置曝光度为"30％"，然后在人物的右半脸上来回涂抹，直至色调变淡为止，如图7-16-13所示。

（11）完成制作。最后的效果图如图7-16-14所示。

图7-16-13　调整右半脸整体色调　　　　　　　图7-16-14　制作完成

7.17 数码照片节日贺卡

亲手为自己的亲友设计制作一张贺卡，比什么都来得珍贵有意义，本实例应用Photoshop CS 2中几个工具，教大家如何把一张自己的数码照片放到如图7-17-1所示的空白节日贺卡中，完成后的效果如图7-17-2所示。

图7-17-1 原图　　　　　　　　　　　图7-17-2 完成图

- 制作时间：15 分钟
- 知识重点：【描边】图层样式、【外发光】图层样式
- 学习难度：★★★

创作思路

首先打开贺卡图片，用【磁性套索工具】将蝴蝶结勾出来，以便接下来的照片不会把它挡住，再使用【钢笔工具】勾出要摆放照片的区域，接着打数码照片，将照片编入之前勾出的选区内，最后输入贺词并用【图层样式】突出文字，整个操作过程如图7-17-3所示。

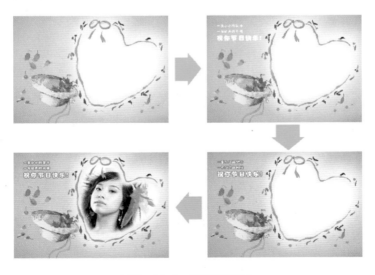

图7-17-3 操作流程图

数码相片拍摄与后期处理超级手册

操作步骤

（1）打开贺卡图片。双击桌面或者按快捷键"Ctrl+O"打开本书配套光盘中的【素材】|【第7章】|【实例17】|【贺卡.jpg】，如图7-17-4所示。

图7-17-4　打开图片

（2）扩大图像。选择工具栏中的【缩放工具】，如图7-17-5所示放大图像，以方便接下来的操作。

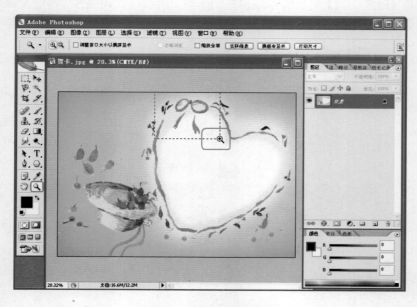

图7-17-5　放大图像

提示：

【缩放工具】的快捷键为"Z"，拖动鼠标配合辅助键"Ctrl"和"Alt"可扩大或缩小图像。

（3）圈出蝴蝶结的路径。选择工具栏中的【磁性套索工具】，配合"Delete"键和"Shift"及"Alt"键沿蝴蝶结边缘拖出路径，如图 7-17-6 所示。

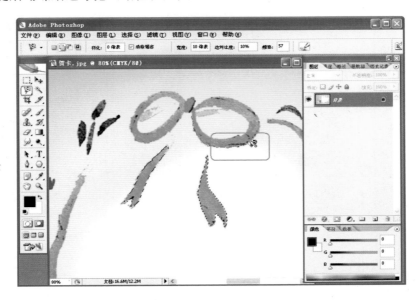

图 7-17-6　圈出路径

（4）拷贝图层。按快捷键"Ctrl+J"将选区拷贝为新图层【图层 1】，如图 7-17-7 所示。

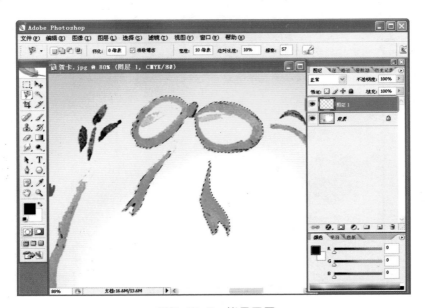

图 7-17-7　拷贝图层

数
码
相
片
拍
摄
与
后
期
处
理
超
级
手
册

（5）勾出放置相片的选区。按快捷键"P"切换为【钢笔工具】，如图7-17-8所示勾出一个心型区域可供接下来编辑照片。

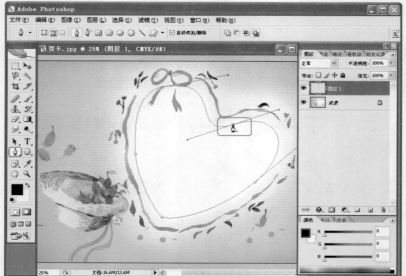

图7-17-8　勾出放相片的区域

（6）羽化选区。将当前工作层更改为【背景】层，然后按快捷键"Ctrl+Enter"使路径成为选区，接着按快捷键"Ctrl+Alt+D"执行【羽化】命令，在弹出的"羽化选区"对话框中，将羽化半径设置为"25像素"，如图7-17-9所示。

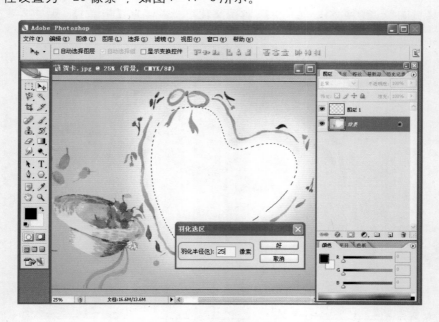

图7-17-9　羽化选区

（7）再次拷贝图层。按快捷键"Ctrl+J"将羽化后的选区拷贝为新的【图层2】，如图7-17-10所示。

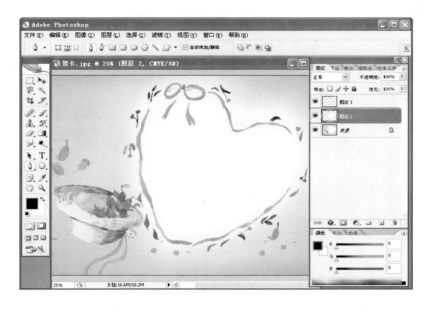

图7-17-10　再次拷贝图层

（8）移动图像。打开本书配套光盘中的【源文件】｜【第7章】｜【实例17】｜【数码照片.jpg】，按"V"键切换为【移动工具】，将照片拖至贺卡上，如图7-17-11所示。

图7-17-11　移动图像

(9) 调整照片。按快捷键"Ctrl+Alt+G"将数码照片编入【图层2】中，并执行【自由变换】命令将照片调整到合适的大小及位置，如图7-17-12所示。

图7-17-12　调整照片

(10) 输入贺词。选择【文字工具】，在贺卡的左上角输入贺词并在"字符"面板中设置参数，如图7-17-13所示。

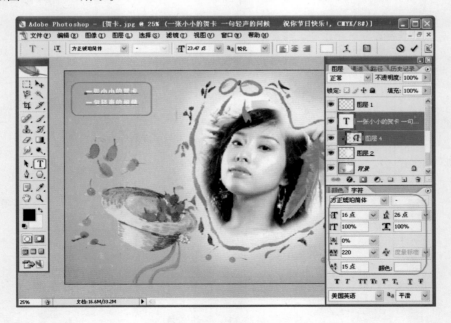

图7-17-13　输入贺词

（11）添加外发光效果。双击文字图层，在弹出的"图层样式"对话框中勾选"外发光"选项，并如图 7-17-14 所示设置参数。

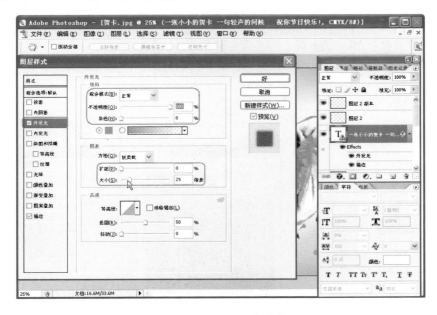

图 7-17-14　设置外发光参数

（12）设置外发光颜色。点击"颜色框"，在弹出的"拾色器"对话框中，将颜色设置为"R：239、G：91、B：161"，如图 7-17-15 所示。

311

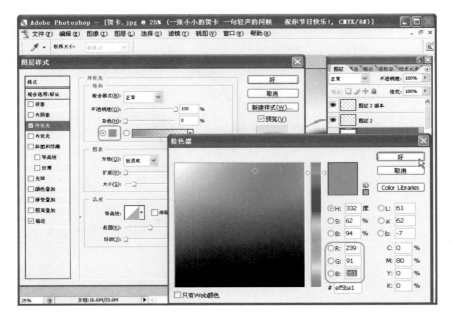

图 7-17-15　设置外发光颜色

（13）设置描边参数。为了使字体更加突出，勾选"描边"选项，然后设置大小及颜色，如图7-17-16所示。

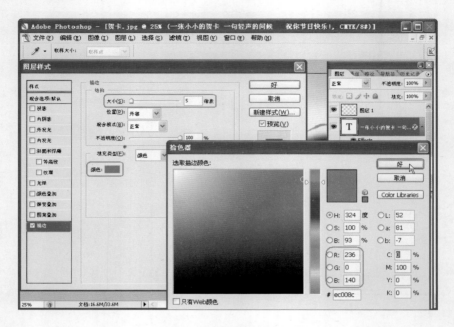

图7-17-16　设置描边参数

（14）完成操作。另一句祝语重复以上操作即可，最后的效果如图7-17-17所示。

图7-17-17　操作完成

7.18 结婚枕头的图案设计

本实例通过介绍Photoshop CS2 中的【球面化】滤镜的使用，来将一个普通的没有图案的枕头制作成结婚枕头，图7-18-1 和图7-18-2 所示就是制作前后的效果对比。

图7-18-1 原图　　　　　　　　　　　　　　图7-18-2 完成图

● 制作时间：10 分钟
● 知识重点：【自由变换】、【球面化】滤镜
● 学习难度：★★

创作思路

首先打开【鸳鸯.jpg】文件，复制【蓝】通道为【蓝 副本】通道，用【曲线】和【色阶】在通道中将图像调整清淅，然后回到"图层"面板中把图像提取出来，接着打开【枕头.jpg】文件，将选前提出的图像用【移动工具】拖至文件中，用【自由变换】命令根据枕头透视进行变换，接着用【球面化】滤镜调整使图案有凸起的感觉，然后改变图层的混合模式为【亮度】，最后设置【图层样式】让图案像刺绣一样突起，整个操作流程如图7-18-3所示。

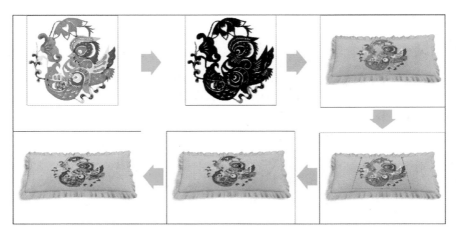

图7-18-3 操作流程图

操作步骤

（1）打开数码照片。执行菜单中的【文件】｜【打开】命令，打开本书配套光盘中的【源文件】｜【第6章】｜【实例18】｜【鸳鸯.jpg】文件，如图7-18-4所示。

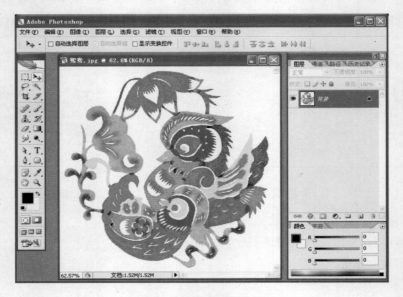

图7-18-4　打开数码照片

（2）复制蓝色通道。选择"通道"面板，复制【蓝】通道为【蓝 副本】通道，如图7-18-5所示。

图7-18-5　复制蓝色通道

（3）调整曲线。执行菜单栏中的【图像】|【调整】|【曲线】命令，在弹出的对话框中将各参数设置如图7-18-6所示。

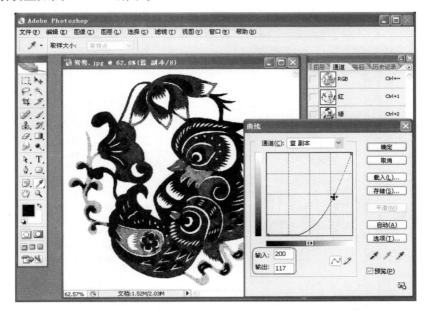

图7-18-6　调整曲线

（4）调整色阶。执行菜单栏中的【图像】|【调整】|【色阶】命令，将各参数设置如图7-18-7所示，将图像调整的更加清晰。

315

图7-18-7　调整色阶

数码相片拍摄与后期处理超级手册

316

（5）使图像成为选区。按住"Ctrl"键并用鼠标点击【蓝 副本】通道，使背景成为选择区域，然后选择【RGB】通道，如图7-18-8所示。

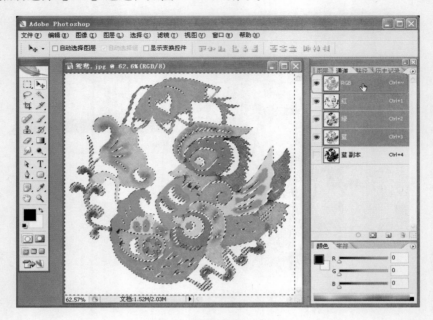

图7-18-8　使图像成为选区

（6）拷贝图层。选择【图层】面板，执行菜单中的【选择】|【反向】命令反选图像，然后按快捷键"Ctrl+J"拷贝选区为独立【图层1】，如图7-18-9所示。

图7-18-9　拷贝图层

（7）移动图像。按快捷键"Ctrl+O"打开本书配套光盘中的【素材】|【第6章】|【实例18】|【枕头.jpg】文件，选择【移动工具】将【鸳鸯.jpg】文件中的拷贝图像拖至新打开的文件中，如图7-18-10所示。

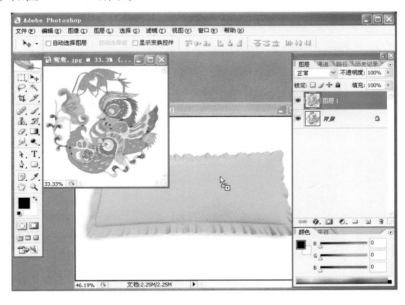

图7-18-10　移动图像

（8）变换图案。按快捷键"Crtl+T"执行【自由变换】命令，如图7-18-11所示按住"Shift+Ctrl+Alt"键并用鼠标拖动控制点，将图案进行梯形透视变换。

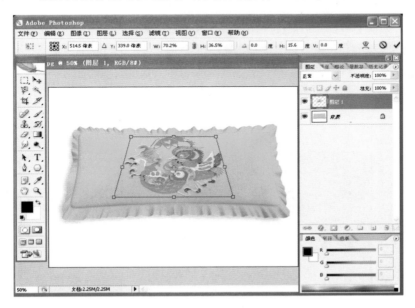

图7-18-11　变换图案

317

数
码
相
片
拍
摄
与
后
期
处
理
超
级
手
册

318

提示：

按住"Shift"键拖动控制点可按比例变换；按住"Ctrl+Alt"键拖动控制点可进行斜切变换；按住"Shift+Ctrl+Alt"键拖动控制点可进行透视变换。

（9）球面化图像。执行菜单中的【滤镜】│【扭曲】│【球面化】命令，在弹出的对话框中将各参数设置如图7-18-12所示。

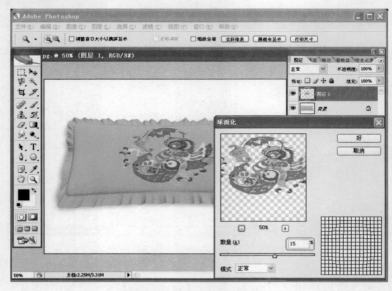

图7-18-12　球面化图像

（10）设置图层混合模式。选择"图层"面板，在图层混合模式的下拉列表中选择【亮度】模式，如图7-18-13所示。

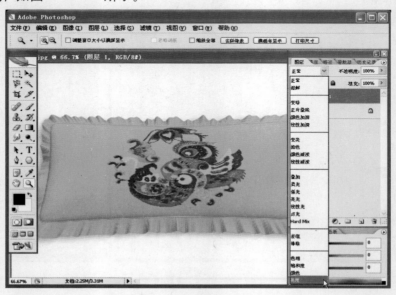

图7-18-13　设置图层混合模式

(11) 设置参数。双击【图层1】弹出"图层样式"对话框，选择"斜面和浮雕"图层样式，将各参数设置如图 7—18—14 所示。

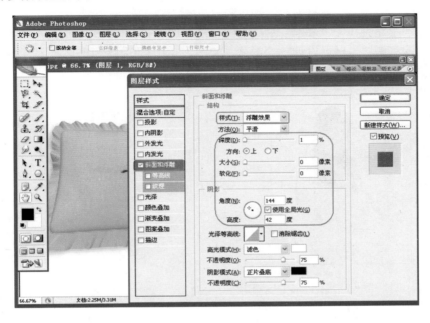

图 7—18—14　设置参数

(12) 完成操作。最终效果如图 7—18—15 所示。

图 7—18—15　最终效果图

319

7.19　做个Q版的封面女郎

市面上的书籍杂志多式多样，封面设计也是琳琅满目，本实例通过应用Photoshop CS2，让你过一把明星瘾，为自己设计一个封面，如图7-19-1和图7-19-2所示为制作后的封面效果图。

图7-19-1　制作前

图7-19-2　制作后

● 制作时间：20分钟
● 知识重点：【编辑渐变】、【字符】面板
● 学习难度：★★★★

创作思路

新建一个A4纸大小的文件，用编辑渐变制作背景，用【文字工具】输入文字，在"字符"面板中进行字体、大小、颜色设置，其属性栏中可对文字进行编辑及变形，最后移动条形码，整个操作流程如图7-19-3所示。

图7-19-3　操作流程

操作步骤

（1）新建文件。按键盘中的快捷键"Ctrl+Alt+N"执行【新建】命令，在"新建"对话框中将文件命名为"做个Q版的封面女郎"，点击【预置】按钮，在下拉列表中选择"A4"，以下将自动显示出规格，接着设置模式为"RGB颜色"、背景内容为"白色"，如图7-19-4所示。

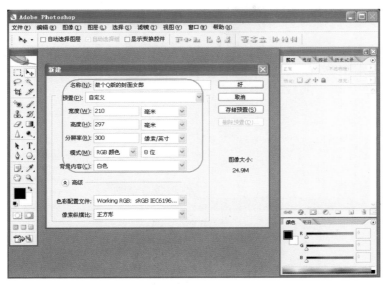

图7-19-4　新建文件

（2）打开文件。打开本书配套光盘中的【源文件】│【第7章】│【实例19】│【数码照片.jpg】，按快捷键"W"选择【魔棒工具】，配合"Shift"键用鼠标点击照片的背景将其选取，如图7-19-5所示。

图7-19-5　打开文件

数码相片拍摄与后期处理超级手册

（3）移动图像。执行【反向】命令，用【移动工具】将数码照片剪切出来拖至新建文件中摆好，如图7-19-6所示。

图7-19-6　移动图像

（4）填充前景色。选择【背景】图层，将前景色设置为"R：255，G：204，B：0"，按"Alt+Delete"键填充颜色，如图7-19-7所示。

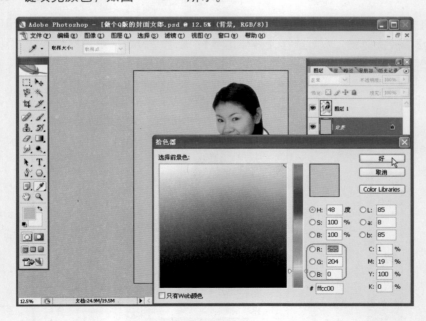

图7-19-7　填充前景色

（5）选择【渐变工具】。按"G"键切换【渐变工具】，在其属性栏中选择【对称渐变】类型，然后点击编辑渐变栏，如图 7-19-8 所示。

图 7-19-8　选择渐变工具

（6）设置渐变类型及颜色。弹出的"渐变编辑器"对话框，在预置栏中选择"前景到透明"的渐变类型，双击"色标"可弹出"拾色器"对话框，将颜色设置为"R：255、G：255、B：255"，如图 7-19-9 所示。

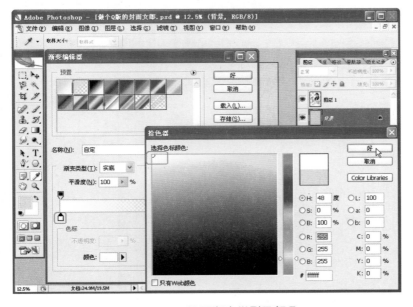

图 7-19-9　设置渐变类型及颜色

数
码
相
片
拍
摄
与
后
期
处
理
超
级
手
册

（7）编辑色标。选择右下方的色标，点击复制，将位置设置为"25％"，双击色标弹出"拾色器"对话框，并设置颜色为"R：255、G：204、B：0"，如图7-19-10所示。

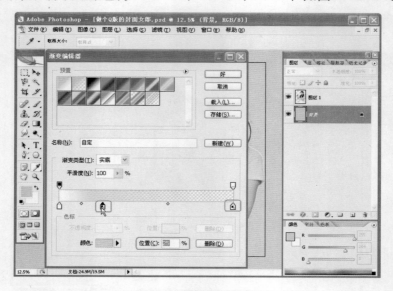

图7-19-10　编辑色标

提示：

在此，要复制色标前请选择一个色标，再点击调板其他位置即是复制了先前所选择的色标。

（8）编辑不透明性色标。选择右上方的不透明性色标，点击复制，设置位置为"25％"，如图7-19-11所示。

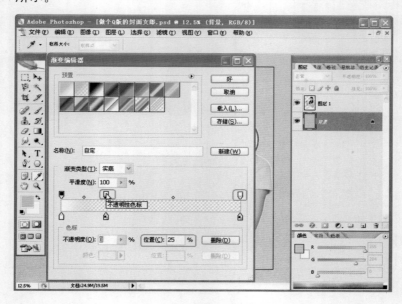

图7-19-11　编辑不透明性色标

（9）编辑所有色标。根据以上的步骤，继续设置每个色标之间的距离为"25％"，最后排列如图 7-19-12 所示。

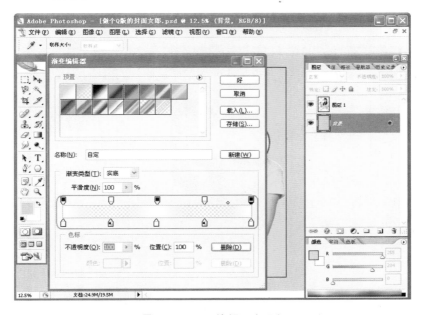

图 7-19-12　编辑所有色标

（10）渐变图层。按快捷键"Shift+Ctrl+N"键新建一个【图层 2】，用【渐变工具】由右下至上拉出渐变，效果如图 7-19-13 所示。

325

图7-19-13　渐变图层

（11）输入文字。选择【图层1】，在"颜色"面板中将前景色设置为"R：236、G：0、B：140"，按"T"键切换成【文字工具】，如图 7-19-14 所示输入"Super start"文字，将自动在【图层1】上生成一个文字图层。

图7-19-14　输入文字

（12）设置字体。选取文字，点击"字符"面板，根据个人喜好设置字体，字体的大小设置为"60"点，并将字体的长度拉长为"200％"，如图 7-19-15 所示。

图7-19-15　设置字体

(13) 变形文字。点击【创建变形文本】按钮,在弹出的"变形文字"对话框中,样式选择为"旗帜",弯曲设置为"20",如图 7-19-16 所示。

图7-19-16　变形文字

(14) 设置描边参数。双击文字图层,在弹出的"图层样式"对话框中,选择样式中的"描边",设置大小为"32 像素",然后点击"颜色"预览窗,将颜色设置为白色,如图 7-19-17 所示。

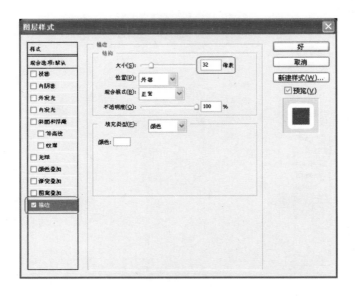

图7-19-17　设置描边参数

327

（15）设置字体。选择【图层1】，用【移动工具】把人物拖至合适的位置放好；按"T"键切换【文字工具】并输入"本月超级明星"字样，在"字符"面板中选择字体，文字大小设置为"65点"，字体高度恢复"100％"，颜色为白色，如图7-19-18所示。

图7-19-18　设置字体

（16）设置描边参数。双击该图层，在弹出的"图层样式"对话框中选择"描边"样式，将大小设置为"20像素"、颜色为"R：236、G：0、B：140"，如图7-19-19所示。

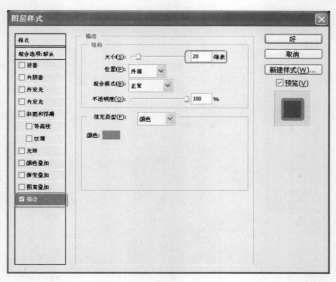

图7-19-19　设置描边参数

（17）创建剪贴蒙版。在该文字图层上新建【图层3】，按键盘中的"Ctrl+Alt+G"执行【创建剪贴蒙版】命令，设置前景色为"R：255、G：242、B：0"，选择【画笔工具】并设置画笔大小为"250"，然后在文字上喷绘，如图7-19-20所示。

图7-19-20　创建剪贴蒙版

（18）设置字体。选择【文字工具】，输入"SHE THE ONE"英文，其中的"S"加大，在"字符"面板中设置字体、大小高度和颜色，点击【仿斜体】和【小型大写字母】按钮，如图7-19-21所示。

图7-19-21　设置字体

329

(19) 设置字体。继续用【文字工具】输入文字，并设置字体、大小、颜色等，如图7—19—22所示。

图7—19—22　设置字体

(20) 设置【多边形工具】参数。选择工具栏中的【多边形工具】，在其属性栏中将边设置为"5"，点击【几何选项】按钮，弹出"多边形选项"设置面板，勾选"平滑拐角"、"星形"选项，将缩进边依据设置为"50％"；最后新建【图层4】，如图7—19—23所示。

图7—19—23　设置【多边形工具】参数

（21）填充选区。按住"Shift"键在图像中按比例拉出一个星形路径并转换选区，设置【前景色】为"R：236、G：0、B：140"，然后按快捷键"Alt+Delete"填充，如图7-19-24所示。

图7-19-24　填充选区

（22）编辑文字。取消选区，按"X"键切换【前景色】，选择【文字工具】输入文字并将文字全选，然后点击属性栏中【居中文本】按钮，在"字符"面板中设置字体、大小、行距，如图7-19-25所示。

图7-19-25　编辑文字

（23）移动条形码。打开本书配套光盘中的【源文件】｜【第7章】｜【实例19】｜【条形码.jpg】，用【移动工具】把条形码拖至文件中摆好，如图7-19-26所示。

（24）完成操作。至此，Q版的封面女郎制作完毕，最终效果如图7-19-27所示。

图7-19-26　移动条形码

图7-19-27　完成效果

7.20　星座相框设计

本书介绍到这里，是否已对Photoshop CS2的功能都熟悉了呢。本实例将综合性的教大家为自己可爱的孩子制作一张独一无二的星座相框,最后完成效果对比如图7-20-1和图7-20-2所示。

图7-20-1　制作前

图7-20-2　制作后

- 制作时间：20分钟
- 知识重点：【多边形工具】
- 学习难度：★★★★

创作思路

首先新建一个文件，填充【背景】图层，用【钢笔工具】勾出展示相片的窗口并另建一个图层填充，然后复制3个窗口副本图层，依次变化大小并填充渐变效果，接着打开【素材图片】，将它拉至相框文件中调整摆放并描边，然后选择【多边形工具】勾勒星星并填充，最后输入星座文字，把【数码照片】编入相框中就完成了，整个操作过程如图7-20-3所示。

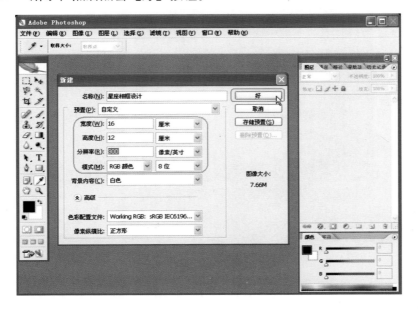

图7-20-3　操作流程

操作步骤

（1）新建文件。按住"Ctrl"键的同时双击桌面，弹出的"新建"对话框，将各参数设置如图7-20-4所示，然后点击【好】按钮。

图7-20-4　新建文件

（2）设置前景色并填充。在"颜色"面板中，将颜色设为"R：236、G：0、B：140"，按快捷键"Alt+Delete"填充【背景】图层，如图7-20-5所示。

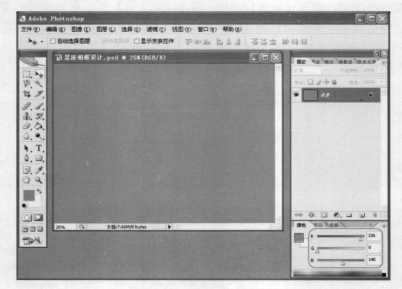

图7-20-5　填充前景色

（3）勾勒展示照片的窗口。选择【钢笔工具】随意的勾勒出展示照片的窗口并闭合路径，如图7-20-6所示。

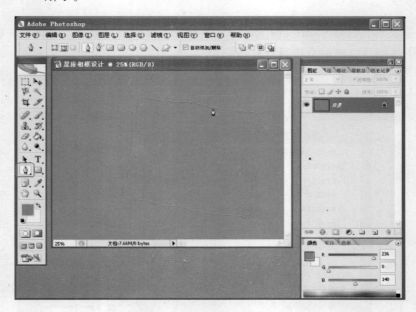

图7-20-6　勾勒相框窗口

（4）填充相框窗口。按住快捷键"Ctrl+Enter"将路径转换为选区，接着新建一个【图层1】，将背景色设置为"白色"并填充，如图7-20-7所示。

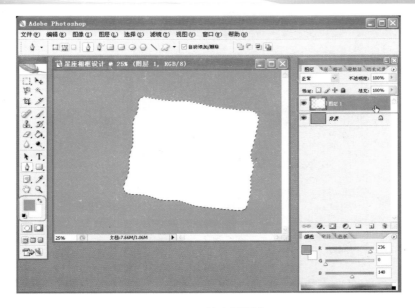

图 7-20-7　填充相框窗口

（5）复制图层。按快捷键"Ctrl+D"取消选区，选择【图层1】，按住鼠标并将其拖至"图层"面板下方的【建立新图层】按钮，复制出【图层1 副本】，如图 7-20-8 所示。

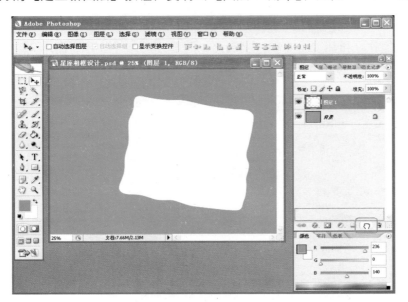

图 7-20-8　复制图层

（6）移动图层顺序、填充并变换。把【图层1 副本】移至【图层1】下方，使副本图像被【图层1】覆盖，接着在"颜色"面板中将颜色设为"R：137、G：40、B：143"，按快捷键"Shift+Alt+Delete"进行填充，再按快捷键"Ctrl+T"执行【自由变换】命令，随意旋转图像到满意角度，如图 7-20-9 所示。

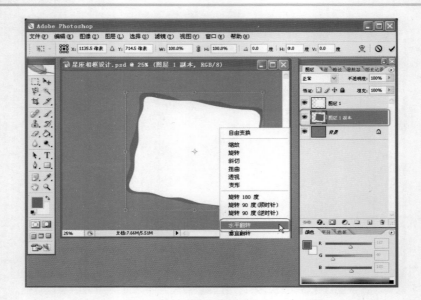

图7-20-9 移动图层顺序、填充并变换

提示：

这里为大家介绍填充快捷键，如"Alt+Delete"为填充前景色，填充背景的快捷键是"Ctrl+Delete"，"Ctrl+Shift+Delete"是将颜色填充于图层范围内的区域。

（7）重复操作。再用以上步骤，复制两个图层分别为【图层1 副本2】和【图层1 副本3】，并填充颜色制作出渐变效果，如图7-20-10所示。

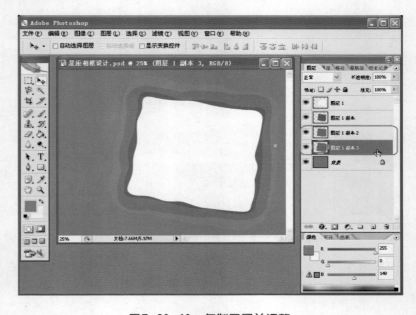

图7-20-10 复制图层并调整

（8）拖动文件。打开【素材图片.bmp】，选择【魔棒工具】点选背景，然后按快捷键"Ctrl+Shift+I"执行【方向】命令，将卡通选取。按"V"键切换成【移动工具】把卡通拖至【星座相框设计】文件中成为一个独立【图层2】，如图7-20-11所示。

图7-20-11　将勾出地卡通拖至另一文件

（9）执行【描边】命令。用【自由变换】命令将【图层2】调整到合适的大小，执行菜单中的【图层】|【图层样式】|【描边】命令，在弹出的"图层样式"对话框中，将各个参数值设置成如图7-20-12所示。

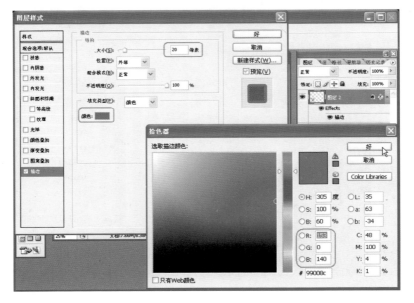

图7-20-12　设置描边参数值

(10) 设置【多边形工具】属性。选择【多边形工具】，如图 7-20-13 所示设置其属性栏中的参数。

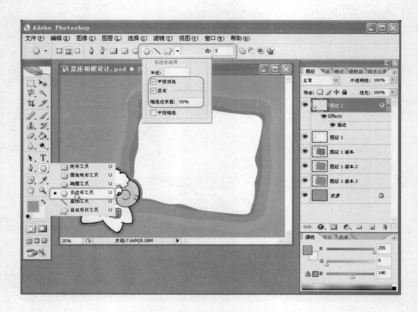

图 7-20-13　设置多边形参数值

(11) 绘制星星路径。新建一个【图层 3】，用【多边形工具】随意拖出数颗星星路径，如图 7-20-14 所示。

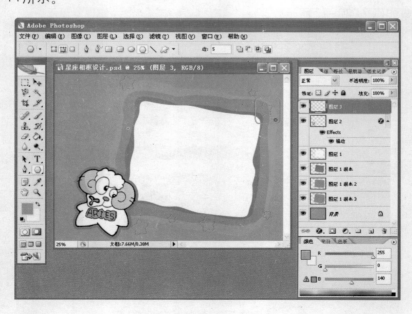

图 7-20-14　绘制星星路径

（12）填充星星。按快捷键"Ctrl+Enter"将路径转换选区，选择"颜色"面板，将颜色设置为"R：252、G：200、B：0"，并进行填充，如图 7-20-15 所示。

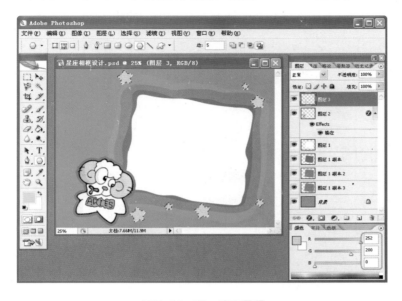

图7-20-15　填充星星

（13）输入文字。点击【文字工具】，输入星座文字并在"字符"面板中进行编辑，如图 7-20-16 所示。

图7-20-16　输入文字

数码相片拍摄与后期处理超级手册

（14）编入数码照片。打开"数码照片"，用【移动工具】将照片移至【星座相框设计文件】里，置于【图层1】上方，按快捷键"Ctrl+Alt+G"执行【创建剪贴蒙版】命令将照片编入【图层1】，再用【自由变换】命令调整照片大小，如图7-20-17所示。

图7-20-17 编入数码照片

（15）完成操作。最后的效果如图7-20-18所示。

图7-20-18 最终效果

第8章　电子相册及网络冲印

把婚纱照制作成视频文件

编辑家庭DV

刻录视频 VCD／DVD（Nero）

在 QQ／E-mail 上发送照片

在网络上发布相册

数码照片冲印

对自己得意的数码照片作品,是不是也想和更多的朋友一起分享呢？通过这章的学习,就可以满足你这一愿望,让你足不出户就能轻松的将照片、摄录的DV作品刻录制作成VCD或者DVD,在普通的家庭播放器里播放;或将自己的摄影作品发布到网络上,在大家的关注和评论中更快的成长提高,加深自己的摄影造诣,尽情地利用网络资源来充实自己的摄影之路。

8.1　把婚纱照制作成视频文件

精美的婚纱照恐怕可以算是人一生中记录的最美、最幸福的时刻,而将其制作成视频文件就可以让记录的那一刻变得更加生动,下面就要用实例为读者介绍如何使用"会声会影"软件将婚纱照制作成视频文件。

- 制作时间：8 分钟
- 知识重点：视频制作软件的使用
- 学习难度：★★

操作步骤

（1）运行"会声会影"软件。在其主界面上选择【影片向导】,如图8-1-1所示。

（2）添加文件。在之后的界面上点击【插入图像】,出现"添加图像素材"对话框,用户就可以从本机选取需要的照片,选择完毕后点击【打开】按钮,如图8-1-2所示。

（3）编辑导入照片。在这里,用户可以选择照片,并旋转它的角度,编辑好后单击【下一步】按钮,如图8-1-3所示。

（4）编排样式。用户可以依自己喜好来为视频文件编辑模板、主题和添加背景音乐等,操作完毕后单击【下一步】按钮,如图8-1-4所示。

图8-1-1　运行会声会影

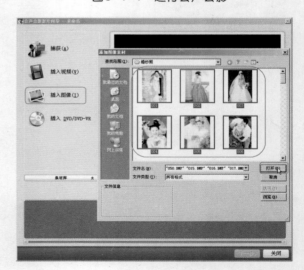

图8-1-2　添加图像素材

图8-1-3 编辑照片

图8-1-4 编辑主题

（5）编辑文件。接下来选择【在「会声会影编辑器」中编辑】，如图8-1-5所示。

（6）确认创建。弹出"会声会影"提示框后，点击【是】按钮，如图8-1-6所示。

（7）添加样式。在"编辑"栏，用户可以进行照片镜头的摇动和缩放编辑，完成后点击【确定】按钮，如图8-1-7所示。

（8）编辑播放效果。在"覆叠"栏，用户可以设置调整照片的播放显示效果，如图8-1-8所示。

图8-1-5 在「会声会影编辑器」中编辑

343

图 8-1-6 【会声会影】提示框

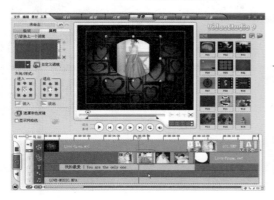

图8-1-8 编辑播放效果

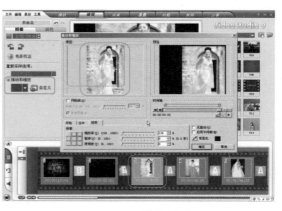

图8-1-7 编辑镜头

数码相片拍摄与后期处理超级手册

（9）选择保存位置。为文件命名并选择路径后，为制作的视频文件"另存为"一个列表文件，方便以后对视频文件进行编辑和操作，如图8-1-9所示。

（10）选择播放格式。点击"分享"栏下的【创建视频文件】|【PAL DVD（4 3）】播放格式，如图8-1-10所示。

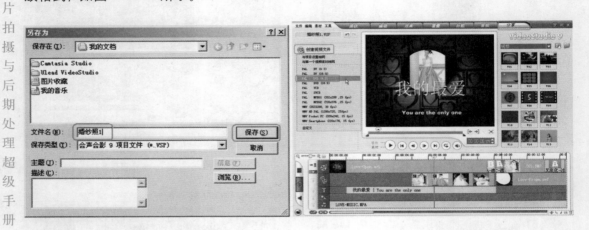

图8-1-9　保存列表文件　　　　　　　　　图8-1-10　选择播放格式

（11）保存视频文件。弹出"创建视频文件"对话框后，为其命名并点击【保存】，如图8-1-11所示。

（12）完成制作。最后"会声会影"软件，就会按用户的要求制作出精美的视频文件，如图8-1-12所示。

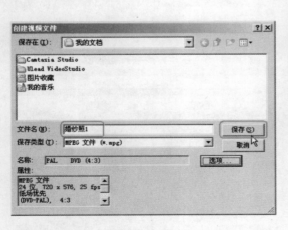

图8-1-11　保存视频文件　　　　　　　　　图8-1-12　完成制作

8.2　编辑家庭DV

现在越来越多的家庭出门游玩，都会选择DV机，主要是因其体积精巧、易于操作，但大多数时候拍摄的视频文件都不够完整，这就需要后期对其进行编辑。下面这个实例就是通过讲解如何使用【会声会影】软件来编辑精美的家庭DV。

● 制作时间：8分钟
● 知识重点：编辑家庭DV
● 学习难度：★

操作步骤

（1）运行"会声会影"软件。在其主界面上点击【会声会影编辑器】，如图8-2-1所示。

（2）打开文件。在如图8-2-2所示的界面上点击【打开】按钮，弹出"打开视频文件"对话框后，从本机选择要进行编辑的视频文件然后点击【打开】。

图8-2-1　【会声会影】运行界面

图8-2-2　选择视频文件

（3）调整顺序。此时"会声会影"会为用户提供一个为导入的视频文件排序的窗口，用户可直接拖动文件的名称来进行排序，如图8-2-3所示，排好后点击【确定】。

（4）编辑视频。点击"编辑"栏中右侧的视频文件，并拖动到下面的"故事板视图"中，继续后面的操作，如图8-2-4所示。

图8-2-3　改变素材序列

图8-2-4　选取文件

（5）编辑播放效果。在"效果"栏下用同样的方法拖动喜欢的效果穿插在"故事板视图"中，可以让制作出来的画面更丰富，如图8-2-5所示，在后边点击三角形下拉列表，还可进行不同风格效果的选择。

（6）编辑播放样式。选择"覆叠"栏，拖动各种视频镜头到"覆叠轨"，进行编辑，如图8-2-6所示。

图8-2-5 添加效果

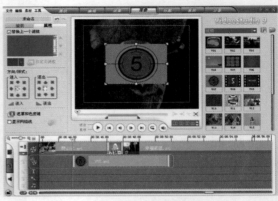

图8-2-6 编辑视频文件

（7）编辑标题。在"标题"栏下，用户可将文字样式拖动到"标题轨"，编辑自己视频的文字，如图8-2-7所示。

（8）编辑音乐。若用户想在视频中导入背景音乐和录入自己的声音，都可以在"音频"栏中实现，点击如图8-2-8所示【录制声音】等按钮，按其提示一步步操作即可，也可拖动音频到相应"声音轨"和"音乐轨"进行编辑。

图8-2-7 编辑标题

图8-2-8 编辑声音

（9）选择视频格式。最后在"分享"栏中点击【创建视频文件】按钮，在下拉列表中选择需要的格式，如图8-2-9所示。

（10）刻录视频文件。选择好后"会声会影"就开始进行视频文件的录制，如图8-2-10所示。

图8-2-9　选择录制视频格式　　　　　图8-2-10　视频录制

当"会声会影"完成录制操作后就会自行进行播放，用户就可看到自己编辑的视频文件的播放效果。

8.3　刻录视频VCD/DVD

用 Nero 软件将心爱的照片刻录成 VCD 或 DVD，就能在普通的家庭 VCD 或 DVD 上播放，让用户可以与更多的人分享你的作品。下面就用事例为大家讲解如何使用光盘刻录软件Nero 来刻录视频 VCD/DVD。

- 制作时间：6 分钟
- 知识重点：视频刻录的使用
- 学习难度：★

操作步骤

（1）运行"Nero"。运行该软件后出现如图 8-3-1 所示的欢迎界面。

图8-3-1　Nero欢迎界面

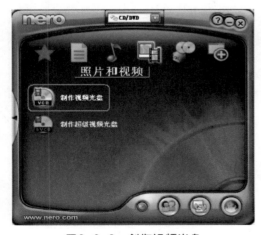

图8-3-2　创作视频光盘

（2）创作视频光盘命令。在【照片和视频】主菜单下执行菜单命令【创作视频光盘】，开始光盘的制作，如图 8-3-2 所示。

347

（3）添加文件。弹出"我的视频光盘"界面后点击【添加】按钮，如图8-3-3所示。

（4）选择文件。在弹出的"选择文件及文件夹"对话框中，用户可以在本机上选择要刻录的视频文件或照片，双击或点击【添加】按钮，选择完毕后点击【已完成】，如图8-3-4所示。

图8-3-3　我的视频光盘

图8-3-4　选择文件及文件夹

（5）编辑所选文件。这时所选的文件名称就会显示在"我的视频光盘"界面上，如果要取消选择，先单击选取该文件名后点击面板上的【删除】按钮，然后点击【下一步】按钮，如图8-3-5所示。

（6）设置菜单样式。出现"我的视频光盘菜单"后用户就可以设置自己刻录光盘的个性菜单样式，如图8-3-6所示。

图8-3-5　我的视频光盘

图8-3-6　我的视频光盘菜单

（7）最终刻录设置。到"最终刻录设置"界面时，用户可以在当前刻录机栏选择本机或默认刻录机；在光盘名称栏为自己刻录的光盘取个喜欢的名字等，设置完成后放入光盘点击【刻录】按钮，如图8-3-7所示。

（8）刻录进程。当弹出"刻录过程"界面时，表示"Nero"已经开始认证数据并进行刻录，要中断刻录只需按下【停止】按钮即可，如图8-3-8所示。

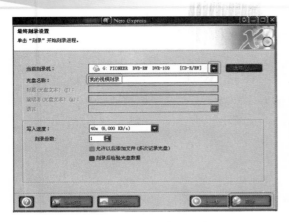

图8-3-7 最终刻录设置

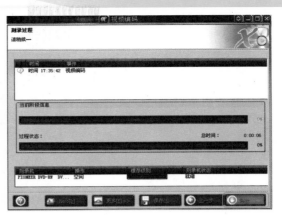

图8-3-8 视频编码

图8-3-9 刻录完成界面

提示：

在进行视频刻录时，等待的时间的长短，都取决于添加文件的时间长度；在刻录音频或视频文件时，请尽量选择较低的速度进行刻录，这样即能保证数据完整，也能减少光盘刻录失败的几率。

（9）完成刻录。视频编码数据刻录完成后点击"已完成数据验证"提示框的【确定】按钮完成刻录，如图 8-3-9 所示。

（10）结束操作。在"完成"界面中点击【下一步】按钮，"Nero"在处理完所有的数据刻录后，光驱就会弹出用户刻录好的光盘，如图 8-3-10 所示。

（11）退出"Nero"软件。点击【退出】按钮，退出"Nero"结束视频光盘的制作，如图 8-3-11 所示。之后用户就可以将刻录好的光盘放入 VCD/DVD 等播放器中测试播放效果了。

图8-3-10 完成刻录

图8-3-11 【Nero】退出界面

349

8.4 在QQ/E-mail上发送照片

现在越来越多的人喜欢在用QQ聊天时发送图片、写E-mail时附带照片,这样不仅为单纯枯燥的文字传输增添了许多乐趣,也拉近了朋友间的感情。下面所要介绍的就是如何使用QQ和E-mail发送照片。

● 制作时间:3分钟
● 知识重点:在QQ/E-mail上发送照片
● 学习难度:★

操作步骤

在QQ上发送照片是一件非常简单的事情,如果要发送的照片比较小,就可以直接用【传送图片】按钮来发送;如果要发送的照片比较大就得用【传送文件】功能来实现,下面会用实例来详细讲解。

(1) 打开聊天界面。在QQ面板上双击好友图标,弹出QQ聊天界面,如图8-4-1所示。

(2) 传送图片。若要传送的照片比较小,可直接点击QQ聊天界面上的【传送图片】按钮,如图8-4-2所示。

图8-4-1 QQ聊天界面

图8-4-2 传送图片

(3) 打开照片。点击该按钮后在弹出的"打开"对话框中选择所要发送的照片,双击或点击【打开】,如图8-4-3所示。

(4) 发送照片。所选择的照片就会出现在QQ的回复窗口中,点击【发送】按钮,如图8-4-4所示。

(5) 成功发送。这样好友就可以在聊天场景中,看到你发送的照片,如图8-4-5所示。

(6) 文件传送。对于过大的照片无法用上述的方法发送时,可以通过【文件传送】功能来实现,如图8-4-6所示。

图8-4-3 【打开】对话框

图8-4-4 传送图片

图8-4-5 聊天场景

图8-4-6 文件传送

（7）选择照片并发送。此时会弹出和图8-4-3相同的"打开"对话框，以同样的方法选择照片后，QQ会自动提示传送照片的信息，如果不想继续所选照片的传送，点击【取消】即可，如图8-4-7所示。

（8）传送照片。对方同意接受所传送的照片后，QQ会建立传送照片连接，传送文件成功QQ会出现如图8-4-8所示提示信息。

图8-4-7 文件传输提示信息

图8-4-8 发送完毕提示信息

魔法石

至此用QQ发送照片的实例介绍完毕，接下来会以网站邮箱为例讲解如何使用E-mail发送照片。

（1）发送邮件界面。登陆网站邮箱后，选择发送新邮件，跳转至发送新邮件界面，如图8-4-9所示。

（2）编写收件人和主题。填写好收件人邮箱地址和邮件主题等之后，选择【添加附件】功能，如图8-4-10所示。

图8-4-9　发送新邮件界面

图8-4-10　【附件】功能

（3）添加附件。在出现的粘贴附件栏中点击【浏览】按钮，如图8-4-11所示。

（4）选择照片。弹出"选择文件"对话框后，用户可以在本机上选择要发送的照片，双击或【打开】按钮，如图8-4-12所示。

图8-4-11　选择附件

图8-4-12　"选择文件"对话框

（5）附件添加完成。选择好的照片路径就会在【浏览】按钮旁的附件框里显示出来，如图8-4-13所示。

（6）删除和继续添加附件。若要在一封邮件中传送多张照片，可点击【继续添加附件】按钮，重复步骤3至步骤5的操作粘贴多张照片一并发送；若要取消某附件的选择点击相应的【删除】按钮即可，如图8-4-14所示。

数码相片拍摄与后期处理超级手册

352

图8-4-13　粘贴附件

图8-4-14　粘贴附件完成

（7）发送邮件。待确定收件人的邮箱地址和附件等内容后，用户可点击【发送】按钮发送E-mail，如图8-4-15所示。

（8）完成发送。当系统出现如图8-4-16所示"发送成功"界面时，就表示收件人可以与发件人一起分享美丽的照片了。

图8-4-15　发送邮件

图8-4-16　发送成功

353

8.5　在网络上发布相册

随着网络多元化的飞速发展，对于网络人们早已不只停留在查查资料、聊聊天的简单需求上，他们通过各种途径在这个资源共享的浩瀚海洋里玩转网络，享受着网络带给他们的无限乐趣。下面所要介绍的就是如何在网络上发布相册，所谓网络相册就是网站为其会员提供的一个存放照片的网络空间，用户可以分门别类的建立相册来存放喜欢的照片，并选择公开或保密相册，同时还可以使用网站提供的相册管理工具对自己的相册进行更新、编辑等各种操作，那么是和朋友分享还是独自欣赏，就全由你自己做主。

● 制作时间：3分钟

● 知识重点：在网络上发布相册

● 学习难度：★

数码相片拍摄与后期处理超级手册

354

操作步骤

通常要想在网站上建立个人相册,就必须先成为该网站的会员,如果已经是会员直接登录就可以了;如果还不是,在其注册界面中按照网站的要求一步步的进行填写,免费注册就好,在此就不多加赘述,仅以网易相册为例来介绍如何在网络上发布相册。

(1)注册会员并登录。登陆后,对于新用户,系统会提示"相册还没有任何目录"如图8-5-1所示界面,点击【创建目录】。

图8-5-1 创建目录

(2)创建目录。在新建目录栏,用户可以编辑新建相册的名称和类型等,在目录属性栏可任意选择当前创建相册的属性,如图8-5-2所示,设定好后点击【创建目录】按钮。

图8-5-2 创建目录

(3)完成创建。当目录创建完成后,系统会出现创建成功界面,在此界面上点击【返回】按钮,如图8-5-3所示。

图8-5-3 完成目录创建

(4)编辑相册。这时界面会跳转至已成功创建的相册上,再次点击【创建目录】可继续创建新的相册,通过下面的【删除】按钮和全选框等可对相册进行删除 选择等操作,如图8-5-4所示。

(5)用户在新建相册上点击,就会弹出"此目录下还没有照片"提示界面,在此界面中点击【上传照片】按钮,如图8-5-5所示。

图8-5-4 编辑相册

（6）上传照片。在上传照片界面中，可看到网站对上传照片的各种要求，为防止照片上传失败，用户应仔细阅读，之后点击【浏览】按钮，如图8-5-6所示；在弹出的"选择文件"对话框中，选择要上传的照片，双击或点击【打开】，如图8-5-7所示。

图8-5-5　上传照片

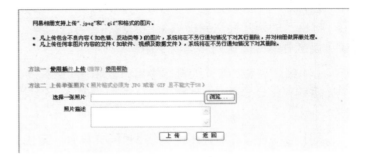

图8-5-6　上传照片界面

（7）完成上传。照片选择完毕后，用户可在照片描述栏对所选照片进行简单描述，编辑完毕后点击【上传】按钮，如图8-5-8所示；待系统完成上传弹出"图片上传成功"提示信息，如图8-5-9所示则表示已成功往相册中添加了一张照片。若还要上传照片则点击【继续上传】，点击【返回】跳转至相册界面。

图8-5-7　选择上传照片

（8）查看照片。在相册上点击打开相册，就可看到上传成功的照片，和对照片的描述，如图8-5-10所示。至此，已在网络上成功建立了相册，用户可继续添加照片，或分门别类的建立各种类型的新相册来丰富自己的网络相册。

355

图8-5-8　准备上传

图8-5-9　上传成功

图8-5-10　查看照片

8.6 数码照片冲印

网络冲印数码照片已经成为E时代大多数人的首选,下面从几个方面介绍网络冲印数码照片的特点,让大家更多地了解其存在的优势。

(1)方便快捷。用户可以通过网络将需要打印的照片发送到指定的地址,实现网络冲印,足不出户就能享受到快捷与高质量的数码冲印服务。无论身在何处,只要能够登陆宽带网,把自己的照片发送到提供冲印的网站,再通过网上支付或者银行、邮政汇款交纳费用,就可以坐等照片配送到自己的手中。

(2)经济省钱。与其他打印输出方式相比,数码冲印在成本方面优势非常明显。一是用户无需购买打印设备;二是数码冲印的价格便宜,大约是其他打印输出同等尺寸照片成本的1/2。

(3)与传统照片冲洗相比,价格也同样具有一定优势。普通胶卷的费用加上冲洗费用与数码冲印同样数量和尺寸的费用基本相同。但是由于传统相机所拍摄的照片不是每张都符合要求,只能在冲洗之后才能被发现;而数码冲印则可以在冲印前在电脑上进行预览,对不合照片进行筛选,确保照片的质量。这样,数码冲印的综合成本就低于传统照片冲洗了。

(4)优越质量。影响照片质量的因素很多,包括相机的档次、操作者的经验、拍摄环境以及拍摄时的设定等,因此所拍照片会可能存在不少问题。这些都可以应用图形处理软件进行处理,如果用户不想自己动手,可指出要求,冲印店专业技术人员会按要求修正照片;如矫正曝光过度或曝光不足、增加色彩鲜锐度、调整背景密度、校正对比度、去除红眼等。而这种在后期处理方面的优势,传统的光学冲印和家庭的数码冲印更是无法比拟的。

(5)网上冲印的工作时间。全年每天24小时不间断,这就是网上冲印的时间优势。因此,用户可以在自己方便的任何时间上传要冲印的数码照片。

- 制作时间:6分钟
- 知识重点:网络冲印数码照片
- 学习难度:★

操作步骤

要进行网络冲印,首先要找一个提供网络冲印的营运商家,在此以"世纪开元数码冲印店(http://www.36566.com.cn/)"为例,介绍如何将照片上传,并进行冲印的流程。

(1)注册会员。用户要到该营运商家冲印数码照片,第一步就是登陆网站,如果已是其会员可直接登陆,如果还不是点击【免费注册】,如图8-6-1所示。

(2)下载客户端。按网站要求真实的填写注册资料,若提交注册成功,网站会显示如图8-6-2所示"注册完成"界面,在此点击【下载网上冲印客户端软件】,将软件保存在本机上。

图8-6-1　注册会员

图8-6-2　注册完成

图8-6-3　登录界面

（3）登陆客户端。双击下载到本地磁盘的软件，它将会自动连接冲印终端；连接成功后，弹出登陆窗口，在窗口中输入已注册好的用户名和密码，点击【登录】按钮，如图 8-6-3 所示。登陆成功后的系统客户端界面如图8-6-4所示。

（4）添加照片。在客户端界面中点击【添加照片】按钮，打开"添加照片"对话框，从中选取要进行冲印的照片，双击或点击【打开】按钮，如图8-6-5所示。

图8-6-4　网上冲印系统客户端界面

（5）冲印设置。添加完要冲印的照片后，可以对照片的冲印规格和冲印数量等进行设置。设置完后，点击【发送订单】按钮，如图 8-6-6 所示。

图8-6-5　添加要上传冲印照片

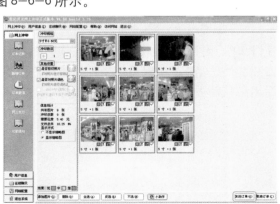

图8-6-6　设置照片

357

（6）发送订单。在此"发送订单"界面中，要设置"交费方式"、"配送方式"和用户的意见等，完成后点击【发送订单】按钮，如图8-6-7所示。

（7）确认操作。弹出"确认信息"对话框后点击【是】按钮，继续上传照片的操作，如图8-6-8所示。

（8）完成照片上传。弹出确认订单信息对话框中后，表示要冲洗的照片已上传成功，点击【是】按钮完成操作，如图8-6-9所示。

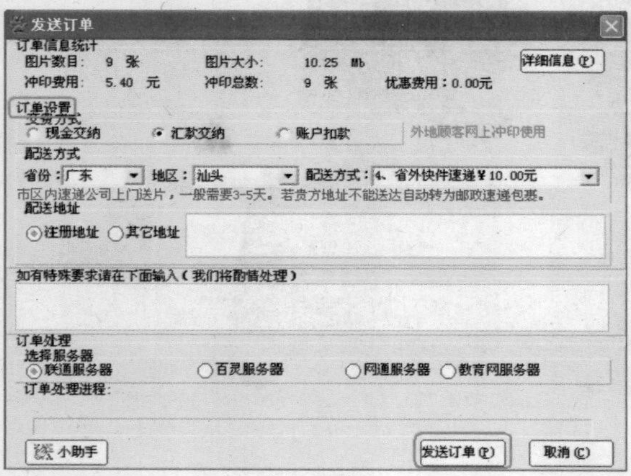

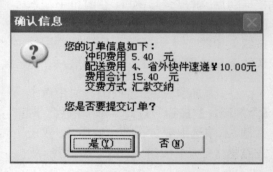

图8-6-7　设置订单

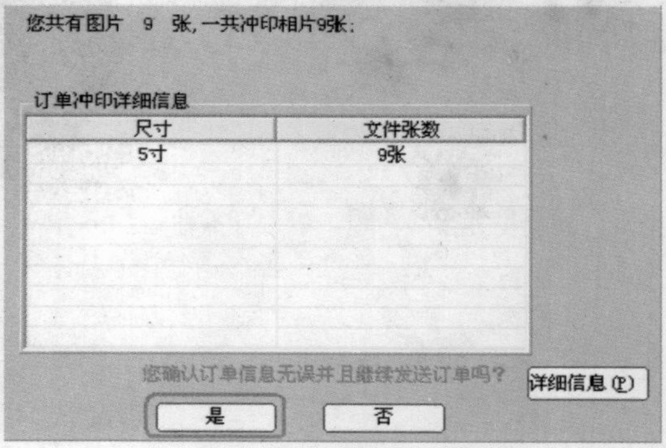

图8-6-8　确认订单

提示：

如果照片比较多，而网络不是很稳定或者计算机配置不好，建议用户不要一次上传送过多照片，应该分批传送。另外为了避免重复计算配送费用，用户可以在发送第一个订单时选择要求的照片配送方式，而其余订单的配送方式则选择配送方式中的【同前一订单一起配送】即可。

图8-6-9　确认信息

（9）其他操作。照片发送成功后，可以看到本次传送生成的惟一订单号，用户可以不记住订单号，因为可以随时在客户端的查询功能里看到已经发送的所有订单的消费信息和订单当前的处理情况。如果用户是预储值用户的话，还可以在客户端查询当前的预储款余额。最后用户只需去支付冲印费用和配送费用，就可直接等待冲印好的作品了。